KB113015

『로빈슨 크루소』: 문학적 상상력

로빈슨 크루소 : 문학적 상상력

[정익순 지음]

철학과현실사

『로빈슨 크루소』
─열두 마당 여행을 위한 길잡이

　다니엘 디포(Daniel Defoe)의 작품 『로빈슨 크루소』의 무대인 섬은 실존하지 않는 가공의 장소임에도 불구하고 현재까지 많은 이미지를 독자와 비평가에게 제공해왔다. 18세기라고 하더라도 섬의 이미지는 꾸며낸 이야기이지만 환상의 전형이 되었다. 특히 디포의 『로빈슨 크루소』는 주인공인 로빈슨의 모험과 그의 섬 생활의 변화를 통해 소설 형식과 주제의 전통을 현재까지 이어주고 있다.

　역사적 측면에서 볼 때 이러한 소설의 형식과 주제는 다양한 글쓰기의 선택을 자연스럽게 요구하게 되었으며, 이미 구성된 주제의 반복과 변화는 이 작품의 해체와 복원을 가능케 했다. 다시 말해 이런 해체와 복원은 낡은 형태와 새로운 형태의 갈등을 불러일으켰고 다시 쓰기와 재해석의 논쟁거리가 되었다.

　디포의 『로빈슨 크루소』는 구체적이고 사실적인 글쓰기의 개념과, 소설 속의 주인공이 경험하는 사건에 대한 논쟁을 지속적으로 일으켰다. 이렇게 18세기로부터 물려받은 갈등은 기원의 주제 속에 숨겨져 침묵을 지키고 있었다. 그리고 그러한 주제는 한순간에 완전히 읽힐 배경이 아니기 때문에 암시와 흔적에 의해 추론되면서 재구성되어 왔다.

『로빈슨 크루소』의 배경인 섬에는 자연, 산업, 과학, 사회, 노동 그리고 운명을 보여주는 체계적인 대상과 방식이 존재한다. 그런데 이러한 대상과 방식이 바로 소설의 형식과 새로운 글쓰기 방법으로 반복적으로 재현된다. 지금까지도 많은 작가들이 현대의 소설 형식과 표현 방식을 통해 소설의 내부에『로빈슨 크루소』를 다시 설정한다.

『로빈슨 크루소』다시 쓰기는 이 소설이 소설의 발생에 기원을 이루고 있다는 것과, 소설의 내용이 불완전한 이야기로 구성되었기 때문에 시작되었다. 이 소설에 대한 문제는 처음부터 작가와 비평가의 인식에 차이가 생김으로써 시작되었다. 사실 디포는 당시에 떠돌고 있었던 많은 모험의 이야기들이나 삼류 작가들이 생각하던 이야깃거리를 소설로 다시 구성했다고 한다.

『로빈슨 크루소』는 세상에 출판되자마자 대중들의 관심을 끌었다. 그러나 대중들의 반응과는 달리 디포의 소설에 반대 입장을 가지고 있었던 비평가와 소설가도 생겼다. 대표적인 비평가는 찰스 길던이었다. 그는 디포와 로빈슨 그리고 프라이데이의 관계를 다시 설정했다. 그리고 소설에서 어떤 부분이 잘못되었는지를 가상의 대화를 만들어 독자에게 알려주었다.

시대가 흘러 현대에 오자 디포의『로빈슨 크루소』를 보는 시선과 비평 방식이 다양해졌다. 대표적인 비평가는 이언 와트였다. 그는 집단의 심리적 압력이 어떻게 소설의 내용과 형식에 관계되는지를 규정하면서 디포의 소설을 분석했다. 그리고 소설이 개인의 삶에서 발생되는 우연한 사건과 관점을 제시한다고 지적하였다. 이언 와트의 설명처럼 소설은 형식에 의해 당대의 이데올로기적 관심사를 보여주게 되며, 개인의 이데올로기적 관심사는 형식의 구조와 공존하는 것으로 나타났다.

이와 같이 이데올로기적 관심사에 소설가와 비평가 역시 관심을 가지면서 소설의 전제나 전통을 개인의 경험에 대한 보고서로 볼 수 있게 되었다. 그런데 그러한 보고서의 내용은 낭만적이고 초자연적인 관심보다 개인의 심리와 일상적인 경험을 다루었다. 그리고 소설에 나오는 특정한 주인공은 물질적 재산에 대한 관심을 보이는 것이 일반적이었다.

이 글은 『로빈슨 크루소』와 작가인 디포의 한계가 작품 이면의 구체적인 이데올로기로 잠재되어 있다는 것을 보여주려 한다. 그리고 주인공 로빈슨이 경험하는 심리적 변화의 작용과 섬에서의 에피소드로 제기된 로빈슨의 이야기를 비평적 관점을 가지고 소설에 연관시켜 밝혀보고자 한다. 그 중에서도 『로빈슨 크루소』에 제기되는 소설의 기원, 작가의 유토피아적 성향 그리고 주인공과 섬의 관계들이 어떻게 다시 쓰이고 재해석되는지에 초점을 맞추고자 한다.

18세기 시대의 산물인 『로빈슨 크루소』는 다시 쓰기나 재해석에 의해 일탈의 의미를 가지게 된다. 우리는 그것을 『로빈슨 크루소』 다시 쓰기나 'Robinsonade'로 정의하고 있다. 이러한 글쓰기에 의해 로빈슨은 다시 작품에 의해 등장하고 그의 이야기가 반복적으로 재현된다. 그는 작품에 감춰진 이면을 밝히는 인물로 이용되거나 변형되어 새로운 사람으로 나타난다. 그리고 『로빈슨 크루소』의 주인공 로빈슨은 새로운 소설의 이야기와 사건의 에피소드로 계속 재구성될 것이다.

이제 주인공 로빈슨은 좀더 의미심장한 주제와 대립된 구조로 변화를 겪게 된다. 그는 다시 이차적인 위치에서 변형된 의미를 가진 주인공으로 나타난다. 하지만 이와 같은 다시 쓰기의 형식과 내용은 로빈슨이 경험하는 인식의 과정을 통해 글쓰기 형식으로 이행된다. 또한 새로운 시각으로 생산된 글쓰기는 독특한 주제를 가진 뛰어난 작품으로 새로운 세계를 암시하려는 변화의 힘이 작용한다.

이 책은 학생들에게 문학적 상상력을 강의하기 위해 만들어진 것이다. 출발은 『로빈슨 크루소』에서 비롯한다. 그러나 이 소설은 필연적으로 다른 소설과 다양한 비평가의 관점이 함께 동행되어야 한다. 그리고 『로빈슨 크루소』가 불완전한 이야기로 끝없이 여행하듯이 이 책도 불완전한 상태에서 출발한다. 그러나 지속적인 노력을 통해 하나의 완전한 작품이 될 수 있도록 할 것이다.

2006년 가을
내리연구실에서
정 익 순

차 례

첫 번째 마당 『로빈슨 크루소』의 사상적 배경

다음에 나오는 글은 다니엘 디포 (Daniel Defoe)가 1724년에서 1727 년까지 영국을 두루 여행하면서 영국의 상황을 설명한 부분이다. 여기에 실린 글들은 디포의 소설 『로빈슨 크루소』를 이해하는 기본적인 배경이 된다.

다니엘 디포(Daniel Defoe)

디포는 런던의 인근 빌딩과 도시를 여행했다. 그리고 주로 다른 작가들이 그들의 소설에서 생략한 특정한 이야기를 글로 쓰는 것을 좋아했다. 그는 자신의 소설 속에 모든 것이 상세하게 묘사되기를 원했다. 디포는 언제나 자신이 여행한 런던과 다른 도시들을 설명할 충분한 여백이나 시간이 없다고 불평한다. 그의 여행 이야기는 자신이 직접 가장 낯선 곳에 가서 관찰하고 느낀 것만을 추려서 보고하는 형식으로 선택되었다.

디포가 본 런던은 거대한 빌딩으로 이루어졌다. 런던은 전체의 구성이 잘 갖추어진 하나의 도시였다. 런던은 여러 관할 지역으로 구분되어 있었다. 우리는 디포의 설명을 통해 영국은 주로 도시, 궁전 그리고 외곽 지역으로 나누어 있음을 알 수 있다.

런던이란 도시는 상업과 부의 중심지였다. 궁전은 화려함과 웅장함을 보여주는 중심지였다. 런던의 외곽 지역도 사람이 거주하는 아주 특별한 곳으로 세상의 다른 곳과 비교할 수 없을 정도로 훌륭했다. 궁전과 도시 사이에는 다른 세상 어디에서도 볼 수 없는 끊임없는 사업 관계가 일어나고 있었다. 도시는 사업의 중심지였다. 그곳에는 관세청이 있었는데 대중으로부터 엄청난 세입을 챙기고 있었다. 그리고 막대한 수출과 수입 물건이 거래되고 있는 만큼 생활 필수품도 만들어졌다. 상인은 계속 움직이고 있었고 강에는 더 이상의 배가 접근할 수 없을 정도였다. 디포는 다음과 같이 런던의 상황을 보고한다.

"런던에는 세무서, 해군본부, 은행이 몰려 있다. 이 모든 관청은 막대한 자금을 끌어 모으고 있다. 이곳은 많은 정부의 부서와 관련되어 있고 보안이 잘 되기 때문에 자금이 몰려들게 된다. 이곳에는 남해 회사, 동인도 회사, 은행, 아프리카 회사가 몰려 있다. 이들의 주식은 증권거래소를 통해 막대한 자금의 거래가 이루어지게 한다."

런던은 과거에 대한 불행한 느낌과 어설프게 일에 열중하는 사람들의 모습도 더 이상 찾아볼 수 없었다. 재산을 어느 정도 가지고 있는 사람이라면 누구나 어느 정도 무역과 관계하고 있었다. 이들 재산의 상당 부분이 양도 되고 주식으로 전 환되기 때문에 정 부는 세금을 거둘 수 있었다. 양도의 경우 1년에 5실링

18세기의 런던 시(市)

이 되기 때문에 정부에 많은 파운드의 이익을 가져왔다.

영국에는 매년 수백만 주의 주식이 거래되었다. 이것은 법원과 도시가 끊임없는 관계를 갖게 했다. 영국의 지방과 런던에 살고 있는 귀족, 신사 계급은 어느 때보다 합류와 교류를 많이 하고 있었다. 많은 가문이 이러한 거래를 통해 서로 관계를 맺었다. 이들은 물건을 사고 팔면서 이익을 얻기 위해 항상 거래가 이루어지는 것이 절대적으로 필요하다는 것도 알고 있었다. 현물 가격이 상승하든 하락하든 아니면 세상 물정을 몰라 손해를 보든 간에 그들은 다시 출세할 것이며 적어도 남은 세월 동안은 그곳에서 생활했다.

영국에는 새로운 빌딩의 숫자가 늘어나고 새로운 도시가 생겨났다. 이러한 사실을 당시의 사람이면 누구나 알고 있었듯이 새로운 집이 지어지면 바로 사람이 세를 내어 살게 되는 순환의 연속이 있었다. 사람들이 어디를 가든 시내와 도시의 주택가는 사람으로 복잡했다.

그러나 런던의 시민과 거주자 그리고 영주와 건축업자가 알아야 할 것이 있었다. 이러한 평화가 계속되거나 정직하고 올바른 경영을 위해서는 공적인 업무가 지속되어야 한다는 것이었다. 그리고 영국이라는 국가가 원하는 시대와 상황이 도래했다. 영

국은 공적 부채가 감소되고 경우에 따라 부채를 지불함으로써 기금이나 세금이 마련되었다.

5000에서 6000만 파운드의 고정 자금을 가지고 있던 서인도 회사, 동인도 회사 그리고 은행들은 더 이상 자금을 주체할 수 없게 되었다. 이러한 사실 때문에 사람들은 이동하게 되었다. 그들은 사물과 세상의 이치에 따라 런던에서 비싸게 대가를 치르는 삶을 피하기 위해 시골의 중심지로 자리를 옮겼다. 그리고 무역업자들은 과거의 사업에서 얻은 엄청난 이익을 이들과 함께 나눌 수 있게 되었다.

찰스 II세

디포는 1726년 한 논문에서 이상적인 영국의 무역업자에 대한 설명을 했다. 디포가 정의하는 당시의 영국은 한마디로 말해 그 가치와 의미를 무역의 나라에 토대를 두고 평가하는 것이었다. 디포의 견해에 따르면 찰스 II세는 영국을 다스렸던 그 어떤 왕보다도 절대 군주로서 영국을 가장 잘 이해하고 있었다. 찰스 II세는 국민에게 '영국에서는 사업가만이 유일한 신사다'라고 말했다. 디포는 그 말 속에 영국인이 추구해야 할 행복한 의미가 있다고 생각했다. 디포는 찰스 II세를 군주 중의 최고 군주

로 생각했다. 디포가 생각한 찰스 Ⅱ세는 명석한 군주가 아니었
다. 하지만 디포는 세상을 두루 경험한 평민을 제외하면 찰스 Ⅱ
세는 당시의 모든 군주 중에서 세상을 가장 잘 알고 있는 분이라
고 설명한다. 디포는 왕에 대한 인용을 여담이라고 변명한다. 그
는 영국, 영국의 국민 그리고 무역에 대해 옹호하는 입장을 추호
의 편견 없이 밝히면서 자신의 세 가지 견해를 다음과 같이 정리
했다.

1. 우리나라는 무역국일 뿐만 아니라 세계에서 가장 훌륭하게
   무역을 실천하는 나라다.
2. 우리나라의 기후는 세상에서 살기에 가장 기분 좋은 조건을
   가지고 있다.
3. 영국 국민은 가장 건강하며 세계에서 가장 손재주가 많은 사
   람들이다.

디포는 자신의 입장에서 볼 때 이러한 사실들은 영국이 발전
할 수 있는 위대한 점이라고 생각했다. 디포는 자신의 입장과 이
러한 설명에는 추호의 편견이 들어 있지도 않다고 강조한다. 그
리고 완벽한 영국의 무역 조건에 대한 자신의 입장과 그것에 대
한 이유를 밝히고 있다.

1. 우리나라는 세계에서 가장 위대한 무역국이다. 왜냐하면 우리
   나라는 국력, 국가의 생산 능력과 국산품 그리고 노동력을 가
   장 많이 수출하는 나라이기 때문이다. 그리고 다른 나라의 물
   건과 제품을 세계 어떤 나라보다도 가장 빠르게 수입하고 소
   비한다.

2. 우리나라의 풍토와 기후는 살기에 가장 좋으면서도 사람의 기분을 좋게 한다. 그리고 다른 어떤 나라보다도 남자라면 누구라도 영국이라는 고향을 떠날 조건이 좋게 갖추어져 있다. 이것이 찰스 Ⅱ세가 가진 두 번째로 좋은 점이다. 그리고 굳이 이야기할 필요도 없이 그는 군주로서 정의를 실현하고 있다.

3. 우리 국민은 가장 건강하면서 삶에 대한 최고의 조건을 가지고 있다. 웃통을 벗기고 그들에게 아무런 무기도 주지 말자. 오직 손과 발만 갖게 한 다음 그들을 방이나 무대에 올려놓고 다른 나라에서 온 많은 사람과 함께 감금시켜보자. 그러면 그들은 세계 어디에서 왔든 혹은 최고의 사람이든 그들을 무찌를 것이다.

디포는 이러한 여담을 지루하거나 불쾌하게 생각하지 않기를 바란다고 말한다. 그리고 디포의 여담은 바로 뒤이어 자신이 영국 각지를 돌며 관찰한 결과와 관련시킨다. 그는 영국이 무역 국가라고 언급한 다음 그것에 대한 논리를 전개한다.

1. 우리나라가 무역 국가라는 것은 다른 나라처럼 우리 국민이 가장 비열하지 않다는 것을 말한다.

2. 신사 계급에서 뿐만 아니라 귀족 계급에 이르기까지 그들은 모두 가장 부유한 가족이나 위대한 사람으로 인정받고 있다. 그러나 그들이 이렇게 인정받는 것은 그들의 태생이나 부유함이 아니다. 그것은 그들이 무역을 통해 재산을 확보했기 때문이다.

3. 새로운 부를 축적한 사람은 가족이나 그들의 태생을 부끄러워하지 않고 그야말로 부끄러워할 짓도 하지 않는다.

당시의 영국에는 수 많은 근면한 귀족과 신 사 계급이 있었다. 이 러한 가문 중에 명성이 자자한 사람도 있었다. 하지만 다른 나라와의 무역으로 부자가 된 사 람은 많지 않았다. 디 포는 이러한 상황에서 무역을 두 개의 중요한 단계로 설명하고 있다. 우선 무역에 의해 '당시 의 신사들은 그들의 관 계를 개선했고 그들의 재산을 축적'했다는 것

영국 귀족

이다. 두 번째로 그들은 무역을 통해 부를 축적함으로써 높은 지 위에 올랐다. 그리고 '그들은 지금 새로운 계급으로 떠오르면서 그들이 만든 재산과 직업을 가지게 된 것'이다.

그러므로 영국의 귀족과 부유한 가문이 그렇게 많이 생겨난 것은 무역을 통해 만들어진 결과였다. 그러나 영국의 상황이 그 이상 더 좋아질 수 없는 것은 사실이었다. 그런 상황에서 영국의 신사 계급과 귀족 출신의 자식 중 상당수가 돈과 권력이 충족되 었다. 이들은 지속적으로 모험에 도전하여 무역업자가 되었다. 역사적 상황에서 볼 때 무역업자는 비열한 짓을 많이 했다. 그러 나 디포는 이렇게 안정적인 부를 축적한 이후 위에서 언급한 것 처럼 영국의 무역업자는 일반적으로 다른 나라와 달리 비열한

국민이 되지 않는다고 주장한다.

디포는 여기에 덧붙여 영국의 무역 자체는 다른 나라와 다르다는 점을 강조한다. 즉, 영국 사람은 다른 나라의 무역업자와 달리 그들의 기술을 실천하는 방법이 결코 비열하지 않다는 것이다. 당시의 무역은 사람이 그들의 부와 가문을 일으키는 데 가장 빠르고 편리한 방법이 되었다. 그러므로 무역은 유명한 사람이나 훌륭한 가문의 자식이 시작해야 하는 분야로 새롭게 등장하고 있었다.

디포는 무역을 반드시 항해와 모험 그리고 외국의 이국적인 발견이 포함되어야 한다고 설명한다. 이것은 디포가 무역을 모험, 여행 그리고 해외에서의 개척지를 개발하고 부를 축적하는 것과 같은 맥락에서 이해한다는 의미가 된다. 당시에는 이와 같은 사실이 일반적으로 무역에 의해 발전 혹은 개발될 수 있다는 생각이 팽배했다. 그리고 이런 임무의 수행은 무역과 무역하는 사람 그리고 상인에 의해 수행되는 것으로 말해지고 있었다. 무역업자는 상인과 마찬가지로 선박과 관련이 있었다. 그러나 상인만이 선박의 주된 고용인이 될 수 있었다.

디포는 이런 상황을 자신과 같은 평범한 사람에게 적용하였다. 그렇게 됨으로써 평범한 사람들에게 무역은 앞으로 경험할 특정한 부분이 되었다. 그리고 디포는 영국의 무역과 무역업자들을 그러한 가치 속에 함께 위치시켰다. 그리고 디포는 그러한 사실을 세련된 사람만이 받아들이고 이해할 수 있다고 주장한다. 그러나 그들은 국가의 가치를 떨어뜨리는 사람일 수 있었다. 그러므로 이것을 직업과 부를 가진 신사 계급이라고 불렀다. 디포의 설명에 따르면 신사 계급은 전통적인 귀족 가문을 능가하는 능력이 있어야 했으며, 숫자상으로도 귀족보다 훨씬 많이 있었다.

국가가 축적하는 부의 측면에서도 이것은 무역하는 사람의 몫이 되었다. 그리고 당시에 벌어진 몇 년간의 전쟁 이후 고용의 창출과 해외에서의 엄청난 활동 기회가 영국인들에게 주어졌다. 이들은 영국의 명예에 걸맞게 많은 가문을 일으켰고 부를 축적할 수 있게 되었다. 여기서도 디포는 무역업자의 역할에 대해 강조한다. 그들 가운데 '많은 가문이 전쟁에 참전해서 그동안에 어마어마한 재산을 모았다'는 것이다. 그들은 군대와 해군에게 의복, 봉급, 식량 물자 그리고 필요한 물품을 공급했다. 그리고 이들에 의해 막대한 세금이 걷히고 융자가 지급되었다. 이러한 모든 경우 돈으로 유통되었다.

당시의 무역업자들은 은행과 회사가 운용되도록 자금을 준비했다. 이들에게는 관세와 물품세가 징수되었다. 무역과 무역업자는 전쟁 부담을 짊어지고 있었다. 당시의 금액으로 그들은 연간 대중 채무의 이자를 400만 달러 정도 지불하고 있었다. 이들에게 세금이 징수되고 이들에 의해 대중의 채무가 지급되었다. 그러므로 무역은 무진장한 자금 공급처였고 국가의 모든 것이 무역에 의존하는 상황으로 되었다.

무역과 마찬가지로 무역업자는 자신들의 희생에 대한 대가의 몫을 보상받았다. 영국 대부분의 지역에 분포했던 무역업자는 런던에서와 마찬가지로 부유한 삶을 살고 있었다. 무역업자가 운영하는 단순한 소매업일지라도 그들은 1만 파운드에서 4만 파운드의 재산을 가지고 활동하였다. 그들은 이윤이 생기면 그의 가족에게 분배하는 것을 당연하게 생각했다.

디포는 영국 전역의 신사 계급을 세밀하게 구분하고 있다. 그는 영국 곳곳에 있는 소수의 신사 계급을 제외하면 나머지 신사

무역의 도시 런던의 야경

계급은 지나치게 높은 생활비를 사용한다고 비난한다. 디포는 그들 중 언젠가 병이 들면 다른 일반적인 가족과 마찬가지로 1년에 600에서 700파운드 이하로 살아가는 신사 계급으로 전락할 수 있다고 경고한다. 디포는 그들이 부채를 짊어지고 어쩔 수 없는 상황에 처하게 됨으로써 엄청난 빚을 지게 된다는 결과를 알고 있었다.

　디포는 누구보다 런던의 상황을 잘 알고 있었다. 그는 여러 지방을 여행하면서 런던을 잘 알고 있는 자신이 런던의 주변을 누구보다 세심하게 관찰했다고 말한다. 그가 관찰한 런던의 상황은 새로운 계급과 몰락하는 귀족의 관계를 잘 드러낸다. 옛날의 가문은 시간이 흐르면서 가족의 불행으로 몰락해갔다. 새로운 무역업자는 자신들의 계급을 이용해 그들만의 영지를 소유하였다. 이들은 신사 계급으로 성장하면서 엄청난 부를 축적하고 그것을 셈할 수 없을 정도가 되었다. 상점, 도매업 그리고 소매업도 마찬가지였다. 디포는 가장 훌륭한 신사 계급에 속한 무역업자의 자식의 경우를 예로 든다. 무역업자의 딸은 공작의 머리 장식을 하고 최고 귀족이 타는 마차에 올라가는 모습을 볼 수 있었다.

당시 많은 무역업지들온 고귀하기를 기부하고 기사가 되는 깃도 비난하기 시작했다. 그들은 영국에서 가장 부유한 일반인이 되는 것으로 만족했다. 디포는 무역업자가 부를 축적하는 것과 반대로 무역업자의 자식이 지식에 뒤쳐지고 있음을 지적하기도 했다. 여기서 디포가 강조하는 것은 그들이 궁전에서 자라든 예의범절이 무엇이든 간에 일반적으로 말해 세상의 지식에서 신사 계급에 뒤쳐진다는 점이다.

디포가 살았던 당시에는 과거의 명문 가문과 새로운 신흥 계급의 자식들 간에 교류가 있었다. 그들의 조상은 모두 런던의 무역상이었다. 런던의 어느 곳에서도 고귀한 저택이 군주의 저택보다 더 훌륭하게 세워지고 있었다. 무역업자나 그들의 자식은 도시에서 얼마 떨어지지 않는 곳에 새로운 주택을 세웠다. 반대로 고대 신사 계급의 저택이나 궁전들은 그들의 가문과 마찬가지로 낡아빠져 보이고 소실되어 가고 있었다. 많은 재산을 가진 신사가 대중 앞에서 자신을 거칠게 비난하는 것은 공공연한 사실이었다. 그러나 디포에게는 이것 또한 재치 있고 정당한 재담이 될 수 있었다. 디포는 자신이 신사 계급에 속하지 않았다고 말한다. 그러나 신사 계급이 스스로 자신을 반성하는 것을 찬양하는 것은 멈추지 않았다.

디포의 분석적 토대는 무역업자가 얼마나 좋은 항구에 있든 아니면 얼마나 훌륭한 인물이든 그들은 평범한 신사 계급으로 살아가면서 많은 것을 도시에 제공한다는 사실에서 기인한다. 도시에 있든 시골에 있든 평범한 신사는 1년에 신사 양반이 400~500파운드를 가지고 생활하는 것보다 더 많은 돈을 매년 썼다. 이러한 경향은 매년 더 늘어나고 있는 추세였다. 반대로 신사 양반은 기껏해야 지위만 유지하고 있기 때문에 재산이 줄어들 수밖에 없었다. 그리고 지위가 낮은 신사 계급은 1년에 100파운드에서 300파운드 정도의 재산을 가지고 있었다. 이들은 다른 신사 계층에 비해 잘난 체할 만큼 높은 지위에 있지만 그것 역시 줄어들고 있었다.

이런 계층의 신사 계급과 비교해볼 때 런던에 살고 있는 구두 수선공은 더 좋은 집을 가지고 있었다. 그들은 신사 양반보다 더 많은 돈을 사용하고 가족에게 더 좋은 의복을 입혀주며 부유한 생활을 하고 있었다. 이러한 차이점을 디포는 '재산은 연못에 불과하고 무역은 봄'과 같다고 표현한다. 디포는 재산과 무역을 비교한다. 연못은 일상적으로 물이 공급되면 그 물에 의해 연못의 물이 고인다는 것이다.

디포는 무역을 연못과 비교하면서 무역에 대한 상세한 예를 제시했다. '사실 그 연못에 고인 물이 안전해보인다. 하지만 연못의 물은 이웃집 땅에서 배출된 것이다. 그렇지만 그것으로 충분하다고 볼 수는 없다. 우리는 기대할 것이 없고 자체가 기대되는 모든 것이다. 하지만 무역은 무진장한 흐름이다. 무진장한 흐름에 의해 연못의 물이 채워진다. 그것뿐만 아니라 연못이 채워지면 끊임없이 흘러 넘치게 한다. 그리고 낮은 곳의 연못을 모두 채워주며 그곳에 항상 물이 고이게 만든다.'

디포는 이것을 영국이 실천하고 있는 무역의 경우도 마찬가지라고 설명했다. 디포가 생각할 때 영국이 진행하는 무역의 규모는 너무 광대하였다. 그렇기 때문에 더 이상 영국의 무역업자가 귀족 계급과 신사 계급의 신분 목록을 채우는 것은 놀랄 일이 아니었다. 최고 가문의 신사가 무역업자의 딸과 결혼하는 것도 놀랄 일이 아니었다. 귀족의 젊은 아들이 무역업자의 도제로 들어가게 하는 것도 놀랄 일이 아니었다. 무역업자의 젊은 아이들이 귀족의 재산을 구입하고 가문을 일으키기 위해 얼마나 자주 귀족의 집에 드나드는지 알 수가 없을 정도였다. 반면, 귀족 집안의 자식은 방탕하고 낭비가 심하여 물려받은 재산을 탕진했다. 귀족 자녀는 기독교도의 가문을 일으켜야 할 의무가 있음에도 불구하고 무역업자의 자식들에게 복종하는 운명에 처해졌다.

당시의 영국에는 더 이상 무역이 신사와 관계가 없는 것처럼 보이는 시대는 지나갔다. 그것은 영국의 무역이 신사 계급을 만들었기 때문이다. 그리고 무역에 의해 영국의 새로운 계층으로 신사 계급이 자리를 차지하였다. 무역업자의 자손이 한 세대나 두 세대만 이끌어간다면 그들은 고귀한 태생의 가장 오래된 가문의 자식처럼 훌륭한 신사, 정치가, 국회의원, 추밀원, 판사, 주교 그리고 귀족까지도 될 수 있었다. 이제 더 이상 그들 위에 굴림할 것이 아무것도 없었다.

결과적으로 영국은 상인이 백작이 되고 이발사의 아들이 국무장관이 되는 시대가 되었다. 영주의 아버지도 과거에는 무역업자였다. 디포는 기술자의 혈통을 지닌 유족이든 출세한 무역업자의 후손이든 그들이 가진 천재성과 능력에는 어떤 단점도 없다고 말한다. 그들은 오염되지 않은 혈통과 가문으로 새로운 신사 계급을 만든다. 여기에는 과거 어디에서도 찾아볼 수 없는 관대한 원칙이 있을 뿐이다. 이제 세상의 지식이 최고의 교육으로 자리잡아가고 있었다.

디포는 이상적인 영국 신사에 대한 설명을 다음과 같이 소개하고 있다.

1. 타고난 신사.
2. 만들어진 신사.

여기서 디포가 말하려는 완벽한 신사는 두 가지 경우였다. 디포는 완벽한 신사를 독립적으로 이해하는 것이 필요하다고 말한다. 타고난 신사는 신사가 되기 위해 그의 태생에 맞는 학문이나 예절을 배워야만 한다. 그래야 신사로서의 가치와 품위를 지닌 사람이 될 수 있다. 그러나 우리는 이러한 디포의 주장이 자신이 정말로 무식하다고 비난받지 않기 위한 설명임을 알아야 한다.

당시에는 이렇게 신사 계층을 구분하는 것 자체가 많은 사람으로부터 불평의 여지를 불러일으킬 수 있었다. 전통을 고집하고 귀족과 봉건 제도의 규칙에 익숙한 사람들은 학문이나 미덕 그리고 모든 인간적인 장점을 배타적으로 바라보았다. 그리고 그들은 가문의 장식과 전리품을 숭배하고 그들의 집에 새긴 문장(紋章)으로 인간과 가문을 평가하던 시기였다.

반대로 디포는 평범한 사람들의 자식은 태어날 때부터 재산, 위트, 감각, 용기, 선 그리고 선량한 기질을 원래부터 가지고 태어났다고 보았다. 그들은 조국에 봉사하기 위한 교양 교육과 분리되었다. 그러나 평범한 사람들은 훌륭하고 좋은 행동에 의해 분류되기 때문에 행복한 삶과 진정한 명성을 얻기 위해 그들이 처한 상황을 받아들이는 것이다. 디포는 학문과 지식을 전달하고 교육하기 위해서는 막대한 자본이 필요하다는 것을 알고 있었다.

그리고 디포는 학문과 자본은 인간의 마음에 들어 있는 자연스런 아름다움으로 생각하였다. 이것은 명석한 두뇌, 관대한 마음 그리고 정중한 행동을 실천해야만 가능한 것들이다. 한마디로 학문과 자본은 태생과 혈통이 받아들이는 모든 필수적인 항목이며 완벽한 신사의 기본이 되었다. 디포는 그런 사람이 신사의 지위에 오를 수 있다고 인정힌다. 그리고 이런 사림이 최고의 자리를 차지함으로써 귀족 집안의 계층을 형성할 수 있었다. 그것은 정복자의 군대나 줄리어스 시저와 함께 상륙한 군대의 장군만이 가질 수 있는 가문이었다. 그렇기 때문에 디포는 이들만이 신사의 반열에 오를 수 있다고 말한다.

이러한 두 가지의 경쟁을 거치면서 디포가 말하는 완벽한 신사가 만들어진다. 그들이야말로 가장 현명한 미덕과 최고의 가치 업적에 의해 칭찬을 받아야 했다. 그러나 디포는 고대 풍습에도 적당한 충성을 보여야 한다고 주장한다. 그는 여전히 특별한 우상 숭배도 없이 고대의 가문이 가졌던 이미지를 존경한다. 디포는 그러한 가문에 가능한 모든 존경을 표현했다. 그리고 그러한 가문의 자식들은 모든 출생의 영광을 찾아야 존경받을 수 있다고 주장하였다. 그리고 그들에게 충분히 그럴 가치가 있다고 생각했다.

디포는 고대 신사 계급의 영광이 실추되지는 않기를 희망했다. 이와 동시에 디포는 신사의 이로운 점과 그들 스스로 가치를 가져야 한다는 점을 주장했다. 미덕, 학문, 교양 교육 그리고 자연스럽게 습득된 지식의 정도는 타고난 신사를 완성하는 데 필수적인 항목이라는 것이었다. 만약 그것이 없다면 디포는 자격 있는 상속인이 누구인지 알 수가 없다고 했다. 그것은 불투명하고 어두운 행성처럼 신사라는 망령에 지나지 않았다. 타고난 신사라면 그들은 시대에 적당히 반항하면서 행성의 빛을 받아들이고 자신들의 의사를 밖으로 표현해야 했다.

디포의 주장대로 당시의 신사는 사소한 발전을 위해 신사의 조건에 사소한 의견도 달리하면 안 되었다. 신사야말로 모든 것과 화해하고 그들의 장점과 혈통을 잇는 데 의심의 여지가 없었다. 완벽한 신사는 신의 창조에 맞는 가장 영광스러운 것을 만들 수 있다고 디포는 보았다. 디포는 이것이야말로 모든 작품의 주제에 적당하게 맞는다고 보고 있다. 이것이 디포가 이해한 타고난 신사에 대한 이야기였다.

디포는 그러한 신사 혹은 중류층에게 특이한 장점과 태생에 적당한 모든 영예를 그의 소설에서 보여주려고 했다. 그리고 그는 타고난 신사에게 모든 경우의 특혜를 주고자 했다. 그는 그러한 신사에게 최고만이 가질 수 있는 모든 것을 허용했다. 디포의 생각대로 신사는 혈통에서도 우선권을 차지하고 있었다. 그리고 그들의 장점과 우수함이 세상 어디에서도 평등하게 적용되기를 기대했다. 이제 작가 디포는 그런 신사를 구속하지 않으려 했다. 그는 그러한 계급을 활용하여 열등함을 능가할 수 있는 자격을 그의 소설에서 주고자 했다.

□ 생각거리 ● ● ●
1. 디포 생존 당시, 영국의 시대적 상황과 그의 『로빈슨 크루소』가 담고 있는 의미는 무엇인가?
2. 디포가 생각하는 신사 계급은 어떤 것인가?

로빈슨, 선원이 되다

　로빈슨은 1632년 영국의 요크 시에서 태어났다. 아버지는 브레멘에서 태어난 외국인이었는데, 영국의 한 지방인 헐에서 정착하여 무역으로 한 재산을 모았다. 어머니의 가문은 로빈슨이었고 그 지방에서 명망이 있었다. 그의 이름은 로빈슨 크로이츠나엘인데, 사투리 같아서 나중에 크루소로 바꾸었다. 로빈슨에게는 형이 두 명 있었다. 큰형은 영국 보병연대의 중령으로 있다가 사망했고 둘째형은 행방을 전혀 몰랐다. 셋째로 태어난 로빈슨은 일찍부터 방랑과 모험을 하려는 생각에만 사로잡혀 있었다.

　아버지는 로빈슨을 법관으로 만들고 싶었다. 그러나 로빈슨은 배를 타는 것만이 소원이었다. 이처럼 바다로 나갈 갈망이 컸기 때문에 아버지의 뜻과 명령 그리고 어머니와 친구들의 간청과 설득도 모두 물리쳤다. 로빈슨은 그의 타고난 외고집이 자신을

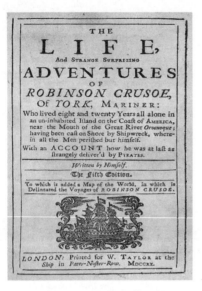

『로빈슨 크루소』 원본

비참한 생애로 몰아간 어떤 숙명처럼 생각한다. 중풍으로 고생하던 아버지는 로빈슨이 취직해서 돈을 벌어 편안하고 즐거운 생활을 할 수 있으리라 기대했다.

당시에는 모험을 찾아 바다를 항해하려는 사람이 많았다. 이들은 기발한 일로 이름을 날리려는 자, 극심한 절망에 빠진 사람 아니면 야심만만하고 재산이 굉장히 많은 모험가들이었다. 로빈슨은 중류층이면서 하류층보다 높은 신분을 가지고 태어났다. 로빈슨의 아버지 말처럼 로빈슨은 중류층이야말로 세상에서 가장 좋은 신분이며 사람의 행복에 가장 알맞은 계층으로 이해했다. 로빈슨의 진정한 행복의 기준은 바로 중류층이었다. 이들은 가난을 벗어나고 슬기로운 사람의 계층을 형성하였다. 그래서 로빈슨의 아버지는 로빈슨이 바다로 나가는 것을 허용하지 않았다.

그러나 로빈슨은 인생의 재앙은 상류층과 하류층에서 일어난다고 보았다. 대신 중류층은 거의 재난을 겪지 않았다. 그들은 상류층과 하류층처럼 덧없이 변하는 인생의 소용돌이를 겪지 않는다. 중류층이 보여주는 중용의 생활은 모든 덕성과 안락함에 알맞은 삶이었다. 평화와 부유함은 중산층의 하녀가 되었다. 절제와 중용, 건강과 친교 그리고 모든 유쾌한 오락과 바람직한 쾌락은 중류 생활자에게 주어진 축복이었다. 아버지는 중류층의 삶에 대해 로빈슨에게 다음과 같이 이야기한다.

"중류층 생활을 하면 심신의 노동으로 괴로워하지 않는다. 우리는 하루의 식량을 얻기 위해 종살이로 몸을 팔 필요도 없다. 복잡한 환경으로 마음의 평화와 육체의 안식을 잃지 않는다. 그리고 엄청난 성공에 질투하거나 남몰래 불타는 야망으로 흥분하지 않는다. 우리는 편안한 상태에서 세상을 점잖게 살며 생활의 즐거움을 마음껏 맛본다. 고통 없는 삶은 행복 자체다. 우리는 하루하루의 경험으로 행복을 더욱 절실하게 알게 된다. 평범하고 편안하게 끝을 맺는 것이 우리의 보람찬 인생이다."

아버지의 경고는 로빈슨이 집을 떠나 불행해져도 아무도 도와줄 수 없다는 것이다. 아버지는 그러한 예로 형처럼 아버지의 충고를 듣지 않고 군대에 가서 전사한 사실을 들려준다. 아버지는 마치 예언을 하듯이 로빈슨이 어디론가 떠나는 것은 하느님도 축복하지 않을 것이라고 말한다. 하지만 로빈슨은 몰래 집을 떠나기로 마음먹는다. 그런 사실을 로빈슨은 어머니에게 다음과 같이 고백하며 대화를 나눈다.

"저는 세상을 구경하고 싶은 생각밖에 없어요. 어떤 일을 해도 손에 잡히지 않고 끝까지 일을 해낼 자신도 없어요. 그래서 아버지의 허락이 없어도 저는 떠날 생각입니다."

"아버지는 무엇이 네게 이로운지를 잘 알고 계시다. 내게 해로운 일인 줄 아시면 허락하시지 않을 것이다. 어쨌든 부모의 허락을 받을 생각은 아예 하지도 말아라. 아버지나 어머니가 너의 파멸을 돕다니 말이 되느냐."

이런 일이 있은 후 1년 뒤에 로빈슨은 집을 떠났다. 그는 헐이라는 곳에서 친구를 만났는데, 그의 꾐에 빠져 아버지나 어머니에게 아무런 의논도 할 수 없었다. 그리고 1651년 9월 1일, 로빈슨은 런던으로 가는 배를 탔다.

그때까지 바다에 나와 본 일이 없었던 로빈슨은 심한 배멀미에 시달렸고 바다의 공포에 떨었다. 로빈슨은 이러한 상황을 아버지로부터 도망쳐 자신이 할 일을 팽개친 것에 대한 하느님의 벌이라고 생각했다. 로빈슨은 부모의 충고와 아버지의 눈물 그리고 어머니의 간청을 생생하게 되살렸다. 이처럼 극도의 고통을 받아본 적 없는 로빈슨은 또다시 아버지의 충고를 무시하고 하느님과 아버지대한 대한 의무를 저버린 것을 마음으로부터 깊이 뉘우쳤다.

심한 파도, 바다에서의 첫 경험 그리고 풋내기 선원으로서 로빈슨은 중류층의 생활과 신분이 좋다는 아버지의 의견이 옳았다고 생각한다. 그는 진실로 성서에 나오는 회개한 탕아처럼 아버지에게 돌아가기로 굳게 결심한다. 그러나 다음날 바람이 자고 바다가 조용해지자 그는 폭풍에 익숙해지기 시작했다.

바다가 이전처럼 잔잔해지고 폭풍도 가라앉았다. 초조하던 로빈슨의 마음은 사라지고 삼켜버릴 듯한 바다에 대한 두려움과 걱정도 잊혀졌다. 그러자 로빈슨에게는 옛날부터 품었던 욕망의 물결이 다시 몰려왔다. 괴로움과 공포에서 생각했던 맹세와 약속도 잊었다. 그러나 또다시 폭풍이 몰려왔다. 그는 맨 처음의 후회를 되새기며 자신의 우유부단한 생각을 질책한다. 로빈슨은 전에 자신의 결정에 대해 한 번 후회를 했다. 그리고 다시 그 후회를 뒤엎고 잘못된 결심으로 되돌아간 그 일 때문에 생긴 공포로 로빈슨은 죽는다는 공포가 열 배는 더 크게 느꼈다.

그러나 로빈슨은 괴로움과 공포 속에서 결정한 맹세와 약속을 다시 잊는다. 그것은 마치 병에서 벗어나려고 몸부림치는 것과 같았다. 그는 마음을 다시 잡고 술을 마시고 사람들과 어울리는 일을 익히는 데 열중한다. 그러면서 천천히 고향으로 돌아가고 싶다는 발작적인 충동을 이겨냈다. 또다시 엄청난 폭풍이 불어오자 그는 비로소 공포와 경악이 깃든 선원의 얼굴을 보게 되었다. 죽음의 고통이 지나가자 그는 이것도 처음처럼 아무것도 아닐 거라고 생각했다. 로빈슨은 모든 모험을 끝내고 또다시 처음 선원이 되었던 시절을 반복해서 생각해본다.

"누구나 이때의 내 기분이 어떠했는지 판단할 수 있을 것이다. 풋내기 선원이 항해를 시작한 지 며칠도 되지 않았는데 대수롭지 않은 전날의 폭풍에 그처럼 놀랐던 것은 당연하다. 하지만 오랜 세월이 지난 지금에 와서 그 당시 품었던 기분을 돌이켜 생각해본다. 전에 한 번 후회를 하고서도 다시 그 후회를 뒤엎고 잘못된 결심으로 되돌아간 그 일이었다. 그것 때문에 생긴 공포는 죽는다는 공포보다 열 배는 더 큰 것 같았다."

그러나 로빈슨이 탄 배는 폭풍을 다시 만났다. 보트로 옮겨 탄 지 15분도 안 되어 로빈슨이 탄 배가 가라앉았다. 그때서야 로빈슨은 배가 바다에서 침몰한다는 사실이 어떤 기분인가를 알았다. 그는 노를 저어 야마우스라는 곳에 도착했다. 그러나 불길한 운명이 로빈슨의 의지를 거스르며 끈덕진 힘으로 그를 어디론가 몰아갔다. 이성과 냉정한 판단은 그에게 집에 돌아가라고 몇 번이나 호소했다.

그러나 그는 그런 것에 저항할 힘이 없었다. 로빈슨은 이런 것

로빈슨의 난파

을 무엇으로 정의해야 할지 몰랐다. 눈앞에 재난이 가로 놓여 있는 줄 알면서도 자신을 파멸로 몰고 가는 것을 신비스런 섭리로 생각할 뿐이었다. 그는 흥분을 가라앉히고 냉정한 판단, 설득 그리고 첫 여행의 조난을 생각했다. 그러나 그가 얻은 두 번의 뚜렷한 교훈은 오히려 반대 방향으로 그의 운명을 몰아갔다. 그 결말은 로빈슨이 피할 수도 헤어날 수도 없는 고통이었다.

로빈슨, 해적에게 잡히다

　로빈슨은 집으로 돌아가는 것이 최선의 길이지만 창피해서 그럴 수 없었다. 그는 미래의 어떤 길로 가야 할 것인가를 결정하지 못한 채 얼마동안 시간을 보냈다. 집에 돌아가고 싶다는 생각이 끈질기게 그를 괴롭혔다. 그러나 집에서 뛰쳐나오게 한 신비한 힘, 출세해보겠다는 거칠고 돼먹지 않은 망상에 빠져 온갖 선의의 충고와 아버지의 간절한 부탁이나 명령마저 귀담아듣지 않고 고집만 부린 알 수 없는 괴상한 힘이 그를 사로잡았다.
　결과적으로 그의 판단은 어긋났고 그 판단이 그의 운명을 불행하게 만들었다. 그는 늘 신사 차림으로 배를 타고 있었다. 그동안 로빈슨은 그가 탄 배에서는 아무런 직책을 가질 수 없었고 배우는 것도 없었다. 그러나 로빈슨은 우연히 기니 해안으로 갈 예정이었던 선장 한 사람을 알게 된다. 그 선장은 로빈슨에게 함께 배를 타자고 제안했다. 로빈슨은 정직하고 경우 바른 이 선장과 굳은 우정을 맺고 그와 함께 떠나기로 했다.

노예가 된 로빈슨

로빈슨은 그 선장으로부터 수학과 항해학에 대한 교육을 충분히 받았다. 그리고 배의 항해 기록과 기상 관측을 배워 선원으로서 알아야 할 몇 가지 기술도 익혔다. 선장은 즐겁게 가르쳤고 로빈슨도 배우는 것이 즐거웠다. 한마디로 이 여행을 통해 그는 선원이 되고 상인이 된 것이다.

로빈슨은 기니에서 무역상으로 나섰다. 그러나 로빈슨의 배가 카나리 제도와 아프리카 해안선을 항해하고 있을 때 터키 해적선을 만난다. 그들은 모두 포로로 잡혀 무어인의 항구인 살리로 붙잡혀갔다. 로빈슨은 해적 두목의 종이 되었다. 로빈슨은 탈출할 방법을 계속 준비하고 있었다.

어느 정도 시간이 흐르자 로빈슨은 탈출 계획을 실천하기로 한다. 그는 주인의 친척인 무어인에게 핑계를 대었다. 그리고 배 위에 먹을 양식을 더 준비하고 밀랍 덩어리와 새끼줄 한 타래, 도끼, 톱, 망치 등 나중에 굉장히 쓸모 있는 물건들을 날라다 실었다. 로빈슨은 초를 만드는 데 필요한 밀랍을 챙겼다. 그는 총과 화약 그리고 탄환을 배에 싣는다. 그는 한 명의 노예 소년과 함께 배를 타고 먼바다로 나간다. 처음에는 그 소년을 떨쳐버리고 혼자 도망하려고 한다. 그러나 그 노예 소년은 수영을 하지 못했고 살려달라고 애원했기 때문에 그 소년에게 충성의 맹세를 하게 만든다.

그 소년의 이름은 '수리'였다. 수리의 출현은 로빈슨의 탈출에 많은 도움을 주었다. 그들은 물이 필요했으며 동물들의 위협도 이겨내야만 했다. 수리의 행동은 로빈슨에게 그를 더욱 의지하고 좋아하게 만들었다. 수리는 야만인이 오면 자기가 대신 잡혀먹히고 로빈슨을 도망치게 한다고 말했다. 그는 솔선수범하여 혼자 물을 떠오겠다고 말했다. 로빈슨은 함께 같이 가자고 제안했고 두 사람은 섬에 상륙했다.

카나리 제도와 게이프 버드 제도에서 멀지 않은 곳에서 그들은 무역선이 지나가기를 기다렸다. 여기서 로빈슨과 수리는 토인들과 만나고 여러 종류의 짐승들을 사냥하면서 다양한 모험을 즐긴다. 그는 토인들을 위해 맹수를 잡고 그들에게 그것들을 준다. 그리고 그동안 잡았던 동물의 가죽을 식량과 바꾼다. 그리고 마침내 포르투갈 무역선을 만나 브라질로 가게 된다. 그는 선장에게 수리를 넘겨준다.

로빈슨, 또 다른 항해를 하다

로빈슨은 가지고 있는 모든 것을 선장에게 팔아서 220 스페인 돈을 만들어 브라질에 도착했다. 그는 거기서 얼마 동안 시간을 보내면서 농사와 설탕을 만드는 방법을 배웠다. 그리고 그곳의 농부가 얼마나 잘살 수 있으며 어떻게 벼락부자가 되는가를 알게 되었다. 성공의 목적을 위해 그는 먼저 귀화 서류를 입수하고 돈이 되는 대로 미개척지를 사들여 농장 경영의 계획을 세웠다.

어느 정도 농장 주인으로 성공을 거두자 로빈슨은 자신의 천성과 반대되는 엉뚱한 직업에 종사하는 자신을 보고 후회했다. 그는 스스로 고도에서의 외로운 생활을 하는 것이 그의 운명이라고 생각했다. 그는 무역을 통해 많은 돈을 벌 수 있었다. 그의 충실한 대리인인 선장은 옷, 포목, 모직 및 브라질에서는 값이 비싸고 양이 딸리는 영국 공장 제품들을 가져와 로빈슨에게 원가의 네 배 이상의 이익을 얻게 하였다.

로빈슨은 이러한 생활이 자연과 신의 섭리가 자신에게 지시하는 것과 차이가 있다고 생각했다. 그리고 자신에게 주어진 인생의 목적과 방향을 좇아 올바르게 사는 것이 아니라고 생각했다. 그는 지금까지 방랑의 기질과 어리석은 욕망에 집착했다. 그리고 자신의 욕망을 고집스럽게 추구하면서 경솔하고 무모한 모험과 행동을 했다. 그는 무역 상인과의 친교를 통해 무역하는 방법, 구슬, 장난감, 칼, 가위, 도끼, 유리 같은 잡화로 사금이나 기니의 곡물, 상아는 물론 브라질에서 필요한 흑인을 쉽게 사들일 수 있는 이야기에 관심을 보였다.

결국 로빈슨은 또 다른 항해의 제안을 거부하지 못했다. 처음에 아버지가 로빈슨에게 했던 선의의 충고를 듣지 않았던 것처럼, 로빈슨은 방랑의 기질을 억제하지 못했다. 이번에도 그러한 욕망이 다시 일어났고 그는 노예 무역에 뛰어들었다. 로빈슨은 자신이 죽을 경우를 생각해 농장과 동산의 처분에 관한 공식 유언장을 만들었다. 그리고 생명의 은인인 포르투갈 선장을 포괄

상속인으로 정하고 나머지 귀중한 것들은 영국으로 보냈다. 그는 1659년 9월 1일, 바로 8년 전 부모의 권유를 거슬러 고향을 떠났듯이 불길한 마음으로 항해를 떠났다. 그리고 배는 폭풍을 만나게 되고 로빈슨은 무인도로 난파된다.

로빈슨, 무인도에 난파되다

물건을 나르다

    로빈슨은 무인도에 난파되어 혼자 살아남는다. 잠에서 깨어난 로빈슨은 난파된 배에서 물건을 가져오기 시작한다. 우선 그는 배에서 물건들을 찾아내어 버릴 것과 쓸 만한 것을 가려낸다. 배 안의 식량은 물에 젖지 않고 아직은 신선하여 먹을 만했다. 그는 식료품 저장실에 들어가, 먹는 시간까지 아끼기 위해 주머니에 비스킷을 가득 넣고 먹으면서 일했다. 큰 선실에서 럼주도 찾아내어 한 잔 마신다.

    로빈슨은 웬만한 무게를 견딜 수 있는 뗏목을 만든다. 로빈슨은 사용 가능한 판자를 모아 뗏목에 싣고 가장 필요한 것이 무엇인가를 생각한다. 그는 우선 선원들이 쓰던 큰 궤짝을 찾아 안에 든 것을 모두 뗏목 위에 올려놓았다. 첫 번째 상자에서 발견한 빵, 쌀, 치즈, 마른 염소 고기와 옥수수 등 식량이 되는 것은 모두 뗏목에 실었다. 로빈슨은 섬에서 사용할 연장을 찾기 위해 배 안을 샅샅이 뒤져 목공 상자를 발견한다. 다음은 탄약과 무기 그리고 큰 선실에서 성능 좋은 엽총 두 자루와 권총 두 자루도 찾았다. 그는 총과 뿔에 든 화약과 산탄이 든 상자 그리고 녹슨 칼 두 자루를 찾아냈다.

다음으로 로빈슨은 섬의 지형을 둘러볼 계획을 세운다. 거처를 결정해야 했고, 짐을 쌓아두거나 만일의 경우에 대비할 안전한 장소를 찾았다. 로빈슨은 자신이 있는 곳이 어디인지, 대륙인지 섬인지, 무인 지대인지 사람이 살고 있는 곳인지, 맹수의 위험이 있는지 없는지 알지 못했다. 그래서 로빈슨은 섬을 조사하기로 결심한다. 그러나 섬을 조사하던 중 로빈슨은 망망한 바다와 멀리 몇 개의 암초와 작은 섬 두 개 말고는 육지라고는 전혀 눈에 띄지 않는 외로운 섬에 와 있는 자신을 발견한다.

섬은 불모지며 무인도였다. 그는 큰 새를 잡기 위해 총으로 새를 쏜다. 이 총소리는 천지개벽 이후 처음으로 이 섬에 울린 문명의 소리였다. 섬을 대충 조사한 다음 로빈슨은 배에서 쓸모 있는 물건을 다시 꺼내올 생각을 한다. 그는 첫 번째의 경험을 살려 필요한 모든 물건을 섬으로 날랐다. 그리고 텐트를 만들어 잠자리를 위한 주거 문제를 해결했다. 로빈슨은 가지고 올 수 있는 것은 모두 섬으로 가지고 왔다.

로빈슨은 본능적으로 야만족과 맹수가 나타날 것에 대비하고 자신을 보호하기 위해 필요한 일에만 몰두한다. 로빈슨은 어떤 방법으로 자신을 보호해야 할지 생각한다. 로빈슨은 집을 지어야 하는 문제, 땅 속으로 굴을 파는 문제 그리고 천막을 세우는 문제를 가능한 모두 생각해보았다. 우선 필요한 조건으로 로빈슨은 건강과 식량 문제를 생각한다. 그는 태양열을 피하고 야만인과 맹수로부터 안전한 장소인지 그리고 바다가 잘 보이는 곳인지 생각한다.

로빈슨은 틈틈이 총을 들고 밖으로 나가 짐승을 사냥했다. 처

로빈슨과 염소

음으로 은신처에서 밖으로 나갔을 때 로빈슨은 이 섬에 살고 있는 염소를 발견하고 무척 만족스러워한다. 그때부터 로빈슨은 스스로 자신의 처지를 생각해본다. 그는 폭풍으로 배가 파선되어 섬에 난파되었다. 로빈슨은 자신이 계획한 인생의 항로에서 벗어나 있다. 그는 황량한 곳에서 쓸쓸한 생애를 보내는 것을 하느님의 뜻으로 생각한다.

그 순간 로빈슨은 자신이 모든 것을 풍족하게 가지고 있다는 사실을 인식한다. 그에게는 탄약이 떨어져서 총을 쏠 수 없게 되어도 살아갈 수 있는 길이 환히 트여 있었다. 그는 목숨이 붙어 있는 한 아무런 부족함 없이 살 수 있다고 낙관한다. 로빈슨은 섬에 난파된 이후 일어날 사고에 대비했고 탄약을 다 쓴 후 체력이 다할 미래를 고려하는 여유까지 보인다.

로빈슨은 자신의 적막한 생활과 외로움을 기록으로 남기고 싶어한다. 섬에서 열흘 정도 보낸 후 로빈슨은 노트와 펜, 잉크가 없으면, 흘러가는 날짜, 평일 그리고 안식일도 구별할 수 없을 것으로 생각한다. 로빈슨은 이러한 문제를 해결하기 위해 칼을 사용해 십자가를 만들었다. 그는 처음 섬에 상륙한 지점에 십자가를 세우고 대문자 글씨로 1659년 9월 30일에 섬에 상륙했다고 적어놓는다. 로빈슨은 시간을 요일, 월, 해로 계산하는 달력을 갖게 되고 배에서 가져온 서적도 정리한다. 그리고 배에서 기르던

개 한 마리와 고양이 두 마리를 섬으로 데리고 온다.

로빈슨은 자신의 살 집을 1년이란 세월에 걸쳐 만든다. 그의 지루한 노력과 부단한 노동이 있음에도 시간은 남아 돈다. 그때서야 로빈슨은 자신이 처한 처지와 앞으로 닥칠 환경을 심각하게 고려한다. 우선 그에게 중요한 것은 현재 생활을 기록하는 것이다. 로빈슨은 열심히 글을 씀

로빈슨과 개

으로써 괴로운 마음을 안정시키고 이성의 판단으로 마음을 달래며 좌절감을 극복한다. 그러면서 천천히 마음의 평안을 유지하기 시작한다.

이제 로빈슨은 환경에 적응할 여유도 생겼고 지나가는 배라도 찾으려는 여유를 가진다. 섬에서의 일련의 시간을 보내면서 그는 생활 조건을 개선하고 가능한 자신의 영지를 만들기 위해 울타리를 치고 물건을 쌓아둘 창고를 만들기도 한다. 로빈슨은 섬 생활의 불편함을 인식하면서도 새로운 작업을 지속적으로 착수한다.

로빈슨은 이성을 수학의 본질이며 근원으로 생각한다. 그는 주어진 모든 상황을 이성으로 처리하고 사물을 가장 합리적으로 판단하려 한다. 이제 그에게 필요한 것은 모든 기술을 습득하는 것이다. 로빈슨은 이전에 도구를 써본 적이 없었다. 하지만 시간이 흐르면서 로빈슨은 열심히 일하면서 연구하고 궁리하는 인간

의 모습을 보여주고 있다. 로빈슨은 필요한 것이 있으면 혼자서 거의 모든 것을 만들 수 있다. 특히 기구나 연장만 있다면 무엇이든 손쉽게 만들 수 있는 완벽한 인간이 된다.

로빈슨, 일기를 쓰다

로빈슨의 일기

로빈슨은 일기의 첫 부분에 이 섬을 '절망의 섬'이라고 명한다. 배에 같이 승선했던 선원들이 모두 바다에 빠져 죽었고 자신도 죽을 뻔했던 일을 시작으로 로빈슨은 모든 섬 생활을 기록한다. 로빈슨이 기록하는 항해일지는 독자를 난파된 절망의 섬이 아니라 이상적인 유토피아의 세계로 끌어들인다. 로빈슨의 일기에는, 로빈슨이 별다른 관심 없이 버린 곡식 찌꺼기가 비가 내리고 한 달 정도의 시간이 흐르자 땅에서 푸른 싹이 돋는 것과 같은 기적이 기록된다. 기적처럼 놀라운 사실을 보면서 로빈슨은 자연, 신의 섭리 그리고 신의 은총에 감사하기 시작했다.

로빈슨은 섬의 기후와 환경에 적응하기 시작한다. 하나의 위험이 지나가면 로빈슨은 반드시 새로운 일을 계획하고 그것을 실천한다. 로빈슨은 다시 동굴을 정비하고 좀더 마음의 여유를 가진다. 로빈슨의 실제 섬 생활에 어느 정도 안정이 찾아왔다. 그러나 어느 날 그는 몸이 아프기 시작한다. 그리고 로빈슨은 무서운 꿈을 꾼다.

꿈속에서 로빈슨은 지난 8
년간의 세월 동안 자신이 겪
어온 여러 가지 고통과 경험
을 다시 경험한다. 로빈슨은
그것을 하느님의 뜻으로 생
각한다. 하지만 아버지를 배
반했던 것에 대한 죄라는 생
각도 동시에 한다. 병이 든
로빈슨은 자신의 비참한 죽

동굴을 파다

음의 모습을 눈앞에 떠올린다. 로빈슨은 마음의 부담 때문에 의
기소침해지고 육체는 고열에 시달려 쇠약한 상태가 된다. 그러
면서 그의 일기는 점점 더 철학적인 내용으로 흘러간다. 로빈슨
은 스스로에게 질문한다.

"내가 그처럼 많이 보아온 땅과 바다는 도대체 무엇인가? 그것은
어디서 나왔을까? 나는 누구인가? 짐승과 사람이 길들인 가축과 동
물은 무엇인가? 우리는 어디서 왔는가? 우리가 틀림없이 땅과 바다
그리고 대기와 창공을 만든 은밀한 힘에 의해 창조되었다면 그 힘은
무엇인가?"

그리고 로빈슨은 하느님을 모독한 양심의 문제에 의문을 제기
한다.

"철면피 같으니! 네가 무슨 짓을 했다고 그러는 것인지? 그토록
헛되게 보낸 네 생활을 돌이켜보기나 하지. 아무 짓도 하지 않았잖은

가? 네 스스로에게 물어보면 알잖아. 어째서 너는 아직 죽지 않았지? 어째서 야마우스 해로에서 죽지 않았단 말인가? 어째서 아프리카 해안에서 맹수에게 잡아먹히지 않았지? 그리고 다른 선원들은 모두 익사했는데 어째서 너만 살아 있는 것이지? 그래서 나에게 무슨 잘 못이 있다는 것인가?"

로빈슨은『성경』에 의지하면서 자신의 생애에 한 번도 하지 않았던 기도를 드린다. 로빈슨은 자신의 처지를 생각한다. 이제 하느님이 자기의 기도를 들어줄 것이라는 기대를 한다.

로빈슨이 난파된 섬은 하나의 감옥이며 세상에 존재하는 최악의 사태를 의미한다. 로빈슨이 느끼는 삶의 고독은 더 이상 아무 의미도 없다. 로빈슨은 자신의 외로운 삶으로부터 해방시켜달라고 애원하지도 않는다. 그것은 자신의 죄에서 구원된다는 엄청난 일과 비교될 수 없는 고려 대상이다. 로빈슨은 종교적인 측면에서 인간 만사의 진정한 의미를 깨닫고 충고의 말을 전한다. 로빈슨은 고난과 고통으로부터의 구원보다 죄로부터의 구원이 훨씬 더 축복된 것이라고 생각한다.

로빈슨, 섬을 조사하다

로빈슨은 섬에 다른 사람이 살았던 흔적이 없다는 사실을 확인한다. 그는 섬을 샅샅이 조사하고 필요한 생산물을 만들기 위해 섬의 구석구석을 살펴본다. 섬을 조사하는 과정에서 로빈슨은 섬의 모든 것을 자기 것으로 간주한다. 주민이 없는 섬에서 로빈슨은 섬의 왕이자 주인이며 섬의 소유권을 갖게 되었음을 선언한다.

섬의 소유권을 선언한 다음 로빈슨은 자신의 섬 생활을 영국적인 삶의 형태로 변형시키고 그것을 독자에게 이해시키려 한다. 로빈슨의 섬 생활과 섬의 경작은 아주 느리고 정확하게 진행된다. 그는 하루에 두 시간씩 동굴을 확장하는 데 시간을 소비했다. 섬의 조사를 완료하는 데 1년이 지났다. 이때부터 잉크가 조금씩 부족하기 시작했다.

시간이 흘러가면서 섬의 기후 변화를 알게 된 로빈슨은 계절의 변화에 대비하여 여러 가지를 준비한다. 로빈슨은 땅을 파고 곡식을 뿌렸다. 이때부터 로빈슨은 부족한 것을 정확히 수확하고 필요한 물건들을 실질적으로 만들어내는 노동을 시작한다. 그는 인간의 가정 생활에 필요한 모든 용품을 만들 수 있는 기술을 스스로 습득한다.

어느 날 섬의 다른 지역을 조사하면서 로빈슨은 자신이 가장 열악한 곳에 살고 있다는 사실을 알게 된다. 하지만 로빈슨은 거처를 이미 확정하였기 때문에 자리를 다른 곳으로 옮기지 않는다. 드디어 로빈슨은 섬을 한 바퀴 돌아본다. 그는 비참한 환경 속에서도 자신의 삶을 과거의 삶과 비교해보았을 때 현재의 삶이 얼마나 행복한가를 느낀다. 순간 로빈슨은 고독한 상태에서 얻은 행복이 세상의 어떤 특정한 신분으로 얻을 수 있는 행복보다 더 크다고 확신한다.

로빈슨의 섬 생활도 3년이 지나갔다. 그는 끊임없이 일을 한다. 로빈슨은 매일 일과에 따라 시간표를 작성하고 규칙적으로 생활한다. 로빈슨은 구체적으로 섬을 관리한다. 하루의 일과를 짧게 느낄 정도로 그의 노동량은 엄청나게 많아진다. 로빈슨이 사용할 연장은 부족하고 다른 사람의 도움도 받지 못한다. 그는 기술적으로 연장을 다루는 데 익숙하지 못해 무엇을 하든 시간을 많이 소비했다.

　로빈슨은 자신이 지속적으로 경험하는 단순한 사건을 직접적인 노동의 예를 들어가면서 설명한다. 그의 설명은 정밀하고 정확하다. 원시인으로서 혹은 섬의 침입자로서 아니면 난파된 사람으로서 그의 노동은 섬을 이상적인 세상으로 만들기에 충분하다. 그는 첫 해의 수확을 성공적으로 거둔다. 로빈슨은 빵을 만들기 위해 많은 시간을 소비하고 식량 생산에 필요한 토기와 돌절구를 만든다.

　섬은 로빈슨의 안식처로 변한다. 그러나 로빈슨은 그렇게 집요하게 노동하면서도 섬 앞에 보이는 대륙의 두려움을 독자로 하여금 상상하게 만든다. 그는 있을지도 모를 위험 같은 것을 독자에게 전달한다. 독자의 상상력은 로빈슨의 기억과 맞물린다. 로빈슨의 기억은 대륙에 살고 있는 연안의 주민들이 식인종일 것이라는 암시가 깔려 있다. 식인종의 출현은 유럽인들이 그들에게 잡혀죽음을 당하듯이 자신도 죽음을 당할 가능성이 있다는 것을 암시한다. 하지만 로빈슨이 생각했던 대륙으로의 모험은 어느 때보다도 더 강렬해졌다.

로빈슨, 기술이 늘다

　로빈슨은 카누를 만들기 위해 여러 가지 방법을 모색한다. 그는 삼나무를 잘라 카누를 완성시킨다. 무인도를 탈출하기 위해 카누를 만들었지만 로빈슨이 만든 배는 너무 크다. 로빈슨이 섬을 탈출하려는 생각은 다양한 문제들을 야기한다. 그것은 섬을 탈출하는 성공 여부가 아니라 섬과 로빈슨의 관계, 섬에 부재된

로빈슨의 이야기 그리고 타
자의 출현이 아직 남아 있
기 때문이다. 이러한 구체
적인 문제는 로빈슨의 이
야기 혹은 그가 경험하는
에피소드에 불완전한 요소
들이 침묵을 지키고 있다
는 것을 말한다.

로빈슨의 카누

　로빈슨은 카누를 완성시
켰지만 그것을 이동시켜 바
다에 진수시키지 못한다. 로빈슨의 탈출 의지는 움직이지 못하
고 그대로 있는 카누와 마찬가지 신세가 된다. 로빈슨은 카누를
만드는 동안 이런 문제를 전혀 생각하지 못했다. 그는 배를 타고
바다로 나갈 생각에만 급급했다. 그러나 배를 어떻게 섬에서 바
다로 옮기는가 하는 문제는 전혀 염두에 두지 않았다. 섬은 로빈
슨을 감금하고 있는 것이었다.

　로빈슨은 배를 바다로 옮길 여러 가지 방법을 찾았지만 모두
실패했다. 배를 옮기기 위해서는 혼자의 힘으로 10년이나 12년
이 소요된다는 계산이 나왔다. 그는 부득이 섬을 탈출할 계획을
포기할 수밖에 없었다. 로빈슨은 자신이 세웠던 계획에 무척 실
망했다. 그는 배를 바다로 옮기는 데 필요한 부분을 계산하지 않
고 일을 시작했던 어리석음을 깨달았다.

　그리고 이 사건은 그의 인생관을 바꾸어놓는다. 이제 세상은
로빈슨과 아무런 관계가 없다. 그는 세상으로부터 기대할 것이
없는 고립된 존재로 자신을 인식하게 된다. 그에게는 세상에 소
망할 것이 아무것도 남아 있지 않았다. 로빈슨에게는 더 이상 세

상과의 인연도 없고 또 생기지도 않을 것 같았다.

　로빈슨은 또다시 철학적으로 자신의 입장을 사유한다. 로빈슨이 얻는 교훈은 자연과 사물의 체험을 통해서만 가능하다. 로빈슨에게는 세상에 존재하는 모든 재물을 유용하게 쓸 수 있는 한계가 정해진다. 로빈슨이 생산한 물건은 남에게 줄 만큼 충분히 쌓여 있다. 그러나 그것을 사용하고 즐길 수 있는 대상 혹은 사람이 섬에 없다.

로빈슨과 돈

　이제 로빈슨의 주머니에 들어 있는 36파운드의 가치도 아무런 의미가 없다. 그때까지만 해도 로빈슨은 주머니의 돈으로 파이프 담배 1그로스나 곡식을 빻을 절구를 사려는 생각을 하고 있었다. 그는 영국에서 순무와 홍당무 씨를 반 파운드 사거나 한 줌의 콩이나 잉크 한 병을 살 수 있기를 기대했다.

　카누 사건을 통해 로빈슨은 자신이 처한 환경의 밝은 면을 더 많이 보고 어두운 면을 덜 생각하는 법을 배웠다. 그리고 로빈슨 자신이 원하는 것이 무엇인지를 더 정확하게 생각한다. 이런 과정을 거쳐 로빈슨은 형용할 수 없을 만큼 내면의 위안을 얻는다. 인간은 가지지 못한 것을 소유하려는 욕심이 있다. 로빈슨은 하느님이 그들에게 준 것을 누리지 못하는 세상의 불평분자들을 비웃는다.

　로빈슨은 자신이 처한 불행이 세상에서 가장 고통스럽다고 생각한다. 그는 스스로 이런 질문을 하면서 자신의 처지가 더 불행해질 수 있다고 스스로에게 충고한다. 로빈슨은 자신이 처한 상황은 신의 뜻이라고 생각한다. 그는 신의 뜻에 복종하고 자신의 처지에 진심으로 감사하고 있다. 그리고 아직 살아 있는 것만으로도 자신이 지은 죄에 상응하는 벌을 충분히 받고 있지 않다고 생각한다. 로빈슨은 이 사실을 깨닫고 더 이상 자신의 처지에 대해 불평하지 않는다.

로빈슨의 모든 생각은 섬에 난파된 자신의 입장에 근거를 두고 있다. 로빈슨은 섬에 난파된 상황을 자체로 받아들일 명분도 없다. 그러나 로빈슨은 신의 섭리에 의해 섬에 난파되는 기적을 얻었다. 로빈슨이 이러한 기적을 생각하는 순간 불평과 고통을 당하는 고독한 인간의 모습은 사라진다. 로빈슨은 자신이 처한 상황에 대해 불평보다는 매일 힘들게 얻는 양식에 기뻐하며 감사 기도를 드린다. 이제 섬은 인간이 느끼는 괴로움 없는 인간 사회가 되며 생명을 위협하는 잔인한 맹수나 식인종도 더 이상 존재하지 않는다.

시간이 흐르면서 로빈슨이 섬으로 가져온 인간의 문명과 식량도 바닥이 난다. 섬의 기후도 날씨가 너무 더워 옷을 입을 필요가 없다. 로빈슨은 옷을 벗고 싶었다. 하지만 로빈슨은 옷을 벗지 않는다. 섬에 혼자 살면서 그는 문명인으로 생활하고 있다. 그는 누더기 옷을 수선하고 가죽으로 모자를 만든다. 더위를 피하기 위해 양산도 만든다.

로빈슨은 다시 카누를 만들기 위해 거의 2년이란 세월을 몸을 아끼지 않고

로빈슨의 기술

일한다. 보트가 완성되자 로빈슨은 섬을 둘러볼 계획을 세운다. 로빈슨은 자신이 섬을 다스리는 유일한 사람이라고 생각한다. 그가 이번 항해를 떠나는 것은 6년이라는 세월을 섬에서 생활하였기 때문에 가능하다. 로빈슨은 더 이상 섬에 난파된 사람이거나 섬에 갇혀 있는 포로가 아니다. 로빈슨이 난파된 섬은 절망의 섬이 아니라 로빈슨이 사랑하는 섬이 되었다. 섬을 한 바퀴 돌아본 다음 로빈슨은 더 이상 그 섬을 탈출하려고 하지 않는다.

섬을 일주한 후 로빈슨은 거의 1년 동안 은둔 생활을 한다. 로빈슨의 은둔 생활은 몸과 마음을 섬의 주어진 환경에 적응하는 시기가 된다. 독자는 어느 날 모든 것이 갖추어진 상황에서 행복한 생활을 하는 로빈슨을 응시한다. 로빈슨은 생활 필수품을 만들어낼 공작 기술을 익혔다. 그는 최고의 독장이가 되어 질그릇도 멋지게 만드는 숙련공이 된다.

로빈슨은 생활에 필요한 많은 기술을 스스로 배운다. 그는 필요한 것이 있으면 연구하고 소모되는 물건이나 품목이 있으면 다른 대체 수단을 강구한다. 11년의 섬 생활을 하면서 로빈슨은 가축을 어떻게 사육하는지 알게 된다. 로빈슨의 섬 생활은 실험과 실패의 연속에서 얻어진 성공적인 삶으로 그려진다.

로빈슨의 가족

로빈슨은 목장에 울타리를 치고 가축을 기르면서 아주 쉽게 식량을 생산하는 방법을 터득한다. 로빈슨은 염소, 개, 고양이 그리고 앵무새와 함께 식사한다. 그는 섬 전체의 왕이자 주인이다. 모든 종속물의 생명은 그의 명령에 달려 있다. 이제 로빈슨은 교수형에 처할 수도 있고, 오장육부를 도려낼 수도 있고, 자유를 줄 수도 있고, 추방할 수도 있다. 섬의 모든 것은 그의 백성이기 때문에 반역이란 있을 수 없다. 로빈슨은 섬의 경작자이자 지배자가 된다. 로빈슨이 보여주는 모든 장면과 에피소드는 백과사전 식 지식이 된다. 그러나 텍스트의 침묵과 부재의 문제는 로빈슨의 욕망에 억압되어 있다.

로빈슨, 발자국을 발견하다

어느 날 로빈슨은 바닷가 모래 위에 찍힌 사람의 발자국을 발견하고 몹시 놀란다. 그의 머리에는 수많은 망상이 떠오른다. 두려움과 공포로 로빈슨은 잠을 이루지 못한다. 로빈슨은 발자국을 악마나 위험한 동물의 것이라고 생각한다. 이런 공포감은 로빈슨의 종교적 소망과 믿음을 일순간에 사라지게 한다.

로빈슨과 발자국

로빈슨은 사람을 본다는 생각만으로도 몸을 떨어야 한다. 그는 섬에 발자국을 남긴 사람의 그림자나 모습만 보고도 땅 속으로 가라앉는 느낌을 가진다. 나중에 모래 위의 발자국은 로빈슨의 것으로 밝혀진다. 그는 자신의 그림자에 놀란 것이다. 그러나 로빈슨이 발견한 발자국은 예언적인 의미가 담겨 있었다.

로빈슨은 섬에 15년 동안 혼자 살아왔다. 로빈슨은 아직 사람의 모습이나 흔적을 본 적이 없다. 위협이 될 수 있는 대륙의 사람들이 올 것을 대비해 로빈슨은 자신의 몸을 안전하게 숨길 방법도 마련했다. 로빈슨은 섬을 요새로 만든다. 그는 자신을 보호하기 위해 할 수 있는 모든 대책을 세웠다.

로빈슨은 좀더 세심하게 섬을 살펴보기로 한다. 그리고 섬의 끝 부분에 왔을 때 로빈슨은 사람의 발자국이 많이 있음을 발견한다. 로빈슨은 그것이 식인종들의 발자국이라는 것을 바로 알게 된다. 로빈슨의 설명처럼 그들은 서로 싸움을 한다. 싸움에서 이긴 식인종은 패자를 포로로 잡는다. 그들은 카누에 포로를 태워 해변으로 끌고 온다. 그리고 무시무시한 풍속에 따라 식인종은 포로를 잡아먹는 것이었다.

사람을 잡아먹은 식인의 행위는 잔인한 야만족의 풍속이다. 문명인인 로빈슨은 이러한 식인 행위를 추악하고 흉측한 풍속이며 짐승이나 할 짓이라고 강조한다. 로빈슨은 극도의 증오감을 느꼈다. 로빈슨은 거의 2년 동안 활동 범위를 자신의 구역에 국한시켰다. 그러나 시간이 흐르면서 로빈슨은 야만인들에게 자신이 발각될 위험이 없다고 생각한다. 야만인에 대한 로빈슨의 불안감도 사라지기 시작했다.

로빈슨은 매일 아침 아무런 소득 없이 순찰하는 일에 염증을 느낀다. 로빈슨은 사람 고기를 먹고도 범죄라고 생각하지 않는 야만인의 문제에 집착한다. 로빈슨은 야만인을 단순한 살인범으로 생각하지 않는다. 그들은 전투에서 잡은 포로를 사형에 처한다. 그들은 무기를 버리고 항복하는 적을 죽인다. 기독교 문명 사회에서도 살인은 일어난다.

그러나 로빈슨이 생각하는 식인 행위는 그러한 살인과는 차이가 있다. 식인 행위는 야만인들만의 의식이거나 풍속일 수도 있다. 로빈슨은 야만인의 행위를 스페인 사람들의 살인 행위와 비교한다. 스페인 사람이 자행하는 살인을 로빈슨은 문명의 비극으로 생각한다. 로빈슨은 야만인을 공격하겠다는 결심을 포기한다. 로빈슨은 야만인들이 먼저 습격하지 않는 한 그들의 문제에 개입하지 않고 오직 방어에만 치중할 생각을 한다.

야만인의 발자국과 사람의 뼈를 발견한 후 로빈슨은 1년 가까이 야만인과 마주치지 않기 위해 은둔 생활을 해왔다. 로빈슨은 식량보다 생명의 안전에 신경을 쓴다. 이렇게 로빈슨은 섬에서 23년 동안을 생활하였다. 그는 섬에서의 외로운 생활에 익숙해졌다. 로빈슨은 동굴 속에서 죽은 늙은 염소처럼 땅에 쓰러지는 마지막 순간까지 여생을 조용히 보내는 것으로 만족할 것이다.

그러나 섬 생활 23년째가 되던 12월, 로빈슨은 이른 새벽 해변에서 빛나는 불빛을 보고 놀란다. 그는 즉시 방어 태세를 갖추고 야만인의 행동을 주시한다. 로빈슨은 야만인의 행동과 의식의 장면을 보고 기절초풍한다. 야만인들이 환락과 여흥을 즐기고 있었다. 그들은 사람의 몸뚱이를 먹었다. 그들이 버린 뼈다귀와 살점 그리고 흘린 피는 섬뜩한 공포의 상징이 된다. 로빈슨은 계속 살의를 품고 그들을 지켜본다.

로빈슨, 프라이데이를 만나다

로빈슨의 마음은 불안과 공포로 가득 차 있다. 그는 잠을 편안하게 이루지 못했다. 로빈슨은 늘 악몽만 꾸었다. 한밤중에 깜짝 놀라 잠을 깨기도 했다. 낮에는 심한 고민에 시달린다. 그리고 밤이 되면 꿈속에서 야만인을 죽이고 그들을 왜 죽였는지에 대한 변명을 늘어놓는다.

로빈슨은 바다에서 들려오는 대포 소리에 놀란다. 로빈슨이 바다를 보았을 때 거기에는 조각난 난파선이 있었다. 그는 사람이 살아 있을 것이라고 생각했다. 여러 날이 지난 후 로빈슨이 배로 접근했다. 하지만 그는 모두 죽은 시체만 보았다. 로빈슨은 난파된 배에서 유용한 물건과 돈을 섬으로 가지고 온다.

로빈슨은 이렇게 섬에서 은둔한 상태로 2년을 지냈다. 로빈슨이 외로운 섬에서 산 지 24년 3개월이 되었다.

어느 날 밤 그는 꿈을 꾼다. 꿈의 내용을 이렇다. 평소와 마찬가지로 아침에 집에서 나오자 해변에 카누 두 척이 보이고, 11명의 야만인이 섬에 상륙한다. 그들은 또 한 명의 야만인을 끌고 왔다. 야만인은 그를 죽여서 먹으려고 한다. 그런데 갑자기 야만인이 살려고 도망을 친다.

로빈슨은 꿈속에서 야만인이 몸을 숨기기 위해 자기가 만든 요새 앞의 울창한 숲으로 도망해올 것으로 생각했다. 로빈슨은 혼자였지만 그들과 대항해 싸우려고 한다. 그러나 다른 식인종이 더 이상 그를 뒤쫓아오지 않는 것을 보았다. 로빈슨은 야만인에게 미소를 지으면서 그를 격려해준다. 야만인은 로빈슨에게 무릎을 꿇고 자기를 도와달라고 빌었다. 로빈슨은 요새에서 내려온다. 로빈슨은 야만인을 안전한 동굴로 데리고 간다. 그는 로빈슨의 종이 된다.

로빈슨은 자신이 꾼 꿈을 섬을 탈출할 가능성과 연관시키고는 기뻐한다. 로빈슨은 꿈을 해석하면서 섬에서 탈출하려면 야만인이 한 명 필요하다는 결론을 내린다. 로빈슨에게는 탈출에 대한 욕망과 야만인을 한 명 소유하겠다는 결심이 생겼다. 로빈슨은 야만인을 자신의 충복으로 만들기를 원한다. 야만인은 로빈슨의 지시에 복종할 것이다. 그리고 로빈슨에게 이로운 일을 할 수 있도록 그를 조종할 수 있을 것이다.

그러던 어느 날 아침 일찍 로빈슨은 섬에 상륙하는 다섯 척의 카누를 발견한다. 배에 탄 사람들은 모두 육지에 내려 어디론가 사라졌다. 로빈슨은 야만인의 숫자에 놀란다. 로빈슨은 쌍안경을 통해 두 남자가 보트에서 끌려오는 장면을 목격한다. 그들 중 한 명이 방망이와 나무칼에 맞아 쓰러졌다. 야만인들은 그의 몸을 자르기 시작했다. 그러자 나머지 한 명이 본능적으로 살기 위해 전속력으로 도망치면서 로빈슨이 있는 쪽으로 왔다. 이제 로빈슨이 꾼 꿈의 일부가 현실이 된다.

로빈슨 쪽으로 도망치는 야만인을 구하기 위해 로빈슨은 야만인을 향해 총을 쏜다. 그리고 로빈슨은 도망치는 야만인에게 손짓으로 자기에게 가까이 오게 한다. 야만인은 로빈슨이 자신의 생명의 은인임을 표시하기 위해 열 걸음마다 무릎을 꿇으면서 로빈슨에게 다가온다.

로빈슨은 그에게 미소를 지으며 유쾌한 표정으로 더 가까이 오라고 손짓한다. 마침내 야만인은 로빈슨에게 가까이 다가온다. 야만인은 다시 무릎을 꿇고 땅에 입을 맞추더니 머리를 땅에 조아렸다. 그리고 로빈슨의 발을 잡더니 자기의 머리 위로 얹는다. 로빈슨은 이것을 영원히 자신의 노예가 되겠다는 맹세의 표시로 이해한다.

불완전한 이야기의 출발

로빈슨과 프라이데이

로빈슨이 '프라이데이'를 구원하였다. 로빈슨이 묘사한 프라이데이의 외모는 전혀 야만인의 모습이 아니다. 그의 설명에 따르면 프라이데이는 다음과 같은 모습을 하고 있었다.

"그는 늘씬하고 잘생긴 남자였다. 사지가 튼튼했고 체구는 크지 않았다. 그의 키는 크고 나이는 26살 정도였다. 외모도 사납거나 심술 궂지 않고 유럽인처럼 부드럽고 상냥했다. 머리칼은 길고 검은 빛깔이었다. 그러나 양모처럼 곱슬머리는 아니었다. 이마는 넓었고 눈은 활기가 넘치며 반짝반짝 빛이 났다. 피부 색깔은 새까만 것이 아니라 짙은 갈색이다. 그는 브라질이나 버지니아에 살고 있는 아메리카 토인들처럼 노란 색깔이 아니었다. 그래서 추하거나 기분 나쁜 생각이 들지 않았다. 야만인의 피부는 비슷한 색으로 말하자면 일종의 밝은 암갈색 올리브빛을 띠고 있었다. 얼굴은 둥글고 토실토실하며 코는 보통 넓적한 흑인과 달리 작아보였다. 입도 잘생겼으며 입술은 얇고 가지런한 이가 상아처럼 흰 색깔이었다."

로빈슨이 재현하는 프라이데이의 행동은 전형적인 노예의 주종 관계를 보여준다.

"그때 나는 염소 축사 옆에서 염소의 젖을 짜고 있었다. 프라이데이가 나를 본다. 그는 뛰어나와 다시 땅에 엎드린다. 그리고 여러 가지 우스꽝스러운 몸짓으로 겸손하게 감사의 뜻을 전했다. 그는 머리를 땅바닥에 대고 내 발 가까이 왔다. 그러더니 조금 전에 한 것처럼 내 발을 자기 머리 위로 올려놓았다. 야만인은 복종과 봉사와 예속의 표시를 보이면서 가지가 살아 있는 한 나를 섬기겠다는 의사를 표시했다. 나는 그의 뜻을 이해하고 기꺼이 그를 받아들일 것이라는 표현을 하였다."

이제부터 로빈슨과 프라이데이의 이야기가 시작된다.

"잠시 후 나는 프라이데이에게 말을 걸었다. 나는 그에게 말하는 법을 가르치기 시작했다. 처음 내가 그에게 가르친 것은 내가 붙여준 프라이데이란 이름이었다. 이것은 내가 그를 구원한 날을 기념하기 위한 것이다. 그런 다음 그에게 주인님이란 말을 배우게 했고 내 이름도 가르쳐주었다. 이와 동시에 나는 프라이데이에게 '예'와 '아니오'를 가르치고 그 의미를 알게 해주었다. 나는 그에게 토기에 들어 있던 우유를 주고 그의 앞에서 우유를 마시는 법과 빵을 우유에 찍어 먹는 법을 가르쳤다. 그는 빨리 익혔고 아주 맛있다는 표정을 지어보였다."

□ 생각거리 ● ● ●
1. 『로빈슨 크루소』에 대한 길던의 비평과 콜리지의 비평을 비교해보자.
2. 길던은 어떤 의미에서 『로빈슨 크루소』의 다시 쓰기를 가능하게 했을까?
3. 『로빈슨 크루소』는 왜 불완전한 이야기인가?

세 번째 마당 『로빈슨 크루소』: 비평의 출발

1. 찰스 길던의 『로빈슨 크루소』에 대한 비평

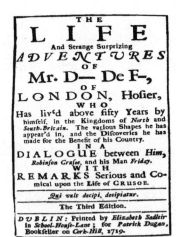

찰스 길던의 소설

이 글은 당시 디포에 대해 가장 잘 알려진 비평의 글이다. 길던의 비평은 단순히 아이러니, 패러디 그리고 풍자로 디포를 헐뜯기 위한 가상의 대화가 실린 소책자(1719)에 불과하다. 그러나 길던의 비평 이후 수많은 글들이 생산되었고, 그것을 토대로 많은 작품이 재생산되어왔다. 이 글은 폴 도틴이 1923년에 편집한 것이다.

이 글의 저자인 찰스 길던(1665~1724)은 드라마에 특별히 관심을 가지고 있었고 여러 종류의 글을 쓴 작가다. 비평가며 수집가이고 수다스러운 전기 작가인 그는 삼류 작가가 살았던 거리에서 가장 유명한 작가들 중의 한 명이다. 그가 디포에게 가한 노여움은, 의심의 여지없이 로빈슨이 이루어낸 엄청난 성공이 삼류 작가가 오랫동안 생각해왔던 것이라는 생각에서 더욱 강도가 높아진다. 이 소책자는 디포, 로빈슨 크루소 그리고 프라이데이가 상상의 대화를 나누며 로빈슨 크루소의 삶에 대한 논평을 하는 것으로 구성되어 있다.

(1) 가상의 대화

다니엘 : "으흠, 그래 나에 대한 불만이 무엇인가?"

로빈슨 : "불만이 왜 없겠어요. 당신과 내가 지난 3주 동안을 지내면서 나를 종교라는 이름의 위선적인 교육을 통해 이상하고 변덕스럽고 모순된 인간으로 만들었다는 것입니다. 당신이 종교적 욕구를 채우기 위해 소설 속에서 나를 다시 그런 생각을 하게 하려면 우선 모든 위선을 내가 떨쳐버리게 해야 합니다. 당신은 사람들이 나에게 황당하게 질투를 느끼도록 합니다. 그만큼 나를 무기력하게 만들고요. 당신은 나를 영국의 모든 선원들의 적으로 만들지요. 당신만의 방법으로 나는 모든 선원들의 찬양자가 되지요. 그러나 모든 영국의 선원들은 내가 종교를 가지고 있다고 비웃지요. 하지만 스페인과 포르투갈 선원들은 정직한 종교인입니다. 당신은 나를 런던의 프로테스탄트로 만들었어요. 아니 브라질의 가톨릭 신자로 만

든 다음, 당신이 만든 섬나라의 프로테스탄트로 개종시켰지요. 개종한 후 브라질로 내가 가지 못하는 유일한 이유는 단지 내가 가톨릭 신자로 죽고 싶지 않다는 것만을 들고 있습니다. 당신의 말처럼 천주교는 믿으면서 살아가는 데 좋은 종교입니다만, 천주교도로 죽기에는 좋지 않다는 것이지요. 마치 종교가 살아가는 데 좋다는 것처럼 들리는데, 그렇다면 죽기에도 좋지 않다는 것인지요. 다니엘 아버지, 당신이 무엇을 생각하든 그런 문제는 어떤 인간도 한순간 살아가면서 확신할 수 없는 것입니다. 하지만 당신은 나를 강제로 프로테스탄트가 되게 하고 있어요. 당신은 나를 가톨릭 신부를 좋아하게 만들었고 가톨릭 종교를 믿도록 했습니다. 그리고 당신이 나를 그렇게 변덕스러운 인간으로 만든 것도 용서할 수 없어요. 두서없는 이야기로 내가 65세 때까지 세상의 여러 지방을 방황하게 하는 것도 용서가 안 됩니다. 그리고 내가 프라이데이를 사살하게 이야기를 꾸미게 하는 것도 용서가 안 됩니다.”

프라이 : “주인님 저를 사살하지 마세요. 저도 할 이야기가 많습니다. 다니엘 디포님은 저에게 너무 많은 상처를 주었어요.”

다니엘 : “내가 너에게 상처를 주었다고? 도대체 얼마나 상처를 주었다는 것이냐?”

프라이 : “상처를 주었어요. 저를 멍텅구리로 만들었잖아요. 더욱 모순인 것은 한두 달 사이에 영어를 나름대로 할 수 있게 한 다음, 이후 12년 동안 영어를 잘하지 못하게 했잖아요. 그러더니 나를 밖으로 내쳐 야만인에게 살해되게 해요. 기껏 그들

은 내가 무슨 말을 하는지 알지도 못하는데, 그들에게 나를 대변인으로 내세우기나 하잖아요. 다니엘 아버지, 꼭 아셔야 할 것이 있는데요. 어느 부족의 사람이든 우리 같은 원주민들은 각기 다른 언어를 사용하고 있어요. 자, 이래도 주인님이 저를 쏘게 할 건가요?"

로빈슨 : "무슨 소리야, 프라이네이. 아직은 안 돼. 다니엘 아버지에게 불만이 있는 아이들이 있잖아. 더구나 프랑스 선교사, 윌리 애킨스, 중국에서 온 선교사, 그의 조카인 선원들도 있잖아."

다니엘 : "잠깐만, 나의 아들 로빈슨아. 나에게 다른 생각들이 떠오르기 전에 너를 우선 만족시켜야겠다. 너는 나의 영웅이야. 나는 너를 아무것도 없는 것에서 창조했고 그야말로 시궁창에서 영웅으로 만들었지. 늙은 여자는 나의 작품을 사려고 하지는 않겠지. 그러나 너의 『로빈슨 크루소』는 사려고 하지. 그리고 그것을 『천로역경』, 『신앙의 실천』, 『살인에 대한 신의 복수』와 더불어 너의 작품을 자손에게 유산으로 남기지. 너는 알아야 해. 네가 상상하는 것보다 나에게는 네가 위대한 총아가 된다는 것을. 너야말로 아버지 다니엘의 진정한 우화적 이미지란다. 나는 너를 나의 마음속의 생각으로부터 그렸지. 나는 평생을 떠돌아다니는 인물에 어울리게 너를 그렸단다. 사람들의 질투를 이겨낼 수 없었다면 그것은 소란에 불과하였겠지. 나는 너에게 무료 학교 수업과 가정 학습을 받지 못하게 했지. 하지만 너는 놀라운 수단과 아름답고 멋진 확신을 부여받았지. 그리고 나는 시간의 굴레에서 벗어나 있었기

에 아주 커다란 믿음이 너에게 있었던 것이다. 이것으로 나는 나의 방식으로 나름대로 일을 잘 수행했다고 본다. 네가 브라질에서 그랬던 것처럼 나도 변덕을 부리게 된 것이다. 나는 새로운 모험에 대한 확실성을 버렸지. 처음에는 대충 시로 쓰려고 했어. 그러다가 장난 삼아 종교적이고 신성하고 권위 있는 글로 쓰게 된 것이다. 너에게 말한 신의 부름은 없었다. 이렇게 대충 글을 쓰려는 욕망과 다른 계획도 런던 거래소 근처에 있는 어떤 법정에서 그만두려고 했었지. 나는 거기서 숨바꼭질 놀이나 하려고 했었어. 하지만 그런 것이 나에게 아무런 고통을 주지는 못했어. 나는 너에 대한 이야기를 나의 취향에 맞추기 위해 노력했다. 그래서 이곳저곳을 숨어 다닐 수밖에 없었어. 사실 나는 아시아의 위대한 왕이 되려는 생각도 했어. 나는 어쩌다 그들이 논하는 주제보다는 친구들이 알지 못하는 이야기를 하였기 때문에 보호를 받았어. 내가 법정과 증권거래소를 오고 갈 때 그곳은 내 영혼이 방황하기에는 너무 짧은 거리였다. 마치 방파제를 걷는 선원의 걸음과도 같았다. 그래서 뭐라고 할 수는 없지만 내가 만든 이야기에 하나의 과정을 추구한 이유이기도 하다. 아무튼 나의 계획은 실패로 돌아갔고 그래서 작가로서의 직업을 택했지. 그러나 약속한 대로 평범한 방식으로는 아무것도 되는 일이 없었어. 나는 좀더 많은 이익이 되는 쪽을 택했지. 그것을 실천하기 위해 나는 기본 원리를 어떤 집단의 질투를 유발시키는 쪽으로 잡아야 했지. 나는 나의 교육으로 그러한 집단의 기본 원리가 결정되도록 만들었어. 그리고 과격한 방법으로 글을 썼던 것이지. 결국 나는 내 동료로부터 내가 소유한 모든 부로 인해 질투를 한 몸에 받는 영구 연금 수령자가 되었어. 이제 시간과 노동을 조금만 들이면 상당한 돈을 얻게 되지. 대충 글을 써도 내 동료들에게 씨가 먹히고. 하지만 적어도 표절의 아이러니 때문에 나는 처참한 호두까기인형이나 마찬가지였다. 결국 나는 나의 시장을 만들어놓게 되고 적어도 다섯 배의 연금을 수령하게 된 것이지. 나는 나의 반대당의 현명한 수령이 그들의 임무를 수행할 수 있다고 생각할 때까지 글을 썼지. 그리고 고백하건대, 그들에게 준 뇌물은 아주 효과가 있었지. 나도 한동안 그럭저럭 일을 잘 처리했고. 그래서 과외의 수당도 챙겼지. 하지만 친구니까 하는 말인데 사실 나는 그들을 버렸다고는 생각하지 않아. 나는 배를 엉성하게 만들었지. 그리고 나는 배의 측면이 비스듬하게 기울도록 했어. 테임즈 거리에서 멀지 않은 곳에 살고 있는 나의 집사며 수금원이었던 어떤 선장이 나에게 와서 엔도의 마녀처럼 소리를 지르는 거야. 신은 너를 버렸다고. 바울처럼. 다시 말해 나의 당은 더 이상 나에게 돈을 안 대준다는 거지. 이들은 내가 또 다른 이유로 핑계를 대고 있다는 것을 알게 된 거야. 나는 그들을 만족시키려고 온갖 짓을 다했어. 하지만 목적 달성은커녕 이제 안녕이라고 말하잖아. 더 이상 나올 게 없었지. 그래서 나는 내 주인을 직접 지휘할 수 있는 곳으로 옮겼지. 하지만 여기서 로빈슨의 말처럼 타르타의 우상이 불에 타듯이 내가 좀 지나쳤고. 또 다른 아이러니인지는 모르지만 호두까기인형 대신 나는 패팅톤의 칼을 짊어지게 되었지. 그리고 나의 좋은 친구가 면죄부를 주면서 나를 일하게 해주었고. 그렇게 된 거지. 나는 그를 좋은 임무와 돈을 위해 속이지는 않았어. 그들은 항상 나를 일하게 해주었거든. 대부분의 다른 돈이 생기게 된 것도 이것 때문이고. 여벌의 돈은 다니엘 것임에 틀림없지. 사실이야. 나는 휘그당에서 많은 돈을 벌었어. 토리당에 비하면 별것은 아니지만. 글쎄 내 생각에는 내가 법률잡지에 기고해서 한 500파운드는 벌었을 걸. 한 3주나 한 달쯤 걸려서 하루에 600에서 700행의 시를 지어 이만큼의 양을 만들었지. 시의 감각에 대해서는 내 기고문을 보면 되지. 그것들을 책으로 만들어서 그들의 돈을 착취했지. 그리고 모든 정당들은 나에 대해 만족했지."

(2) 『로빈슨 크루소』에 대한 길던의 『상념들』

"나는 우화 작가와 척을 지고 싶지 않다. 나는 그들의 글쓰기 방식이 아주 오래된 것과 유용함이 있는 것을 알고 있다. 그들의 글쓰기는 신성한 부분이 있기 때문에 영감이 깃든 작가들이 사용한다. 하지만 진정한 가치를 위해서는 우화로서의 가치도 있어야 한다. 그렇기 때문에 표현되든 이해되든 그들의 글쓰기에는 유익한 도덕성이 사건으로 자연스럽게 만들어져야 한다.『로빈슨 크루소』는 슬며시 대중을 가르치면서 그들의 이익에 반대되는 쪽으로 출판되었다. 내 생각에 항해술은 우리의 안전과 이익을 위해 만들어진 것이다. 그런데 그런 사실을 알지 못하는 그런 무식한 인간은 없을 것이다. 그리고 이러한 사실 때문에 용기를 잃은 사람도 있을 것이다. 그런 사람이라면 우리나라의 번영과 안전에 심각한 적이 될 것이다. 하지만『로빈슨 크루소』의 작가는 책의 처음과 전체의 내용에서 볼 때 바다로 나가려는 모든 사람들을 단념시키고 방해하는 어설픈 수사학적 설득의 힘을 빌리고 있다. 특히 이 소설에는 바다에서 일어날 수 있는 일들이 표현되어 있다. 그러나 그런 임무를 수행할 자식을 둔 모든 어머니가 자식들에게 그렇게 사악하고 위험한 일을 하도록 허락하지 못할 것이다. 하지만 디포가 무엇을 생각하든지 내가 감히 생각할 수 있는 것은, 요크셔 출신의 변호사보다 선원의 직업이 인간으로서의 순수함과 자비로움이 더 있다고 정당하게 생각할 사람은 많지 않다고 본다. 물론 로빈슨 크루소가 변호사의 직업을 그만두고 선원이 된 것을 중대한 범죄라고 판단하는 사람도 많지 않다. 로빈슨은 두 번의 폭풍을 경험하고도 신의 섭리를 부정한다. 그리고 마지막에 가서 많은 배와 인간을 파괴하기 때문에 순수한 로빈슨의 삶과 단절된다. 그는 이 소설의 마지막에서 자신의 사건과 경험을 단순하게 이야기하는 것으로 사건을 종결한다. 그리고 그는 자신의 노동과 피곤함의 대가를 충분히 받는다."

(3) 『로빈슨 크루소』에 대한 길던의 『상념들』

"전체적으로 보아 우리는 『로빈슨 크루소』에 대한 작가의 후회를 알 수 있다. 그러나 작가 디포는 타인에게 원죄를 덮어씌우고 있다. 여기서 등장 인물은 그러한 책임을 짊어질 사람이 아니었다. 내가 알기로 그는 그렇게 오랜 세월 동안 기도 한 번 하지 않고 지냈던 사람이다. 그럼에도 불구하고 로빈슨은 신과 신의 섭리를 인정하는 유일한 사람이었다. 오히려 그런 사람이 더욱 타락할 수 있다. 하지만 그는 진정 회개하지 않은 사람처럼 보인다. 그리고 그는 자신이 모든 죄를 짊어진 사람처럼 보이도록 한다. 그것은 사실 어떤 누구와 함께 나눌 수 있는 것이 아니다. 그는 정말로 자신의 회개가 없었음에도 그의 대화가 방해받고 있다고 말한다. 하지만 그것은 디포 자신보다 더 사악한 것이다. 그는 신의 존재라 할 수 있는 어떤 소리도 듣지 못한다. 작가는 그의 친구 로빈슨의 입을 통해 엉뚱한 거짓말을 하고 있다. 이 점을 나는 밝혀보고자 한다. 이러한 비판의 말을 오랫동안 해왔던 나로서는 이 소설에 나오는 몇 가지 사건을 살펴보아야 한다. 너무 지나치게 많은 것을 지적하는 것도 무의미하다. 나는 164 페이지의 한 문장을 지나칠 수가 없다. '그리고 나는 가장 비참한 조건을 만드는 것이 신의 섭리였다는 것을 알게 된다.' 아니 어떻게 이런 말을 할 수 있을까? 아무것도 없는데 최상급보다 더한 것을 사용하다니! 로빈슨의 학교 수업에서는 아무에게도 이것을 가르쳐주지 않았을 것이다. 아마 가정교사에게 배웠을 만하다. 그것도 엉터리 문법으로. 이것은 매 페이지에서 발견된다. 인칭대명사의 경우든 자동사든 이것은 관심을 가질 만한 가치조차 없다."

(4)『로빈슨 크루소』에 대한 길던의 『상념들』

"나는 무의미한 논쟁은 피하고자 한다. 나는 연속적으로 나오는 부조리한 면에 의지해 몇 가지 사항을 지적하고자 한다. 이것만으로도 전체를 바라보는 견본이 될 수 있을 것이다. 우선 작가의 서문을 그냥 넘길 수가 없다. 이 글은 똑같은 사람이 쓴 것이다. 그리고 종류도 단일하다. 디포 당신은 이 소설이 자신만만하게 성공할 것으로 생각한다. 마치 성공이 미덕인양 주제의 놀라운 다양함과 이야기의 진행 방법이 적당하다고 자화자찬하고 있다. 당신은 그것을 자신 있게 말할 수 있을 것이다. 하지만 다른 독자는 그 소설의 성공을 의심하고 당황해한다. 우선 주제의 다양함이 그렇게 좋은 의미를 만들기는 어렵다. 적어도 5장에서 20장까지 계속 이어가면서 당신은 도덕적 성찰을 둘러대고 있다. 당신이야 그렇게 부르고 싶겠지만 어디를 보아도 맥 빠지고 어설프기 짝이 없다. 소설의 여러 곳에서는 전달될 사건이 제대로 반영되지 못하고 있다. 게다가 사건의 내용이 필요 이상 길다. 그리고 빈번하게 불경하고 모독적인 말들이 나오고 있다. 위선적인 말투는 당신이 신앙이 깊거나 유용한 사람이 되기 위한 희망을 나타낼 뿐이다. 귀하가 소설을 웅장하게 장식한 것도 책의 가격이 5실링이나 나가게 당신이 부풀린 것이다. 당신이 말한 주제의 다양함도 부족하다. 그것은 책값의 값어치에 미치지 못한다. 당신은 되풀이해서 인간의 반성을 조장한다. 일기에도 같은 내용만 담고

사무엘 버틀러의 휴디브라스(Samuel Butler's *Hudibras*)

있을 뿐이다. 이것이야말로 단순한 내레이션에 불과하다. 당신의 임무 수행을 위한 적당한 방법이라고! 이 말 또한 표현의 지나친 무미 건조함이 나타난다. 한 페이지에 네 번 내지 다섯 번 반복하는 같은 말이 지나치게 강조되고 있다. 사무엘 버틀러의 휴디브라스의 마음과 다를 바가 없다. 당신의 임무에 동의할 수 있는 유일한 것은 소설의 각 페이지마다 부적당한 어법과 거짓 문법으로 가득 차 있다는 것이다. 책의 구매자에게 공부할 좋은 자료나 될 것이다. 당신이 비난받아야 할 다음의 승리는 로망스로서의 소설이다. 소설에는 지리학, 모순 그리고 발육 부진에 대한 내용만 나온다. 그것은 악의 있는 무기력함이 죄를 짓는 것이다. 많은 곳에서 당신은 단어를 남용하고 있다. 우선 단어에는 중요한 것이 없다. 오합지졸의 단어를 사용하여 작가의 임무 수행에 도움이 되지 않는 단어만 배열하고 있다. 더구나 확실한 것과 무식한 것을 당신이 적당히 악용함으로써 취약점과 우매함을 동시에 보여주고 있다. 이러한 가치는 사악한 것에나 어울릴 뿐이다. 『로빈슨 크루소』가 모순에 빠진 것은 이러한 것을 분노로 표현하고 있기 때문이다. 이것이 당신이 비평가에게 부끄러움을 느껴야 하는 것들이다."

2. 콜리지의 『로빈슨 크루소』에 대한 비평

콜리지(Samuel Taylor Coleridge)

콜리지는 디포를 천재적인 영국의 작가로 평가한다. 그는 디포의 아이러니가 스위프트의 것보다 더 뛰어나다고 생각한다. 시인이며 비평가인 콜리지는 그의 강연에서 『로빈슨 크루소』를 비평한다. 1818년 3월에 행한 강연에서 콜리지는 『아라비안나이트』와 동양 문학에 대한 초자연적인 현상과 함께 『로빈슨 크루소』에 대한 내용을 다루고 있다.

콜리지는 디포의 작품 중에서도 특히 『로빈슨 크루소』의 매력을 자신의 이론과 원리가 같다는 것에서 발견한다. 콜리지는 이 작품이 항상 재미있고 전혀 흥분되지 않는다고 말한다. 콜리지에게 로빈슨은 일반적으로 인간을 대표하는 인물일 뿐이다. 콜리지는 로빈슨이 보여주는 지적이고 도덕적인 특징이 그를 평범한 것 이상의 인간으로 올려놓지는 않는다고 본다. 로빈슨의 유일한 특징은 모험과 방랑의 정

신에 있다. 그럼에도 불구하고 로빈슨은 일반적인 성격을 보여
준다는 것이다. 로빈슨의 이야기에서 콜리지가 가장 놀랐던 것
은 사물의 외부 환경에 의해 나타난 결과다. 그것을 극복한 로빈
슨은 부자가 된다.

1830년에 콜리지는 『로빈슨 크루소』에서 다루어야 할 비본질
적인 사항에 대해 강연하였다. 콜리지가 예를 든 비본질적인 사
항은 다음과 같다.

"아버지는 나에게 당신의 말을 귀담아들으라고 말씀하신다. 나는
삶의 역경은 인간이라면 누구나 함께 공유해야한다는 것을 알고 있
다. 하지만 중류층은 그러한 재앙을 가장 적게 경험한다. 그리고 어
떤 계층에 있든 중류층만이 인간의 흥망성쇠에 연루되지 않는다. 그
러나 중류층은 몸과 마음 어디에도 불만과 불편을 겪지 않는다."

콜리지는 이 문장을 보고 중풍에 걸려 누워 있는 신사가 전달
하기에는 너무 시기가 맞지 않는다는 표현을 쓴다. 콜리지는 사
악함이란 각각의 사람이 지위에 억압되어 나온다고 말한다. 그
리고 거지같은 계급이 증가되는 것에서 알 수 있듯이, 이 세상은
어디에도 도덕을 실천하는 중류층을 가지고 있지 못하다고 비판
한다.

"아버지의 간절한 희망이었기에 집에 머물고 더 이상 밖으로 나가
지 않기로 결심했다. 하지만 세상에! 몇 날도 안 가서 그런 생각이
사라져버렸다."

콜리지는 이런 표현은 현자만이 가능하다고 생각한다. 그리고

이 문장은 콜리지의 아포리즘이 보여주는 가장 인상적인 예가 된다고 말한다. 인간이 위대한 것은 그러한 아포리즘을 가지고 있기 때문이다. 그런데 로빈슨은 주인인 디포의 욕망을 의식하지 못하고 있다. 그것이 바로 그의 주인 디포다. 소설에서 디포는 로빈슨을 완전히 소유할 수 있었다.

"하지만 누구도 저항할 수 없는 고집이 나의 불행한 운명을 엄습한다. 이성적으로 여러 번 소리를 질러보고 좀더 편안한 집으로 돌아갈 생각도 했다. 그러나 그렇게 할 힘도 없었다. 왜 그런지 이유를 알 수 없었다. 우리를 파멸시키는 도구처럼 허둥대며 다가오는 비밀스럽고 압도적인 명령도 아니었다. 전에도 그런 일이 있었다. 우리는 두 눈을 뜨고 그곳을 향해 돌진한다."

콜리지는 이 글을 보고 인간으로서 양심의 가책을 받는다고 말한다. 콜리지는 인간이 사냥의 충동이나 자유롭게 생각할 능력을 포기한다고 비난한다. 결국 생각이나 불확실한 상상에 깊이와 생생함이 생기는 것은 폭정의 증가뿐이다. 이에 반하여 인간의 이성과 자유 의지는 효과적으로 만들어진다. 이와 마찬가지로 무서운 불행, 고통, 공포 그리고 희박한 탈출의 가능성은 관능적인 쾌락과 성공으로 많은 효과를 줄 수 있다. 그러므로 죄인을 저지하거나 방해해서는 안 된다. 그러한 경우 죄의 사악한 결과가 그를 파멸로 몰아간다. 이것이 셰익스피어의 『맥베스』에 나오는 도덕이다. 이것이 이러한 단락의 진정한 해결책이다. 그것은 신의 분노를 지배하려는 포고가 아니다. 오히려 로빈슨의 주인인 디포가 자발적으로 선택한 것이다. 로빈슨은 스스로 죄인이 되어 사악한 폭력을 상상한다. 경멸적인 스위프트와 경멸

받는 디포를 비교하면 후자가 얼마나 뛰어난지 알 수 있다. 이러한 비교만으로도 충분하다. 자신의 재현으로 존재 전부를 동정 받으려는 작가도 있다. 이들은 부분적인 존재만으로 독자에게 호소하는 작가보다 좋게 평가

『맥베스』

받아야 한다. 그러나 특정한 계급, 성격 그리고 상황을 인식하지 못하도록 하는 작가가 있다. 그는 나를 우주적인 인간으로 되살린다. 이것이 디포의 우수한 점이다. 소설을 읽으면 당신은 인간이 된다.

　"돈을 보자 저절로 웃음이 나와 혼자 지껄였다. 이 쓸모 없는 것아! 도대체 널 어디다 쓴단 말이냐? 나한테는 아무런 값어치가 없다. 땅에 떨어져 있다 해도 주어 올릴 가치도 없다. 저 칼 한 자루가 산처럼 쌓인 너보다 낫겠다. 너를 써먹을 데가 없어. 그대로 여기 있다가 가치 없는 쓰레기로 바다 밑바닥에 파묻혀 버려라. 그러나 나는 마음을 고쳐먹고 돈을 다시 주워 보자기에 싸고 난 후 뗏목을 새로 만들 생각을 했다."

　콜리지는 이 문장을 셰익스피어와 비교할 만한 가치가 있다고 말한다. 그리고 단순한 마침표 다음에 로빈슨의 반사적인 의식이 최소한의 멈춤 없이 순간적인 흐름으로 나온다. 그것을 설명하는 디포는 더욱 뛰어나고 대가다운 면모를 보여준다.

"고백하건대 나는 신의 섭리와 종교적인 감사를 표시하는 것이 줄어들었다. 그 순간 나는 모든 것이 일상적인 것에 지나지 않다는 것을 알게 되었다. 그러나 예측할 수 없는 신의 섭리가 너무 이상한 나머지 나는 감사하지 않을 수 없었다. 그것은 기적과 같았다. 이것이야말로 진정한 신의 섭리일 것이다."

콜리지는 사람들이 이것을 사실로 믿어야 한다고 주장한다. 콜리지는 이 문장을 모세가 행한 신의 기적과 기적의 섭리로 비교한다. 이러한 기적은 로빈슨이라는 대상을 특정하게 만든다.

"옥수수가 자라고 있다. 항해 일지에 기록한 것처럼 처음에는 나에게 약간의 감동을 주었다. 그리고 이제는 진짜 감동을 주고 있다. 마치 기적과 같다는 생각이 들었다."

콜리지는 지금까지 자신이 경험한 것 중에서 이 문장이 가능한 기적을 정당화한다고 말한다. 콜리지가 생각할 때 이 문장은 진정한 토대와 적당한 목적 그리고 기적의 의도가 담겨 있다고 한다.

"나는 고통과 압박감에 사로잡혀 하느님에게 기도를 올렸다. 위험에 처한 나는 매일 밤 식인종에게 잡혀 아침에 먹힐 것이라는 생각을 했다. 마음의 평화, 감사, 사랑 그리고 애정의 기도가 공포와 두려움에 휩싸인 기도보다 더 좋다는 것도 경험하게 된다. 시시각각 닥쳐올 위험에 처하면 인간은 신에게 감사드리는 의무를 편안하게 올릴 수 없다. 차라리 병상에서 회개의 기도를 올리는 것이 편안하다. 나는 불안감에 사로잡혀 있다. 사람들은 몸과 마음의 불안함이 불구자의 몸과 마음보다 차라리 낫다고 생각한다. 오히려 몸이 아니라 마음으로 신에게 감사의 기도를 올리는 것이 더 훌륭하다."

콜리지는 로빈슨이 기도를 아주 정당하게 생각하면서 아름답게 표현한다고 말한다. 이것이야말로 로빈슨의 습관적인 기도에서 나온 강력한 동기다. 콜리지는 로빈슨이 급박한 긴장의 순간에도 이성적인 기도의 수행을 손쉽게 하고 있다고 본다.

"스페인 사람의 이름만 들어도 모든 사람들은 두려움과 공포에 휩싸인다. 기독교인도 마찬가지로 두려움과 공포에 휩싸인다. 스페인 왕국은 인간의 종족을 만드는 데 특히 뛰어나다. 그들은 불쌍한 사람에게 부드럽거나 일반적인 동정심을 가지고 있지 않다."

콜리지는 디포가 스페인에 반감을 일으킨 진정한 박애주의자라고 칭찬한다. 하지만 디포가 분명하게 스페인 등장 인물에게 편파적이라는 사실도 지적한다. 불안한 것은 로빈슨이 스페인 사람의 잔인함을 방면해주지는 않는다는 것이다.

"깜깜한 밤에도 내가 있는 장소는 가장 훌륭한 동굴이라고 생각되었다. 바닥은 지저분하고 평평했다. 그 위에 조그만 자갈들이 깔려 있었다."

콜리지는 디포를 정확한 자연의 관찰자라고 판단한다.

"나는 악마, 그의 출생, 신에 대한 반항, 인간의 증오 그리고 하느님을 대신해 숭배하는 세상의 어두운 지역을 그가 방문한 것에 대해 오랜 이야기를 나누었다."

존 밀턴(John Milton)

콜리지는 밀턴의 『실낙원』과 로빈슨이 인용한 『성경』이 밀접한 관계가 있다고 생각한다. 콜리지는 어디서 노신사인 디포가 이와 같은 이야기를 발견했는지 알아야 한다고 생각한다. 콜리지는 『성경』에 나와 있는 어느 것도 정확하게 알지 못한다고 고백한다. 콜리지는 디포의 이야기에 나오는 이러한 모든 난관들이 단순한 허구인지 아니면 우화에서 접목된 것인지 알 수 없게 만든다고 비난한다.

그리고 콜리지는 디포의 글에 부수적이거나 극적으로 사용된 몇 개의 유명한 구절과 품사가 자신의 복음주의를 조장한다고 말한다. 사실 디포는 그것들이 신의 대응물인지 아니면 영국 교회의 반대자로서 사악한 존재의 실존과 모순을 지적하는 것인지를 언급하지 않는다. 콜리지는 디포를 빗대어 자신이 사악한 짓을 하지 않았으면 이 도시에 사악함이 존재할 수 있는지를 질문한다. 콜리지는 하느님의 말씀처럼 인간은 누구나 사악한 일을 행하지만 선한 일도 행한다고 본다.

콜리지는 소설의 주인공인 로빈슨이 겪는 사건, 그의 관심사의 중심 그리고 그의 계획과 움직임의 표준은 디포의 자존심을 달래주는 것으로 이해한다. 로빈슨은 작가의 희망에 복종하고 순응한다. 사실 로빈슨의 희망은 로빈슨이 보여주는 행동이다. 그것은 로빈슨의 의식적인 감각에 충동이 증가되기 때문에 일어난다.

반면, 로빈슨의 충동은 임무의 억압으로 가장되어 나타난다. 로빈슨이 집착하는 것은 구원과 위안 그리고 영혼이 살아갈 집이다. 이것이 디포가 집착하는 아내의 이미지다. 그러므로 디포의 아내는 당위성을 가진 포괄적인 인물이다. 그러나 이러한 여성의 명예는 디포의 『로빈슨 크루소』 어디에서도 발견되지 못한다.

콜리지는 『로빈슨 크루소』에 부족한 부분이 흩어져 있다고 말한다. 그러나 콜리지는 절묘한 문장들이 디포를 문체의 대가로 칭찬하기에 부족함이 없다고 한다. 디포는 적당한 판단과 세심한 천재적 재치로 그의 모든 로맨스적인 등장 인물을 매력적으로 묘사한다. 그러나 콜리지는 디포가 일상적인 사건에 토대를 둔 문제를 사실적인 사건과 양립시키지 못한다고도 말한다. 콜리지는 로빈슨이, 유토피아의 한 주민이 신의 음료와 영생불멸의 저녁을 지나치게 먹어서 꿈꾸게 되는 것 같은 그런 행복한 악몽의 변형이라 평가한다. 콜리지는 인간의 상상은 이 소설의 재미에 사로잡혀 최고조로 흥분한다고 평가한다. 하지만 중요한 것은 우리는 항상 평범한 인간 로빈슨에 의해 접촉되고 감동을 받고 있다는 점이다.

콜리지는 디포의 위대한 점이 그가 일반적인 사람을 다루었기 때문이라고 한다. 디포는 위대한 것에 관심을 적게 가짐으로써 비평가의 희생자가 되었다. 디포는 『로빈슨 크루소』에서 너무 놀랍고 재미있는 이야기를 만들었다. 그는 평등하게 교육받지 못한 사람에게 자연의 역사를 부여하는 어떤 재능이 있었다. 디포는 로빈슨이 섬이라는 미지의 세상을 만나게 한다. 그러나 그 전에 디포는 로빈슨의 특징을 발견하고 그것을 사용했어야 했다. 로빈슨은 도약을 위한 대체물이나 새를 묘사할 재능이 있어야 했다. 만약 디포가 그렇게 했다면 많은 재미있는 페이지와 사건들이 이 소설을 풍부하게 했을 것이다. 하지만 로빈슨은 우주적인 대표자가 되는 것을 그만두었다. 그런 종류의 사람은 독자가 자신으로 대체할 것이다. 이제 로빈슨은 아무것도 행하고 생각하고 고통을 당하는 욕망을 하지 않는다. 다만 모든 사람들이 그를 통해 행하고 생각하고 느끼고 바라는 것을 상상할 수 있도록 한다. 로빈슨은 계속해서 모든 인간의 종교, 체념, 종속 그리고 신의 자비와 선함을 감사히 인정하고 그곳에서 새로운 삶을 만들기 위해 지금도 독자를 기다리고 있다.

□ 생각거리 ● ● ●
1. 찰스 길던이 『로빈슨 크루소』를 비난한 이유는 무엇인가?
2. 『로빈슨 크루소』에 적용되는 콜리지의 기본 원리는 무엇인가?
3. 디포의 『로빈슨 크루소』에 나타난 문제점과 다시 쓰기는 어떤 관계가 있는가?

루소는 사회계약론의 원
리에서 『로빈슨 크루소』를
해석한다. 루소는 자신도
서적을 싫어한다고 언급하
고 『로빈슨 크루소』에 대
한 이야기를 시작한다. 루
소는 책이 자신이 알지 못
하는 것에 관해서 얘기해
주는 일밖에는 가르치는
것이 없다고 한다. 헤르베
스는 학문의 원리를 원기
둥에 새겨놓았다. 그리고

장 자크 루소(Jean-Jacques Rousseau)

그는 자신이 발견한 것을 대홍수로부터 지켜내려고 하였다. 루
소의 말처럼 헤르베스가 학문의 원리를 사람의 머릿속에 확실히

새겨두었다면 그것은 대대로 전해 내려오고 보존되었을 것이다.

잘 훈련된 두뇌는 인간의 지식을 새겨놓은 기념비가 된다. 루소는 책 속에 산재해 있는 수많은 교훈들을 생각한다. 루소는 이 것들을 수집하여 어린이들이 쉽게 알 수 있고 흥미를 가지게 하는 것이 중요하다고 생각한다. 루소는 교훈을 따르고 자극제가 되는 보편적인 대상과 교훈을 결합시킬 방법을 찾았다. 인간의 자연적인 욕구도 어린이의 정신에서 느껴질 수 있어야 한다. 그리고 그러한 욕구를 충족시키는 수단도 용이하게 계속 펼쳐야 한다. 루소는 그런 상황을 사람들이 만들고 교육해야 어린이들의 상상력을 초기에 훈련할 수 있다고 한다.

루소는 자신에게 열정적인 철학자의 상상력이 불타오르는 것을 느낀다. 그와 같은 상황을 이미 발견하고 표현하기도 했던 루소는 철학자들에게 손상되지 않으면서도 그들보다 훨씬 잘 쓴 소설이나 글이 있다고 주장한다. 물론 루소는 그의 글 속에 상상력이 진실하고 간결하게 묘사되어 있음을 확신한다.

루소는 우리에게 책이 절대로 필요하다고 생각한다. 그런 생각을 하면서 루소는 자연 교육에 관한 가장 훌륭한 개론이 될 수 있는 한 권의 책이 있다고 소개한다. 그 책은 그의 에밀이 읽게 될 최초의 책이다. 그 책은 에밀에게 훌륭한 교재가 될 것이다. 루소가 생각하기에 그것은 자연과학에 관한 인간의 대화가 모두 그 책의 주석이 될 것을 확신한다. 그것은 인간이 발전하는 동안 그들의 판단력을 시험해보는 데 유용하다. 루소는 독서의 취미가 사라지지 않는 한 그 책은 우리에게 항상 즐거움을 제공한다고 확신한다. 그리고 그 책이 바로 『로빈슨 크루소』라고 소개한다.

『로빈슨 크루소』에는 섬에 난파된 로빈슨이 고도(孤島)에서 홀로 동료의 도움이나 기술 그리고 도구 없이 먹을거리를 입수하고 몸을 지키며 편안하게 생활하는 방식이 다양하게 소개된다. 루소는 이것이야말로 모든 연령층의 사람들에게 흥미를 주고 어린이들에게 여러 가지 방법으로 즐거움을 주는 대상으로 생각한다. 『로빈슨 크루소』에는 루소가 비교의 대상으로 이용해온 무인도의 이상을 실현하는 방법이 수록되어 있다.

로빈슨이 경험하는 상황은 사회에서 살아가는 인간의 삶이 아니다. 사실 그것이 에밀의 상태가 되는 것도 아니다. 그러나 인간의 모든 상태는 그와 같은 삶과 상황을 바탕으로 평가된다. 편견이 아닌 사물의 진실한 관계에서 판단을 내리는 가장 확실한 방법은 자신을 고립된 인간의 입장에 놓아두는 일이다. 그리고 모든 일이 그렇듯이 로빈슨처럼 고립된 인간이 자신의 이해 문제를 생각하고 판단하는 것과 평범한 사람이 판단하는 것은 서로 같은 것이라고 할 수 있다.

『로빈슨 크루소』는 로빈슨의 이야기를 통해 소개되는 잡다한 일들을 제외하면 결국 고도 근처에서 로빈슨이 조난을 당하여 그를 섬으로부터 구출하러온 배가 도착하면서 끝나는 이야기다. 그러나 섬에서 로빈슨이 혼자서 생활하는 시기는 에밀에게 즐거움과 교육의 효과를 동시에 준다. 루소는 에밀이 이 소설에 열중해서 끊임없이 어른이 되는 과정을 배우고 염소를 키우고 밭일을 하는 로빈슨을 생각하기를 바란다. 그러나 루소는 로빈슨의 노동을 에밀이 책에서 읽는 것보다 사물을 통해서 자세하게 배우기를 원한다.

루소는 에밀 자신이 로빈슨이 된 것처럼 생각하기를 바란다. 에밀도 가죽옷을 걸쳐보고 큼직한 모자를 쓴다거나 커다란 칼을 허리에 걸쳐보아야 한다. 로빈슨이 만든 커다란 파라솔은 아니더라도『로빈슨 크루소』에 나오는 삽화처럼 모든 기묘한 물건들을 에밀이 직접 몸에 입어보기를 기대한다. 루소는 에밀에게 이것저것 부족한 것이 생기면 그가 어떻게 할 것인가를 걱정한다.

루소는 에밀이 로빈슨의 행동을 검토하여 그가 무엇을 잊은 것이 없는지 또는 잘할 수 있는 무엇인가를 찾기 바란다. 그리고 주인공의 실수를 주의 깊게 새겨두었다가 자신이 비슷한 경우를 당하면 그와 같은 처지에 빠지지 않도록 노력하기 바란다. 루소는 에밀이 로빈슨과 비슷한 것을 건설하려는 계획을 세울 것을 확신한다. 루소는 그것이야말로 필요한 것과 자유만 있으면 다른 행복은 아무것도 모르는 연령기에 누리는 진정한 공중 누각이라고 생각한다.

루소는 유능한 인간은 자신이 세운 계획을 잘 이용하는 의식적인 야망이 있어야 한다고 생각한다. 그리고 인간은 로빈슨과 같이 인생의 훌륭한 수단으로 그러한 야망을 실천해야 한다고 말한다. 루소는 어린이를 섬에 난파된 로빈슨의 입장과 비교하면서 교육을 생각한다. 어린이는 필요한 물건들을 서둘러 장만하려고 선생이 가르치는 것 이상의 열성을 가지고 공부한다. 어린이는 유익한 것이라면 모두 알고자 할 것이다. 그리고 어린이는 능력 이외의 것은 알고자 하지 않을 것이다.

그렇다면 우리는 더 이상 그들을 지도할 필요가 없을 것이다. 우리는 그들을 견제만 하면 되는 것이다. 우리는 어린이를 서둘러 그들의 섬에 정착하게 만들어야 한다. 물론 어린이가 그런 일에서만 자신의 행복을 한정시키고 있는 동안에 말이다. 어린이가 다시 또 그와 같은 무인도에서 살기를 원한다 해도 이미 더이상 혼자 살기를 바라지 않게 될 날은 가까워지고 있다. 그리고 지금은 아이들이 생각조차 못하지만 프라이데이만으로는 만족하지 못하는 시기도 찾아온다.

인간은 자연적으로 습득한 기술을 혼자서도 실행할 수 있다. 하지만 기술을 습득하면 인간은 저절로 공업적인 기술을 배운다. 그리고 더 나아가 많은 사람의 손을 필요로 하는 공예 기술을 추구하게 된다. 전자는 고립된 인간이든 미개한 인간이든 모두 실행할 수 있다. 하지만 후자는 사회 속에서만 발생하기 때문에 인간은 사회를 필요로 한다. 육체적인 욕구만 안다면 사람은 누구나 자기 자신만으로 충족된다. 그러나 그 이상의 것이 생기게 되면서 노동의 분할과 배분이 불가분의 관계가 된다.

로빈슨처럼 고립되어 혼자서 일하는 인간은 한 사람 몫의 생활 자료밖에 얻지 못한다. 하지만 100명의 인간이 일치 협력해서 일하면 200명 몫의 생활에 필요한 것을 얻을 수 있다. 그러므로 몇 명이 쉬더라도 계속적으로 일하던 사람들이 그들의 힘을 모아 아무 일도 하지 않는 사람들이 놀고먹는 것을 보충하면서 일하기 마련이다.

우리가 실천할 가장 큰 배려는 아이들이 이해하지 못하는 사회 관계에 관한 모든 관념들을 그들의 정신에서 멀리 떨어지게 하는 것이다. 그러나 지식과 연관되면 필연적으로 일어나는 인간의 상호 의존 관계에 관한 조건을 아이들에게 제시해야만 한다. 그럴 경우 그것을 도덕적인 면으로만 그들에게 제시하지 않아야 한다. 우선 인간을 서로 유용한 관계로 이어주는 공업과 기계를 다루는 기술로 모든 주의력을 돌리게 해야 한다. 우리는 작업장에서 또 다른 작업장으로 그들을 데리고 다녀야 한다. 어떠한 일이든 아이들이 손수 일하지 않고 견학만 하는 것은 절대로 하지 말아야 한다.

우리는 아이들이 작업장에서 이루어지는 일의 전부나 아니면 거기서 보는 모든 것의 상태를 완전히 알게 해야 한다. 그렇지 않으면 아이들을 거기서 나가지 말게 하라. 그러기 위해서는 우리 자신도 일해야 한다. 모든 곳에서 그들에게 표본을 보여주어야 한다. 아이를 제대로 된 장인으로 만들기 위해서는 우리도 어디서든 도제나 직공이 되어야 한다. 한 시간의 작업이 하루 동안 설명을 듣고서 터득하는 일보다 훨씬 많은 것을 그에게 가르쳐 줄 수 있다.

여러 가지 상이한 기술의 평가는 현실적인 유용성과 반비례한다. 그러한 평가는 기술의 비유용성을 직접적으로 측정하는 것이기 때문에 반드시 그렇게 진행되어야 한다. 가장 유용한 기술은 가장 적은 소득이 생긴다. 노동자의 수는 인간의 필요에 비례한다. 그러한 비례를 맞추려면 누구나 필요한 노동을 해야 한다. 가난한 사람이라도 지불해야 할 비용은 있다. 반대로 직공이 아니라 예술가라 불리는 한가한 사람들도 있다. 이들은 부자들을 위해서만 일을 하여 예술의 대가를 받는다. 그들은 하찮은 물건에 멋대로 가격을 붙인다.

또한 그들이 만든 쓸모 없는 노작의 가치는 사람의 의견에 따라 다르다. 그러므로 작품의 가격 자체가 가치를 결정하게 되는 측면이 있다. 그래서 값이 비싸면 비쌀수록 가치도 높이 평가되기 마련이다. 이것은 부자들이 하는 짓이다. 그런데 그것은 물건의 효용에서 나온 결과가 아니다. 가난한 사람이 그것을 입수하지 못하게 하기 위한 것이다. 루소는 대중이 탐내는 것이 아니면 자신에게도 필요하지 않다고 강조한다.

루소는 제자들이 어리석은 편견을 갖도록 내버려두면 안 된다고 강조한다. 그리고 제자들이 그것을 조장하게 두어서도 안 된다고 말한다. 루소는 금은세공사의 상점에 들어갈 때보다 철물

점에 들어갈 때 더 경의를 표하는 자신을 제자들이 볼까봐 두려워한다. 제자들은 어디를 가도 현실적인 유용성을 생산하는 가치와 모순되는 환상적인 가격을 보게 된다. 그리고 그들은 물건 값이 고가(高價)면서 더 쓸모가 적은 것을 보게 된다.

그렇다면 제자들은 여러 기술들의 참된 가치와 사물의 진정한 가치에 관해서 판단을 내리는 데 혼란을 겪게 된다. 루소는 우리가 그들의 머릿속에 그와 같은 관념이 들어가게 내버려두면 안 된다고 한다. 그는 차라리 제자들의 교육을 포기하라고 충고한다. 사람의 생각은 다르지만 아이들은 세상의 흐름에 따라 성장한다. 그러므로 아이들을 가르치는 루소의 14년간의 수고가 헛되게 돌아갈 수 있다.

루소는 에밀이 자기의 섬에 설치할 여러 가지 장치를 생각해야 한다고 주장한다. 그러면 에밀도 그의 생각과 다른 방법에 대한 견해를 가질 것이다. 로빈슨의 경우처럼 그는 싸구려 장신구 가게의 모든 물건보다 칼 만드는 대장간 쪽을 훨씬 더 소중하게 생각할 것이다. 로빈슨에게는 칼을 만드는 상인이 더 소중한 것으로 보일 것이다. 그러나 장신구를 파는 상인은 하찮은 사기꾼으로 보일 것이라고 걱정하면서 『로빈슨 크루소』를 인용한다.

"나의 아들은 상류 사회에서 살아야 한다. 그는 현자들과 사는 것이 아니라 어리석은 자들과 살고 있다. 그러므로 나의 아들은 그들의 어리석은 행위를 알아야 할 필요가 있다. 어리석은 사람은 어리석은 행위에 의해 인도 받는 것을 기대한다. 사물에 관한 실질인 지식은 훌륭할 수 있을 것이다. 그러나 인간에 관한 지식과 그들이 내리는 판단을 아는 것은 한층 훌륭한 일이다. 인간 사회에서 인간에게 가장 중요한 도구는 인간이다. 가장 현명한 사람은 이러한 도구를 가장

잘 이용하는 사람이다. 사물의 질서도 마찬가지다. 어린이들에게 공
상적인 질서의 관념을 주는 것은 아무 소용이 없다. 그것은 어린이들
이 장차 보게 될 질서다. 그것은 그들이 자신을 규제해야 할 질서와
완전히 반대되는 것이다. 어린이들에게는 무엇보다 현명해지도록
교훈을 주어야 한다. 그런 다음 다른 사람들이 어떤 점에서 어리석은
가를 판단하기 위한 교훈을 주어야 한다."

루소는 로빈슨의 말을 그럴싸한 규율이라고 지적한다. 하지만
이런 규율 때문에 많은 아버지들은 어린이들을 그릇된 편견의
노예로 만든다. 그렇다면 이것은 아버지들이 자식을 편견으로
양육하고 자기들의 정념의 도구로 만들려는 생각이다. 그것은
몰상식한 인간들이 아이들을 장난감으로 만들려는 그럴 듯한 금
언과 같다.

루소는 인간을 이해하려면 그에 앞서 많은 일들을 알아야 한
다고 말한다. 인간이란 현자의 마지막 연구거리다. 하지만 어른
들은 엉뚱한 것을 어린이가 해야 할 첫 번째 과제로 삼고 있다.
어린이들에게 감정을 가르치기에 앞서 우선 그것을 평가하는 일
부터 가르쳐야 한다. 우행을 당연한 일로 받아들인다면 우행을
알 수 없다. 현명하려면 현명하지 않은 것이 무엇인지 구분할 필
요가 있다. 어떻게 판단할 줄 모르는 어린이가 사람들의 잘못을
깨닫고 인간을 알 수 있겠는가?

루소는 타인이 생각하는 것이 진실인지 거짓인지 알지 못하면
그들의 생각을 제대로 알 수 없다고 한다. 그러므로 우선 물건을
접하게 하고 물건이 무엇인가를 가르치도록 해야 한다. 물건은
눈에 보이는 방식대로 가르쳐야 한다. 그러면 어린이는 자기 의
견을 진실과 비교할 줄 안다. 아이들은 세속적인 일을 초월할 수

있다.

아이들이 편견을 받아들이면 편견을 알지 못한다. 아이들이 서민과 동화하면 서민을 지도하지 못한다. 그러나 우리는 아이들에게 일반적인 의견을 평가하는 방법을 가르치기에 앞서 일반적인 의견을 먼저 가르칠 수 있다. 그렇지 않으면 어떠한 수단으로도 그들이 생각하는 속설을 벗어나게 할 수 없다. 우리는 젊은 이가 올바른 판단력을 갖게 만들어야 한다. 그러기 위해서 우리의 판단을 그대로 주입시키는 대신 아이의 판단이 형성되는 것이 중요하다.

루소는 지금까지 그의 제자에게 인간에 대해 논의하지 않았다고 말한다. 루소가 그렇게 이야기한 것은 상당한 양식이 필요하다는 것을 의미한다. 그러나 제자들은 그것에 관심을 두지 않는다. 제자들은 타인과 자신의 관계를 충분히 모른다. 그래서 타인을 판단할 줄 모른다. 인간 스스로의 존재를 아는 것은 자신뿐이다. 아이들이 자기 자신을 안다는 것은 어려운 일이다.

아이들은 자기라는 것이 무엇인지 판단하지 못한다. 그러나 아이들이 그러한 판단을 분명히 내리도록 해야 한다. 스승의 입장에서도 아이들은 다른 사람들의 입장을 알지 못한다고 생각한다. 그러나 그들은 자기 입장을 알고 있고 그것을 잘 지키고 있다. 우리는 아이들이 알지 못하는 사회의 규율로 그들을 얽어매고 그것을 필연적인 사실로 받아들이게 만든다. 아이들은 아직 하나의 육체적인 존재일 뿐이다. 그리고 우리는 아이를 그런 상태에서 다루어야 한다.

루소는 아이들이 자연의 물체와 인간의 노동을 평가할 때를 기다린다. 그때가 되면 아이들은 유용성, 자기의 안전, 자기 보존 그리고 자기의 행복과 연관된 모든 것을 평가하게 될 것이다. 그때가 되면 아이의 눈에 쇠가 금보다 훨씬 큰 가치가 있는 것으로 보일 것이다. 그리고 유리는 다이아몬드보다 더 큰 가치를 지닐 것이다. 마찬가지로 보석세공사보다 제화공이나 석수장이를 더 존경할 것이다.

그러면 제화공은 아이의 눈에 중요한 인물로 보인다. 아이는 과자장수가 되기 위해 과학 아카데미의 모든 것을 포기할 것이다. 아이들은 금은세공사, 조각사, 칠장이, 자수하는 사람을 쓸데없는 놀이에 잠겨 있는 건달패로 생각할 수도 있다. 시계공도 대수롭지 않게 여길 것이다. 이런 행복한 어린이는 시간을 즐기지만 시간의 노예가 되는 일은 없다. 시간을 이용하지만 시간의 가치를 알지 못한다. 격렬한 욕망을 억압하기 위해 그만큼의 시간이 아이에게 있어야 한다.

그것은 상황에 따라서 시간을 재는 도구를 무용한 것으로 만든다. 루소는 에밀에게 시계를 갖게 하고 시계의 종을 울려보게 한다. 그러나 그것은 설명을 유용하게 하기 위한 것이다. 루소는 시간을 설명하고 이해시키기 위하여 통속적으로 에밀의 상황을 가정해본다. 루소는 에밀이 다른 아이들과 너무 다르다고 생각한다. 그렇기 때문에 에밀에게 아무렇게나 예를 드는 것은 쓸모없는 것으로 생각한다. 루소에게는 자연적이고 정확한 하나의 질서가 있다. 그러한 질서에 의해 사람들은 루소의 설명을 이해하게 된다.

기술도 마찬가지다. 사람들은 여러 기술들을 생각할 때 가장 독립적인 것을 첫 번째로 중요하게 여긴다. 그리고 다른 기술에 의존해야 하는 것을 최하위에 놓는다. 이러한 질서는 사회 전반의 질서를 고찰하는 데 중요한 역할을 한다. 루소는 우선권의 순서를 정하기를 권장한다. 사람들은 평가에 의해 주객을 전도하는 경향이 있다. 그것은 원재료의 사용을 명예도 따르지 않고 이익도 거의 없는 작업으로 생각하는 것과 마찬가지다.

그러나 사람의 손을 거쳐가면 수공의 값이 매겨지고 가격이 오르면서 명예도 뒤따르게 마련이다. 루소는 그와 같은 원재료가 인간에게 유익하게 사용되는 최고의 유용함으로 생각한다. 그리고 첫 번째 작업의 숙련에 의해 물건을 최종적인 형태로 만드는 정밀한 기술도 가치가 있다고 생각한다. 그러나 루소에게 굳이 어떤 일이 더 많은 이익을 가져오거나 보수를 받는 것은 중요하지 않다.

루소는 모든 일에 효용의 가치를 가장 일반적인 것으로 두어야 한다고 주장한다. 그리고 필요 불가결한 기술도 분명히 존경받을 만한 가치가 있다고 한다. 다른 기술이 필요 없는 기술은 한층 자유롭고 독립된 상태에 놓여 있다. 루소는 자유롭고 독립적인 기술이 종속적인 기술에 비해서 더욱 존경받아야 한다고 말한다. 이것이 루소가 생각하는 기술과 산업을 제대로 평가하는 원칙이기도 하다. 나머지 것들은 모두 제멋대로며 다른 의견에 좌우되는 것들이다.

『로빈슨 크루소』에 나오는 로빈슨의 노동처럼 루소가 생각하는 모든 기술 중에서 가장 존경할 만한 것은 농업이다. 루소는 대장장이를 제2위로 생각하고 목수를 제3위의 순서로 정해놓는다. 루소는 세속적인 편견으로 교육을 잘못 받은 어린이가 아니라면 자신의 판단을 받아들일 것으로 생각한다. 그는 에밀도 로빈슨의 노동, 대장장이 그리고 목수의 일을 통해서 로빈슨으로부터 중요한 고찰을 끌어내야 한다고 생각한다.

당시는 여러 기술들이 점점 더 세분화되어 가는 시기였다. 이렇게 세분화된 각각의 분야에는 도구가 무진장 늘어나고 있었다. 루소는 이것을 에밀이 어떻게 받아줄 것인지를 생각한다. 루소는 에밀이 그런 일에 종사하는 사람은 모두 영리하면서도 어리석은 사람으로 인식할 것을 예상한다. 사람들은 그들의 팔이나 손가락이 어떤 일에 쓸모 있게 될까봐 두려워한다. 그들은 많은 도구를 만들어내 팔이나 손가락을 사용하지 못하도록 한다.

그런 사람들은 한 개의 기술을 습득하고 실천하기 위해 많은 다른 기술에 예속된다. 각각의 직공에겐 하나의 도시가 있어야 한다. 사람들은 자신의 타고난 재능을 기술에서 구현하려고 한다. 그들은 인간이 이동하면 어디라도 함께 지니고 다닐 수 있는 도구를 만든다. 그러나 파리에서 자기의 재주를 뽐내던 사람이 루소가 살고 있는 섬에 오면 그들은 아무것도 모른다. 그렇기 때문에 루소는 그들을 자신의 제자로 삼아야 한다고 말한다.

루소는 『에밀』의 독자에게 자신이 교육하는 학생의 신체적 훈련과 손의 재치만을 믿지 않기 바란다. 루소는 어린이의 호기심에 어떤 방향을 제시해주어야 한다고 말한다. 스승도 어린이의 감각과 창의성을 살려줄 선견지명이 있어야 한다. 루소가 볼 때 어린이는 자신이 보게 될 모든 것과 자기가 하게 될 모든 것의 전부를 알고자 한다. 아이들은 모든 것의 이치를 알고자 한다. 그들은 도구에서 도구를 배운다. 그들은 항상 최초의 도구가 무엇인지를 알려고 한다. 그들은 가설에 의한 것은 무엇 하나 인정하지 않는다. 그들은 자기가 지니지 못한 예비 지식에 필요한 일을 배우려고 하지 않는다.

그러나 그들은 용수철 만드는 것을 보면 어떻게 강철이 광산으로부터 채굴되었는가를 알고자 한다. 상자의 부품이 조립되는 것을 보면 어떻게 나무가 잘려졌는가를 알고 싶어한다. 루소는 인간은 누구나 일을 하면 자기가 사용하는 도구를 보고 틀림없이 이렇게 생각한다고 말한다. 인간은 도구를 가지고 일한다. 루소는 인간이 이러한 도구를 만들기 위해 어떻게 해야 하는지, 도구를 사용하지 않으면 어떻게 지내야 하는지를 질문한다.

루소는 모든 학문을 교육하는 스승이 어떻게 지도해야 하는지에 대해 의문을 제기한다. 스승의 단점은 어린이도 자기와 같은 취미를 가지고 있기를 바라면서 자신의 방법을 결정한다는 것이다. 스승은 교육의 즐거움에 열중한다. 반대로 어린이는 그것을 배우는 일에 싫증을 느낀다. 스승은 이것을 조심해야 한다. 어린이는 모든 일에 몰두해야만 한다. 그리고 스승은 어린이에게 전념해야 한다.

스승은 지치지 말고 어린이의 행동을 관찰해야 한다. 어린이의 모습을 살피는 일에 게을리하지 말아야 한다. 그렇지만 어린이가 그것을 알아채지 못하게 해야 한다. 우리는 어린이의 감정을 모두 짐작해야 하고 가져서는 안 될 감정은 갖지 못하게 해야 한다. 아이에게 무슨 일을 시키면 그 일이 유용하다고 느끼도록 해야 한다. 그리고 아이가 하는 일의 유용성을 충분히 이해시키고 그 일에 기꺼이 종사하게 해야 한다.

루소는 당시의 기술 사회가 상업에 의한 물물 교환으로 성립된다는 사실을 알고 있다. 상업 사회는 물건을 교환한다. 은행은 수표와 돈을 교환한다. 이런 개념은 서로 연관된다고 루소는 설명한다. 그런데 이러한 기본 개념은 이미 당시에 생성되었다. 루소는 그런 개념의 토대를 유년 시절부터 정원사의 도움으로 알고 있다.

루소가 살았던 시대는 그런 개념을 일반화하는 것과 실례를 확대해나가는 과정이었다. 과거에는 거래의 형태가 단순한 형태를 띠고 있었다. 각국에서 들어온 특산물이 정기 간행물에 목록으로 실렸다. 여러 간행물에서 항해에 관한 기술과 과학의 지식 그리고 장소의 원근, 육지, 해양, 하천의 위치와 수송의 어려움을 보도하였다.

루소는 경제의 원칙을 물물 교환의 방식으로 설명을 한다. 그는 어떤 사회도 교환이 없으면 존재할 수 없고 공통된 척도가 없이는 교환이 가능하지 못한다고 설명한다. 여기에는 평등이 공통의 척도가 되기도 한다. 그것은 모든 사회의 첫 번째 원칙으로 인간이나 사물은 어떤 계약에 의해 평등을 실천한다는 것이다. 루소가 생각하는 계약의 평등은 자연의 평등과는 전혀 다르다. 그것은 현재의 정치적인 권리를 의미하며 그곳에는 정부와 법률을 필요로 한다. 루소는 계약의 평등이 사물의 관계로 이루어졌기 때문에 결과적으로 화폐가 발명되었다고 설명한다. 화폐는 여러 가지 종류의 사물 가치를 비교하는 기본이다. 이런 의미에서 돈이란 사회의 진정한 결속을 가져오는 사물이다. 금속은 운반하기 가장 용이하기 때문에 일반적으로 모든 교환의 매개물로 선택되었다.

그리고 금속이 화폐로 바뀌고 교환될 때마다 물건의 무게와 크기를 측정하는 수고가 줄어든다. 화폐에 찍힌 각인은 화폐에 소정의 중량이 있다는 것을 증명한다. 당시에는 군주만이 화폐를 주조할 권리를 가지고 있었다. 그래서 군주는 화폐의 보증인이 되어 국민 전체에게 권위를 요구하는 권리도 가졌다.

루소는 발명의 효용과 가치를 누구나 알아야 한다고 설명한다. 성질이 다른 물건을 직접적으로 비교하기는 어렵다. 그러나 공통의 척도인 화폐를 발명함으로써 당시의 제조업자와 농부는 교환의 가치 척도를 쉽게 비교할 수 있었다. 결국 사람들은 일정한 직물이 일정한 액수의 돈으로 환산된다는 것을 알게 된다. 일정한 분량의 밀이 그에 해당되는 돈과 교환됨으로써 상인은 자기가 생산한 직물과 돈을 교환하였다. 결국 돈은 서로 다른 재물을 똑같은 단위로 계량하고 비교하는 가치 척도가 되었다.

그러나 루소는 화폐 가치가 도덕적 효과를 가지고 있다고 설명하는 것에 반대한다. 루소는 모든 일의 폐해를 지적하기보다는 화폐의 효용 가치를 설명하는 것이 중요하다는 점을 인식한 것이다. 이제 루소는 화폐에 의해 실물이 소홀히 다루이지고 화폐에 의해 여러 가지 환영이 생겼기 때문에 부유한 나라가 오히려 빈곤해지는 이유를 생각한다. 이러한 사실은 소수의 사람만이 이해하는 것이다. 철학자나 현자만 알아야 할 부분인 것이다.

그리고 이런 대상들에게 제자의 호기심을 유발해야 한다고 루소는 강조한다. 제자의 호기심은 그의 이해력이 미치는 현실과 물질에서 이탈되는 것을 막는다. 제자가 이해하지 못하는 관념은 정신의 괴로움이다. 선생의 기술은 전혀 관련 없는 하찮은 일을 제자가 즐겁게 관찰하게 만드는 것이다. 루소는 이런 관계에 의해 아이들이 시민사회의 질서에 대한 선악을 바르게 판단한다고 생각한다. 그리고 아이들을 즐겁게 해줄 대화를 끄집어낼 수 있는 능력도 있어야 한다고 설명한다. 그리고 『로빈슨 크루소』가 에밀에게 신기한 대상과 관찰의 대상이듯이, 아이들의 교육은 관련된 것을 제시하면서 은밀한 결론을 끌어내는 철학자가 되어야 한다고 결론짓는다.

□ 생각거리 ● ● ●
1. 루소는 에밀과 『로빈슨 크루소』를 어떤 관점에서 연관시키는가?

다섯 번째 마당 『로빈슨 크루소』: 칼 마르크스와 부르디외

1. 『로빈슨 크루소』와 칼 마르크스

마르크스는 『자본론』(1867) 첫 권
의 첫 번째 장 「상품」에서 『로빈슨
크루소』에 대한 내용을 다루고 있
다. 마르크스가 볼 때 로빈슨 크루
소의 경험들은 정치학자나 경제학
자에게는 아주 재미있는 주제. 마
르크스는 섬에 난파된 로빈슨의 노
동을 노동과 생산 그리고 분배의 측
면에서 재조명한다.

칼 마르크스(Karl Marx)

마르크스는, 로빈슨이 겸손하지만
소수의 사람만을 만족시킬 것이라고 생각한다. 로빈슨은 오직
도구와 가구를 만들고, 염소를 기르며, 고기를 잡고, 사냥을 하면

서 지낸다. 그는 그러한 많은 종류의 사소하고 유용한 일을 해야만 한다고 생각하고 있다. 마르크스의 입장에서 보면 로빈슨의 기도와 『성경』을 인용하는 행위는 설명할 방법이 없다. 그것들은 로빈슨이 가지는 쾌락의 원천이다. 마르크스는 로빈슨이 많은 반응을 통해 그러한 행동을 보여주기 때문에 그런 행동은 존중해야 한다고 말한다.

마르크스는 로빈슨이 보여주는 다양한 사건을 통한 노동에 관심을 가진다. 그럼에도 불구하고 어떤 형태의 노동이든 로빈슨의 노동은 한 사람에 의한 노동이다. 우리는 로빈슨이라는 한 사람이 노동의 행위를 하고 있다고 알고 있을 뿐이다. 그러나 로빈슨의 노동은 인간의 노동을 각기 다른 형태로 한 사람이 행하는 것이다.

로빈슨이 생산한 생활 필수품은 로빈슨이 다른 종류의 일을 하면서 만들어낸 결과물이다. 작가 디포는 로빈슨에게 그러한 결과물을 만들기 위해 시간도 정확하게 배분한다. 로빈슨은 한 가지 일을 완성하기 위해 다른 일보다 많은 공간을 차지한다. 그의 일반적인 행동은 로빈슨이 목적한 바에 따라 유용한 효과를 얻는다. 로빈슨은 혼자 일하는 시간과 행동의 한계를 극복하기 위해 힘든 과정을 계획하고 경험한다.

우리는 이러한 사실을 로빈슨의 노동과 사건의 경험을 통해 알게 된다. 그 과정에서 로빈슨은 난파선에서 시계, 회계 장부 그리고 펜과 잉크를 챙겨서 섬으로 옮긴다. 결국 로빈슨은 다시 태어난 영국 사람처럼 섬 생활에 대한 항해 일지를 쓰게 된다. 그의 재고품 원장에는 그가 소유한 유용한 사물들의 목록, 생산에 필요한 작동 요령 그리고 이러한 사물들을 만드는 데 그가 소비해야 할 노동 시간의 목록이 적혀 있다.

로빈슨 자신이 축적한 이러한 재산과 사물들의 관계는 지적인 노력 없이도 가능하다. 그는 이러한 사건을 아주 단순하고 명료하게 일기의 형식으로 기록한다. 그리고 이러한 관계들은 로빈슨의 노동과 행동에 가치를 부여하고 결정하는 모든 것들이 포함된다.

로빈슨이 난파된 섬은 로빈슨의 노동과 행동을 통해 문명의 섬으로 만들었다. 마르크스는 무인도를 문명의 빛으로 가득 물들인 로빈슨의 섬에서 어둠으로 보이지 않는 유럽의 중세 시대로 돌아가기를 제안한다. 중세 시대에는 독립적인 인간은 존재하지 않는다. 중세 시대로 돌아가면 우리는 종속 관계인 농노와 군주, 가신과 영주, 평신도와 성직자를 발견한다.

인간의 종속 관계는 생산에 토대를 두고 있다. 그러나 인간의 종속은 개인의 삶과 다른 영역에서 발생된다. 이것이 중세 시대의 사회적 생산을 특징짓게 하는 것이다. 하지만 개인적 종속은 사회의 토대를 형성한다. 그렇다면 중세 시대에는 하나의 이유만으로 인간과 사회가 관계를 가진다. 그러나 로빈슨의 경우처럼 인간과 사회를 별개의 환상적 형식으로 가장하고 노동과 생산이 일어날 필요는 없었다.

『로빈슨 크루소』에 나오는 로빈슨의 노동과 그것의 결과인 생산품은 의미가 다르다. 인간의 노동과 생산품은 사회와의 거래에서 이루어진다. 그리고 여러 종류의 서비스와 지불에 의해 교환과 이동이 일어나는 시장의 형태가 있어야 한다.

그러나 로빈슨이 보여주는 특정하고 자연스러운 노동의 형식은 상품의 생산에 토대를 둔 사회에서 일어나는 것이 아니다. 그렇기 때문에 로빈슨이 섬에서 실천하는 노동은 일반적이고 추상적인 형식일 뿐이다. 그의 노동은 직접적이고 사회적인 형식에 지나지 않는다. 강제 노동은 상품 생산에 걸리는 시간만큼 시간에 의해 적절히 측정되어야 한다. 그러나 로빈슨의 노동에는 그런 척도가 들어 있지 않다.

중세 시대 농노들의 경우 그가 주인에게 봉사하며 보내는 시간은 자신이 가지고 있는 개인적인 노동력의 분명한 양으로 이해했다. 그리고 성직자에게 바치는 십일조는 그가 받은 축복보다 그 이상의 의미가 들어 있다. 중세 시대 사회에서 사람들은 각기 다른 계급에 의해 행동하는 부분들이 있었고 그들만의 차이도 있다.

그렇다면 당시 노동을 수행하는 개인들 사이의 사회적 관계는 인간의 상호적이고 개인적인 관계와 연관된 모든 사건인 것이다. 로빈슨의 노동과 중세시대 당시 인간의 노동은 노동과 생산 그리고 사회적 관계의 형태에서 차이를 보일 수밖에 없다.

마르크스는 물물 교환, 자유로운 개인으로 구성된 사회 그리고 일반적으로 생산 수단과 연관된 일의 수행을 생각하면서 『로빈슨 크루소』의 주인공인 로빈슨의 노동과 생산을 비교한다. 이 비교에서 드러나는 차이는 각기 다른 개인들의 노동력은 의식적으로 집단 사회의 통합된 노동력으로 이용된다는 점이다. 로빈슨의 노동이 보여주는 특징은 그의 모든 노동이 반복되는 데 있다.

하지만 로빈슨이 보여주는 이러한 차이점에 나타난 로빈슨의 반복된 노동은 개인적인 것이 아니라 사회적인 특징을 가지고 있다는 것이다. 로빈슨에 의해 생산된 모든 것은 독점적으로 한 개인이 이루어낸 노동의 결과다. 로빈슨은 단순히 자신이 사용할 목적으로 물건을 만들 뿐이다. 그러나 우리 사회의 총체적인 생산은 사회를 위한 생산이다. 한 사람에게 돌아갈 몫은 생산이란 신선한 수단이 역할을 하는 것이고 우리는 그것을 사회적인 생산이라고 말한다.

그러나 로빈슨의 생산과 달리 다른 사람의 몫은 생존의 수단이다. 그리고 그런 생존의 수단은 다른 사람에 의해 소비된다. 결과적으로 사람들 사이에서 발생하는 이러한 몫의 분배는 필수적인 사항이다. 이러한 분배의 유형은 사회의 생산 조직에 따라 다양하게 나타난다.

이와 마찬가지로 생산자에 의해 지속되는 역사 발전의 정도에 따라 분배의 유형도 다양할 것이다. 마르크스는 상품 생산의 평형을 유지하는 데 관심의 초점을 맞추고 있다. 그리고 생존 수단에 의한 생산자의 몫은 인간의 노동 시간에 의해 결정된다는 점이다. 이처럼 노동 시간은 두 가지 역할을 한다. 노동 시간은 분명한 사회적 계획에 맞추어진 노동의 분배다. 그러므로 작업하는 다른 종류의 일과 사회의 다양한 요구에 의해 적당한 시간을 분배해야 한다.

반대로 분배는 각각의 개인에 의해 만들어진 일반적인 노동의 몫과 개인의 소비를 위해 결정된다. 결국 분배는 전체 생산의 부분인 개인의 몫을 측정하는 수단으로 작용된다. 그리고 개인 생산자의 노동과 생산을 로빈슨의 측면에서 비교하면 개인 생산자의 사회적 관계는 전적으로 단순하고 지적인 것에 불과하다고 할 수 있다.

2. 『로빈슨 크루소』와 부르디외

부르디외가 생각한 검열의 개념은 『로빈슨 크루소』를 이해하

피에르 부르디외(Pierre Bourdieu)

는 데 도움이 된다. 부드디외에 따르면 모든 작품에는 흔적과 기호가 나타난다. 그리고 역사, 정치, 문화, 사회 그리고 경제 이데올로기는 검열 수단으로 작품의 흔적과 기호를 확인하기 위해 작용한다. 작가 디포와 비평가 길던의 논쟁처럼, 이데올로기를 가진 사람들은 말할 기회를 찾기 위해 검열 수단을 이용한다. 두 사람의 논쟁으로 시작된 『로빈슨 크루소』에 대한 발언은 로빈슨이 섬에서 보낸 시간을 넘어 현재까지도 지속적으로 문학적 상상력이라는 시간과 공간을 독점하는 계기를 마련했다.

부르디외가 말하는 검열의 기본 공식을 디포의 『로빈슨 크루소』에 적용해보자. 디포는 로빈슨을 주인공으로 선택해 그의 이야기로 서술한다. 소설에 나타난 표현들은 작가가 의도한 관심과 주인공이 경험한 사건의 연속에 의해 이루어진다. 여기서 중요한 것은 검열이 두 사람 사이에서 조정자의 역할을 하고 있다는 것이다. 그런데 두 사람 사이에 조정자의 역할을 하는 검열은 침묵으로 일관되어 나타난다. 이러한 문제는 소설이 출판되면서 지속적으로 논쟁되는 부분이다. 『로빈슨 크루소』는 텍스트의 침묵과 백과사전 식 지식을 독자에게 제공한다. 그런데 이러한 것들은 검열을 받아야 하는 담론의 한계를 가지고 있다. 부르디외의 용어를 빌리면, 디포는 이러한 한계를 완곡어법으로 해결해

나간다.

『로빈슨 크루소』는 작가 디포의 완곡어법의 산물이다. 디포의 이 소설에는 자신이 말하기를 열망했던 어떤 것이 들어 있다. 로빈슨이 섬에 난파된다는 것은 디포가 열망했던 어떤 것을 구성하는 장소가 소설의 구조와 결합했다는 것이다. 그리고 로빈슨의 이야기는 작가와 로빈슨 사이의 타협 혹은 협상이란 형식에서 어떤 것을 만들어내게 된다. 길딘이 「가상의 대화」에서 그랬듯이, 비평가와 작가는 그들을 섬이라는 장소에서 끌어내어 서로 논쟁을 벌이게 만드는 것도 이러한 사실에서 출발하는 것이다.

우리가 『로빈슨 크루소』의 배경과 장소가 되는 섬을 이상적인 유토피아로 비교할 수 있는 것은 섬에는 말로 표현할 수 있는 어떤 형식과 내용이 있기 때문이다. 그렇다면 소설은 어떤 형식과 내용의 결과물이라 할 수 있다. 말로 표현한다는 것은 형식과 내용을 만드는 것이다. 부르디외는 이러한 형식과 내용이 사회적 조건에 의해 생산된다고 말한다. 그러나 디포의 『로빈슨 크루소』에는 사회적 조건을 담고 있는 담론의 특수한 속성인 내용이 들어 있다. 소설에서는 이러한 것이 침묵과 부재의 속성으로 나타난다. 그렇기 때문에 현재까지 이 소설은 다시 말해야 할 조건과 그것을 결정해야 할 장소가 소설가, 비평가 그리고 독자에게 제공된다. 이것이 『로빈슨 크루소』 다시 쓰기 혹은 'Robinsonade'다. 이 용어는 지금도 『로빈슨 크루소』가 분석의 대상이 되어 대립과 초월의 이름으로 반복해서 재현되는 이유를 설명하는 데 사용된다.

부르디외는 자기만의 고유한 적합성의 원칙으로 표현되는 것이 무엇인지에 관심을 가진다. 인간이 관심을 가진다는 것은 정치적 이해 관계가 있다는 것이다. 그리고 부르디외는 제한된 장소나 개인의 내적인 심리 상태는 외적인 구속에 의해 타협이 가능하다고 본다. 반대로 로빈슨은 시간에 방해받지 않고 섬에서 오랜 세월을 지낸다. 디포는 로빈슨의 이야기를 부분적인 일기의 형식으로 보여준다. 그리고 로빈슨은 다양한 사건을 경험한다. 로빈슨에게는 자신의 탈출의 과정을 표현해야 할 의무가 있다. 섬에 갇힌 로빈슨에는 정치적 이해 관계가 있을 수 없다. 그리고 디포는 검열을 받고 있는 사람처럼 완곡어법을 사용하여 로빈슨의 이야기를 전개하고 있다. 디포에게는 적절한 형식을 만들어야 하는 어떤 이데올로기와 정치적 이해 관계가 침묵과 부재 형식으로 텍스트에 나타난다.

결국『로빈슨 크루소』의 침묵과 부재의 문제는 형식과 내용에 따라 다르게 받아들이는 문학적 상상력의 장으로 넘어가게 된다. 디포는 소설이란 형식과 내용을 개발했기 때문에 자신을 대우해달라고 요구한다. 그러나 형식과 내용은 디포를 소설의 기원의 문제와 불안전한 이야기로 다시 환원시킨다. 그리고 비평가나 작가는 그를 비난하는 글을 쓴다. 아니면 주인공을 변형시켜 새로운 인물을 만들어내고 다른 소설에 등장시켜 디포의 소설을 재생산한다. 디포의 권위는 새로운 주인공이 특수한 효과를 가지기 때문에 상징적인 폭력을 당한다.

우리는 문학적 상상력으로 디포를 구원해주어야 한다. 그가 『로빈슨 크루소』에 만들어놓은 조야한 기호와 흔적은 검열이 아니라 문학의 담론으로 해결할 필요가 있다. 마르크스가『로빈슨 크루소』를 노동의 개념으로 다시 해석하듯이, 부르디외가 생각하는 검열의 개념에는 자본과 함께 하는 권위, 위세, 권력 그리고 물리적인 힘이 포함되어 있다. 검열은 구조를 들여다본다. 그리고 디포가 말해버릴 터무니없는 담론을 개인의 말로 검열을 행하고 적절하게 말로 표현될 수 있도록 강요한다. 그러나 외부적으로 볼 때 디포의 『로빈슨 크루소』에는 표현될 수 없는 것이 있는 것이지 저속한 것이 있는 것은 아니다. 그것은 마치 18세기의 생물학자가 21세기의 심리학자와 대화를 나누는 것과 마찬가지다. 이들이 만나면 로빈슨과 프라이데이의 관계는 남성과 남성의 관계로 진화될 것이다. 그리고 그때부터 섬은 남성이 존재하는 여성 이미지를 가진다.

여기서 다시 부르디외의 입장으로 돌아가는 것은 검열과 완곡어법에는 문학적 상상력과 철학적 담론이 들어 있기 때문이다. 검열은 이데올로기의 산물이다. 그리고 완곡어법은 텍스트의 침묵과 부재의 문제를 일으키면서 떠도는 이미지를 누군가 상상하게 만든다. 콜리지와 같은 원리처럼 떠도는 이미지는 말해질 수 있었던 것과 그럴 수 없었던 것을 담론으로 구성하고 분석하게 한다. 우리는 검열의 이데올로기와 더불어 작가 자신도 몰랐던 완곡어법에 감추어진 것을 찾고자 한다. 아니면 작가가 무시했던 것을 새로운 주석자마저 무시하고 거부하는 것을 작품 생산을 위해 투사하는 새로운 이미지로 발견하고자 한다.

□ 생각거리 ● ● ●
1. 로빈슨의 노동은 어떤 의미가 있는가?
2. 디포의 완곡어법은 『로빈슨 크루소』에 어떻게 나타나는가?

여섯 번째 마당 │ 『로빈슨 크루소』: 버지니아 울프

버지니아 울프(Virginia Woolf)

버지니아 울프는『로빈슨 크루소』를 통해 새로운 독자의 계층이 나타나게 만든 이 소설과 작가 디포에 대한 문학적인 소견을 소신을 가지고 비평한다. 우선 울프는 소설의 발생과 중류층의 존재가 드러나는 사실적 관계를 먼저 밝힌다. 그녀는 평범한 사람들이 왕과 왕비의 사랑을 넘어 그들의 삶의 세부 사항을 읽을 수 있고 읽기를 열망하였던 사실을 설명한다.

문학의 영역이 확장됨으로써 산문은 자체로 수요가 되었다. 산문은 시와는 달리 삶의 사실을 표현하는 데 적격이었다. 이것이 울프가 생각하는『로빈슨 크루소』에 접근하는 한 가지 방식이다. 울프는 작가의 삶을 다른 방식으로 제시해야 한다고 말한다. 그리고 전기 문학은 우리가 책장을 넘기는 것보다 더 많은 시간을 소비해야 한다.

우선 그녀는 디포의 죽은 연도가 1660년인지 1661년인지 의심한다. 그는 디포가 이름을 한 단어로 사용했는지 아니면 두 단어로 사용했는지 모른다고 지적한다.

다음의 글은 울프가 디포에 대해 소개하는 부분이다.

"그리고 우리는 그의 조상이 누구인지도 모른다. 그는 양말장수였다고 하는데 과연 17세기에 양말장수가 있었는지 알 수 없다. 그는 팸플릿 저자가 되어 윌리엄 Ⅲ를 등쳐먹는 것을 즐겨하다가 팸플릿 때문에 죄를 짓고 뉴 게이트 감옥에 수감되기도 했다. 그는 최초로 고용되어 임금을 받고 일하는 신문 잡지 기자였다. 그는 수없는 팸플릿과 기사를 썼다. 그는 한 명의 아내와 여섯 명의 아이를 두었다. 체형은 말랐으나 매부리코에 각진 턱, 회색 빛 눈과 입 근처에 커다란 사마귀가 있었다.

우리는 디포가 얼마나 많은 시간을 보내고 얼마나 많은 삶을 소설의 발전을 위해 계획하고 소설가의 고통을 경험하면서 시간을 보냈는지 아는 사람은 거의 없다. 항상 우리는 이론에서 자서전으로 혹은 자서전에서 이론으로 관심을 돌리면서 한 가지 의심에 봉착하게 된다. 우리는 디포가 태어난 순간을 알고 있어야 한다. 그래야만 그가 누구를 사랑하고 왜 사랑했는지를 알 수 있다. 우리가 진정 디포가 소설에 나오는 것처럼 이집트에서 파라과이를 여행하면서 야생 동물의 멸종을 연구했는지 아니면 영국 소설의 기원, 부흥, 성장 그리고 쇠퇴와 몰락의 역사를 알고 있는지를 연구해야 한다. 그래야만 로빈슨으로부터 약간의 쾌락을 맛보거나 지적으로 이 소설을 읽을 수 있을 것이다."

울프는 이제 남은 것은 디포의 작품 자체뿐이라고 말한다. 우리가 이 소설에 접근할 때 어떻게 휘감고 뒤흔들고 빈둥거리고 장난치더라도, 결국 외로운 전투만이 우리를 기다릴 뿐이다. 울프의 주장은 좀더 깊은 이야기를 나누기 전에 반드시 알이야 할 사항이 있다는 것이다. 우리는 작가와 독자 사이의 관계, 디포가 양말을 팔고 갈색의 머리를 하고 단두대

울프에 관한 한국 책

에 서 있었던 사실을 알아야 한다. 개인적인 만남의 한 중간에서 디포에게 남아 있다는 것이 고통과 혼란의 문제라는 사실도 알고 있어야 한다.

그렇다면 우리가 첫 번째로 해야 할 일은 만만치 않은 것이다. 우선 우리는 디포의 시각을 알아야 한다. 소설가가 그의 세계를 정지 작업하는 것을 아는 것이 중요하다. 디포의 비평가는 우리에게 세상의 이야기를 꾸며내는 자서전 작가의 의도가 무엇인지를 밝히려 한다. 그러나 디포가 그리려는 작가의 모험은 우리가 이용할 수 없는 여분의 소유물일 것이다. 우리는 홀로 소설가의 어깨에 올라가 소설가를 운명적으로 바라보아야 한다. 그리고 디포가 좀더 일반적인 대상으로 지정하는 순서를 이해할 때까지 그의 눈을 응시해야 한다. 우리는 그를 한 인간의 시선으로 그리고 인간들의 시선으로 동시에 응시해야 한다.

디포를 응시하는 인간들 뒤에는 자연이 있다. 그들 위에는 신이라고 부르는 힘이 존재한다. 그리고 혼란과 판단 착오, 역경이 시작된다. 이러한 것들이 우리에게는 단순한 문제로 나타난다.

하지만 이러한 대상들은 소설가가 그것들을 서로 연관시키는 방식에 의해 가공할 이야기가 될 수 있고 인식할 수 없는 문제가 될 수도 있다.

볼을 맞대고 정답게 살아가는 사람과 똑같은 공기를 들이마시는 사람은 균형 감각이 너무 다양하다. 어떤 사람은 나무로 만든 작은 집에 들어 있는 인간을 너무나 크게 느낄 것이다. 다른 사람에게 나무는 거대한 것이다. 그러나 인간은 땅에 있는 아주 작은 존재에 불과하다.

그러나 『로빈슨 크루소』가 소설임에도 불구하고 작가는 동시에 우리와 함께 존재하며 살아간다. 울프는 스콧의 예를 들어본다. '그는 막연하게 거대한 산을 보면서 그가 그릴 인물을 그 크기에 맞추어 그린다.' 그러나 디포는 아무것도 같은 크기로 보지 않는다. 제인 오스틴의 경우 그녀의 대화에 나오는 유머를 조화롭게 하기 위해 그녀는 찻잔에 장미를 놓아야 한다. 피콧은 천상과 지상을 뒤집어 환상적으로 뒤틀린 거울을 만든다. 그러면 찻잔은 베수비오 화산이 될 수 있고 반대로 베수비오 화산은 찻잔이 될 수 있다.

그럼에도 스콧, 제인 오스틴 그리고 피콧은 동시대를 함께 살아간 사람들이다. 그들은 똑같은 세상을 보았다. 그들은 똑같은 문학과 역사의 범위에서 소설의 내용을 실어내었다. 그들이 다르다는 것은 그들의 관점에 있다. 그렇다면 그들의 전쟁이 승리로 끝난다는 것도 우리는 인정해야 한다. 그리고 우리는 친밀함을 확보하기 위해 비평가와 전기 작가들이 그렇게 일반적으로 우리에게 제공하는 다양한 즐거움을 즐겨야 한다.

하지만 여기에도 많은 어려움이 발생된다. 왜냐하면 우리는 세상에 대한 우리의 시각이 있기 때문이다. 우리는 그러한 시각을 우리의 경험과 편견으로 만들었다. 그러므로 우리는 자신의 허영을 사람과 관계시킨다. 만약 음모가 작동되고 개인적인 일치점이 전복되면 우리는 상처를 받고 모욕을 느낀다. 하디의 『비운의 주드』와 프루스트의 작품이 세상에 나오자 신문에는 항의의 내용이 실렸다.

『비운의 주드』

만약 우리의 삶이 하디가 그린 것처럼 된다면 첼텐햄의 기브스 시장은 내일 그의 머리에 총을 쏘아 자살할 것이다. 햄스테드 위그 양은 신에게 감사드린다. 그러나 실제 세상은 도착적인 프랑스인의 정신 이상과 전혀 상관이 없다고 주장할 것이다. 신사든 숙녀든 소설가의 관점을 통제하려고 노력한다. 결국 소설가는 자신의 관점을 닮도록 하기 위해 그것을 강화한다.

하지만 위대한 작가인 하디와 프루스트는 사적인 능력과 권리에 상관없이 자신의 길을 간다. 이마에 땀을 흘려가면서 그들은 혼돈으로부터 질서를 부여한다. 그는 자신의 나무를 거기에 심는다. 그리고 그의 주인공이 거기에 있다. 그는 자신의 의지에 따라 멀리 있든 현존하든 자신의 신성한 인물을 만들어낸다.

걸작이란 그곳에 실린 비전이 명확한 질서로 완성된 것이다. 작가는 우리에게 너무 강렬하게 자신의 관점을 우리에게 심어준다. 그래서 우리는 고통을 당한다. 우리의 허영은 상처를 입는다. 왜냐하면 우리 자신의 질서가 전복되기 때문이다. 우리는 두려워한다. 과거에 만들어져 우리를 지탱했던 힘이 우리에게서 떨어져나가기 때문이다. 우리는 싫증을 낸다. 무슨 쾌락과 즐거움이 새로운 아이디어의 상품에서 떼어질 수 있을까? 그러나 그러한 분노, 공포와 따분함에서 진기하고 영원히 지속되는 즐거움이 만들어지는 것이다.

울프는 로빈슨 크루소가 그러한 경우라고 말한다. 울프는 이 소설을 걸작이라고 말한다. 울프가 이 소설을 걸작이라고 한 것은 디포가 자기 자신의 관점과 감각을 끊임없이 처음부터 끝까지 지속했기 때문이다. 이러한 이유 때문에 디포는 우리를 가로지르고 매순간마다 우리를 조롱한다. 울프는『로빈슨 크루소』를 다음과 같이 대략 요약하고 이 소설의 주제를 언급한다.

"많은 위험과 모험을 겪은 다음 한 남자가 무인도에 난파된다는 것이 그 사람의 이야기다. 위험과 고독 그리고 무인도라는 단순한 암시는 세상의 경계선에서 멀리 떨어져 있는 섬을 기대하게 만들기에 충분하다. 그런 세상도 태양이 떠오르고 진다. 거기에 한 인간이 있다. 그는 세상에서 분리되어 사회의 본성과 인간으로서 낯선 방식들을 생각해내야 한다."

울프는 소설을 읽기 전에 우리는 이 소설이 우리에게 줄 즐거움을 막연하게 생각한다고 반박한다.

"그리고 우리는 소설을 읽는다. 우리는 거만하게도 각각의 페이지의 내용을 반박한다. 소설에는 일출과 일몰이 없다. 고독과 영혼도 없다. 반대로 커다란 질그릇에 불과한 얼굴이 우리를 응시할 뿐이다. 우리는 1651년 9월 1일이라는 말을 듣게 된다. 그리고 주인공의 이름이 로빈슨 크루소라는 것과 그의 아버지가 중풍에 걸린 사람이라는 것이다."

분명한 것은 우리는 우리의 태도를 바꾸어야 한다는 것이다.

실체, 사실 그리고 내용은 계속되는 에피소드의 모든 것을 지배한다. 우리는 서둘러 균형 감각을 모두 바꾸어야 한다.

울프의 지적처럼 자연은 웅대한 자주빛깔로 바꾸어야 한다. 자연은 가뭄과 물을 제공하는 것이다. 인간은 투쟁하면서 생명을 보존하는 동물로 변형되어야 한다. 신은 치안 판사로 오그라들어 그의 자리를 내용이 풍부하게 만들어야 한다. 내용은 어느 정도 건실해야 하지만 수평선 위에 걸려 있는 작은 길목에 불과하다. 우리는 신, 인간 그리고 자연의 관점을 진지하게 바라보는 지점에서 정보를 얻어야 한다. 그러면 우리의 출구는 무자비한 상식을 멈추게 할 것이다. 로빈슨 크루소는 신을 생각한다.

"가끔 나는 스스로 생각한다. 왜 신의 섭리는 신의 창조물을 이렇게 파멸시켰는지. 하지만 갑자기 어떤 생각이 나의 이런 생각을 가로막는다."

울프는 말한다. 신은 존재하지 않는다고. 로빈슨은 신을 생각하는 것이 아니라 자연을 생각한다고. 로빈슨이 바라보는 들판은 꽃과 잔디 그리고 꽉 채워진 아주 멋진 나무들로 장식되어 있다. 하지만 숲에서 중요한 것은 길들여지고 말하는 것을 가르칠 많은 앵무새가 있다는 것이다. 자연은 존재하지 않는다.

로빈슨은 죽은 자들을 생각한다. 로빈슨에게 죽음이란 자신이 자신을 죽이는 것이다. 자연 속에서 죽은 자들은 즉시 땅에 매장되어야 한다. 왜냐하면 죽음은 태양을 향하고 있기 때문에 죽은 자들을 그냥 두었을 경우 불쾌감을 주기 때문이다. 그러면 죽음은 존재하지 않는다. 질그릇만 제외하고는 아무것도 존재하지 않는다. 마지막으로 우리는 편견을 떨쳐버리고 디포가 우리에게 주는 것을 받아들이도록 해야 한다.

울프는 여기서 다시 『로빈슨 크루소』의 처음으로 돌아가서 이야기를 시작한다. 그녀가 제시하는 첫 번째 문장은 '나는 요크 시의 훌륭한 가문에서 1632년 세상에 태어났다'는 로빈슨 자신의 소개다. 울프는 이 문장이 무엇보다도 시작으로서 단순하기 그지없다고 말한다. 이 문장은 우리에게 온전하게 질서정연하고 근면한 중류층의 삶에 대한 모든 축복을 생각하게 만든다.

영국의 중류층으로 태어난 것을 확신하는 것보다 더 좋은 축복은 없을 것이다. 가난한 사람과 마찬가지로 위대한 사람들도 동정을 받는다. 두 종류의 계층은 사회적 불안과 근심에 노출되어 있다. 비천한 사람과 위대한 사람의 중간 계층에 위치하는 것이 가장 좋다. 중류층의 미덕인 절제, 겸손, 평온함 그리고 건강은 가장 바람직하다.

그러나 어떤 악한 기운에 의해 어떤 중류층의 젊은이가 모험을 바보처럼 좋아해서 자극을 받는다. 그것은 유감스러운 일이다. 로빈슨은 조금씩 자신의 초상화를 무미건조하게 그려나간다. 결국 우리는 그것을 지우지 못하게 각인하면서 그것을 잊을 수 없게 된다. 로빈슨은 그의 민첩함, 신중함, 질서와 안락함 그리고 책임감을 좋아한다는 것을 결코 잊지 않고 말한다. 그것이 무엇을 의미하든지 간에 우리는 바다에서 그가 폭풍우를 만나고 섬에 등장하는 모든 것을 정확하게 보게 된다.

파도, 선원, 하늘, 배, 이 모든 것은 민첩하게 파노라마를 그린다. 중류층 출신인 로빈슨의 눈을 통해 상상할 수 없는 일들이 벌어진다. 그는 탈출할 가능성이 없다. 모든 것이 자연스럽다. 그는 언제나 조심하면서 빨리 깨우친다. 인습적인 것으로 보이기도 하고 진짜인 것처럼 보이는 사실의 문제를 그는 지적으로 풀어나가고 있다.

그에게 열정은 무모한 것이다. 그는 자연의 장엄함에 어느 듯 혐오감을 가진다. 그는 과장된 표현으로 신의 섭리를 의심한다. 그는 너무 바쁘고 주위에서 무슨 일이 일어나고 있는지 10분의 1밖에 인식하지 못한다. 로빈슨이 할 수 있는 일은 중요한 사건에 시선을 주는 것이다.

만약 로빈슨이 모든 것에 관심을 가질 시간만 있다면 그는 분명히 모든 것을 이성적으로 설명할 수 있을 것이다. 거대한 괴물이 밤에 출현하여 여기저기 헤엄을 치면서 배를 둘러싸고 있다. 그는 즉시 총을 들고 그것을 향해 발사하여 물리친다. 그것들이 사자든 아니든 간에 그는 너무 놀라 말을 하지 못한다. 우리는 그것이 무엇인지를 알기도 전에 입을 벌리고 만다. 그러나 우리는 그것을 상상적이고 화려한 여행객이 우리에게 제공한 것처럼 생각하다가 괴물들을 삼켜버린다.

하지만 이 건장한 중류층의 젊은이는 그것을 사실인 것으로 받아들인다. 그는 총의 수를 세고 물을 확보하기 위해 현명하게 대비한다. 우리는 로빈슨이 세심하게 문제를 확인하기 위해 밖으로 절대 나가지 않는 것을 본다. 우리는 그가 배에 커다란 밀랍 덩어리를 두고 온 것을 잊었는지 의심하지 못한다. 우리는 전혀 그 점을 알지 못한다. 하지만 로빈슨이 밀랍으로 초를 만들었을 때 독자는 23페이지를 읽고 있는 것이 아니라 38페이지를 읽고 있는 것을 알게 된다.

울프는 로빈슨이 너무나 놀라 축 늘어져 어찌할 바를 모를 때 잘 길들여진 들고양이나 수줍은 염소를 생각하자고 제안한다. 그래도 독자는 심각하게 혼란을 느끼지 않는다. 그것에는 충분한 이유가 있다. 훌륭한 독자라면 로빈슨이 그것을 설명할 시간이 있어야 한다고 생각하기 때문이다. 하지만 삶의 압박은 무인도에서 한 사람이 자신만을 위해 울타리를 칠 때 일어난다. 독자는 웃을 상황도 아니고 로빈슨은 후회해도 소용없는 상황이다.

인간이라면 모든 것에 시선을 두어야 한다. 번개가 화약을 폭발시키면 로빈슨은 자연에 환희를 느낄 시간이 없다. 긴급한 입장이면 우리는 그것을 안전하게 놓아둘 곳을 찾는다. 그러나 로빈슨은 자신이 보는 대로 정확하게 진실을 이야기한다. 위대한 예술가처럼 로빈슨은 실제 사건의 특징에 감정적인 효과를 내기 위해 이것을 포기하고 그것에 도전한다.

결국 로빈슨은 세련된 행동과 아름다운 대상을 만든다. 구덩이를 파고, 빵을 굽고, 나무를 심고, 집을 짓는 것을 진지하고 단순한 일로 만든다. 부화장, 가위, 시간표, 도끼 이러한 단순한 도구들이 얼마나 아름다운가. 설명에 방해받지 않고 이야기는 웅장하고 솔직하고 단순하게 진행된다. 이보다 더 설명을 감동적으로 할 수는 없다.

울프는 로빈슨이 심리학자의 방식과는 반대로 행동한다고 말한다. 로빈슨은 육체의 노동을 감정의 효과로 설명한다. 로빈슨의 설명은 심리적인 것이 아니다. 울프는 로빈슨이 고통의 순간에 어떻게 손을 꼭 잡고 있는지에 시선을 둔다. 그것은 부드러운 것이 으깨지는 순간과 마찬가지다. 그것은 로빈슨의 이빨이 부딪히다가 한동안 이빨을 뗄 수 없는 상황과 마찬가지다.

울프는 로빈슨의 이러한 이야기의 효과는 여러 페이지의 분석이 필요한 만큼 깊이가 있다고 말한다. 울프는 이러한 사건에 대한 로빈슨의 본능은 정확하다고 본다. 로빈슨의 본능은 마치 자연주의자가 이러한 일들에 대해 이유와 방법을 설명하는 것과 마찬가지라고 생각한다.

울프는 디포가 그러한 사실을 분명하게 설명한다고 본다. 울프가 볼 때 로빈슨이 경험하는 사실은 정당한 것이기 때문이다. 그것은 사실을 표현하는 로빈슨의 천재성을 디포가 이용하는 것과 마찬가지다. 울프는 서술의 위대한 대가인 디포가 글을 씀으로서 이면에까지 효과를 발휘한다고 본다. 디포는 바람 부는 새벽녘을 생생하게 묘사하기 위해 '회색 빛 아침'이라는 한두 단어로 설명할 뿐이다. 많은 사람들이 느끼는 섬의 황량함과 로빈슨의 죽음에 대한 의식은 가장 산문적인 방식으로 묘사된다.

"나는 그것을 그 이후로 결코 볼 수 없었다. 그것은 마치 모자를 세 명이 써야 할 때 나 혼자 모자를 쓰고 있는 것과 같았다. 아니면 서로 친구가 될 수 없는 두 개의 구두가 되는 것과 같았다. 그곳에는 어떤 기호도 존재하지 않는다."

마침내 그는 외친다.

"여보시오, 나는 혼자가 아니오. 내가 어떻게 왕처럼 나의 하인들인 앵무새, 개 그리고 두 마리의 고양이에게 시중을 받고 있겠습니까?"

모든 인간은 혼자 섬에 난파되어 있다는 느낌을 가진다. 디포는 우리의 감동을 무시하는 방법을 알고 있다. 그는 고양이는 배에서 데리고 온 고양이가 아니라는 것을 즉시 알려준다. 고양이 두 마리는 죽었다. 이 고양이들은 새로운 고양이들이다. 그리고 고양이들은 새끼를 너무 많이 낳아서 이미 오래 전에 문제를 일으킨다. 반대로 그는 개를 기르지 않고 있다.

디포는 단순한 질그릇을 전경화로 반복함으로써 외딴 섬과 인간이 느끼는 영혼의 고독을 보여준다. 그는 질그릇과 흑의 고독함을 믿고 있다. 그는 여러 가지 요소를 그의 의도에 맞춘다. 그는 모든 우주를 조화롭게 이어나간다. 그리고 책을 덮을 때 그는 질그릇에 들인 시간을 우리가 왜 만족하지 못하는지를 질문한다. 그는 울퉁불퉁한 산을 배경으로 서 있다. 밤하늘에 반짝이는 별들과 출렁대는 바다의 숭고함에 디포가 묻혀 있다. 우리는 그것을 이해할 필요는 없다.

□ 생각거리 ● ● ●
1.『로빈슨 크루소』의 여성적 읽기에 대해 생각해보자.
2. 울프는 『로빈슨 크루소』를 어떤 시선으로 응시하는가?

☑ 쉬어가는 창 : 버지니아 울프의 생애

문학사에서 버지니아 울프는 제임스 조이스와 함께 이른바 '의식의 흐름'이라는 새로운 서술 기법을 발전시킨 20세기 초의 실험적인 작가로 손꼽힌다. 또, 1960년대 말부터는 페미니즘 비평의 선구자로 재발견되면서 새로운 해석의 대상이 되고 있다. 하지만 그녀의 이름은 그러한 문학적 업적만으로는 충분히 설명되지 않는 전설적인 여운을 불러일으킨다. 생전에 이미 블룸즈베리 그룹의 중심 인물로서 숱한 화제를 뿌렸던 데다가, 비범한 성격과 용모, 만성적인 정신분열증, 결국 자살로 마감한 생애는 그녀를 하나의 전설로 만드는 것이다.

그녀는 학자이자 비평가였던 레슬리 스티븐과, 아름답고 활동적인 어머니 줄리아 사이에서 태어났다. 두 사람 모두 재혼으로, 레슬리에게는 정신 박약인 딸이, 줄리아에게는 2남 1녀가 있었다. 두 사람 사이에서 다시 2남 2녀가 태어났으며 버지니아는 그 중 셋째였다. 그래서 그녀는 여덟 살부터 예순 살까지 열한 명의 식구와 일곱 명의 하인들이 북적이는 가운데 자라났다. 부자는 아니었지만 그런 대로 유복한 환경이었다. 남자아이들은 공립학교에 다녔고, 여자아이들은 집에서 가정교사와 부모로부터 배웠다. 20세기가 되기 직전까지도 영국의 웬만한 가문에서는 여자아이들에게 학교 교육을 시키지 않았던 것이다. 하지만 그녀는 아버지의 방대한 서재에 마음대로 드나들 수 있었고, 아버지의 손님들인 당대 일류 문사들의 대화에서 지적인 자극을 받아 일찍부터 작가가 되겠다는 결심을 했다.

그녀가 열세 살 때 어머니 줄리아가 갑자기 세상을 떠났다. 이 일로 그녀는 최초의 신경 쇠약을 겪었다. 실질적인 가장으로서 살림을 꾸려가던 어머니의 부재와 아내를 잃은 레슬리의 상심은 온 집안의 분위기를 암울하게 만들었다. 열세 살 위의 의붓언니 스텔라가 살림을 맡았지만 역시 2년 후에는 세상을 떠났고, 그 후에는 불과 열여덟 살이던 바로 손위의 언니 바네사가 살림을 맡게 되었다. 레슬리는 점점 더 완고하고 자기 중심적이 되어갔고, 두 의붓오빠들 역시 자매에게는 견뎌내기 힘든 존재였다. "마치 야수와 함께 우리 안에 갇혀 있는 것" 같았던 그 시절은 1904년, 아버지의 죽음과 함께 끝이 났다. 그녀는 신경 쇠약이 재발하여 자살을 기도했다. 아버지 혹은 어머니가 달랐던 형제자매들은 제각기 흩어졌다. 바네사는 동생들을 데리고 블룸즈버리 지역으로 이사했다. 가난한 지식인들과 예술가들이 주로 사는 허름하고 조용한 동네였다. 비좁고 침침했던 옛집과는 달리 집안을 환하게 꾸몄고, 케임브리지대에 다니던 남동생 토비의 친구들을 초대했다. 클라이브 벨, 색슨 시드니-터너, 리튼 스트래치, 메이나드 케인즈, 레너드 울프 등이 드나들었다. 어떤 규범이나 구속에도 얽매이지 않는 자유롭고 반항적인 정신들이 맞부딪히며 예술과 철학과 문학을 토론했고, 바네사와 버지니아는 안주인 노릇을 하면서 자연스럽게 그룹에 동참할 수 있었다. 버지니아는 친구의 소개로 『가디언』지에 정기적으로 기고하여 원고료를 벌기 시작했다.

1906년에 4남매의 그리스 여행은 불행하게 끝났다. 여행에서 얻은 티푸스로 토비가 세상을 떠나고 말았던 것이다. 그리고 얼마 안 있어 바네사는 클라이브 벨과 결혼했고, 블룸즈버리 그룹은 계속 번창했지만 버지니아는 어느새 스물아홉 살에 아직 결혼도 안 하고 청혼도 거부하고 아이도 없고 게다가 정신병이 있었다. 1912년에 그녀는 결국 레너드 울프와 결혼했다. 토비의 친구들 중 한 사람이었던 레너드 울프는 버지니아에게 둘도 없는 반려가 되어주었다. 병원에서는 악화시킬 뿐인 정신병을 가진 아내를 위해 규칙적이고 안정된 생활 습관을 만들어주었고, 창작을 격려해주었다. 그녀의 거부로 인해 처음부터 성생활이 배제된 백지 결혼이었지만, 결혼이 반드시 성 관계 위에 기초해야 하는 것이 아니라면, 그것은 이상적인 결혼이었다. 그녀가 소설을 쓰기 시작한 것은 1909년이었다. 1913년 완성된 『출항』은 1915년에 발표되었고, 뒤이어 『밤과 낮』(1919), 『제이콥의 방』(1922) 등이 발표되면서 차츰 인정받기 시작했다. 재미 삼아 사들인 수동식 인쇄기로 시작한 호가스 출판사 역시 차츰 궤도에 올랐고, 『댈러웨이 부인』(1925)과 『등대로』(1927) 등으로 명성과 수입을 얻기에 이르렀다. 『자기만의 방』(1929)을 쓰게 된 것은 이 무렵의 일이었다. 어째서 여성이 작가가 되기란 그토록 어려운가를 역사적 사회적으로 규명한 이 에세이는 출간 당시부터 이미 적지 않은 반향을 일으켰을 뿐 아니라, 1960년대 말 이후로는 페미니즘의 지침서가 되다시피 하였다. "우리가 모두 일년에 500파운드를 벌고 자기 방을 갖는다면"이라는 말로 표현되는 여성의 경제적 자립과 정신적 자유는 오늘날까지도 많은 여성들의 소망이 되고 있는 것이다. ……… [최애리 번역가의 글 중에서]

일곱 번째 마당 | 『로빈슨 크루소』 : 이언 와트

이언 와트(Ian Watt)

이언 와트는 일반적으로 일상 생활에서 사람이 소설에 진지한 관심을 가지는 것은 두 가지 중요한 조건에 의존한다고 본다. 우선 모든 개인을 진지한 문학의 주체로서 생각하기 위해 모든 개인의 가치를 존중해야 한다. 그리고 소설을 읽는 독자의 관심 대상이 되려면 개인의 가치를 상세하게 설명하는 다양한 믿음과 행동이 있어야만 한다.

그러나 와트는 소설의 존재에 필요한 이러한 조건은 어느 것도 폭넓게 확보되지는 못했다고 본다. 그것은 개인주의라는 용어가 방대하고 복잡한 상호 의존적 요인과 사회의 발생에 의존하기 때문이다. 개인주의는 19세기 중반부터 시작되다가 만들어진 용어다. 개인주의는 자기 중심적이고 독특하며, 당대의 여론과 관습에서 벗어났다는 의미다. 하지만 개인주의라는 개념은 이보다 훨씬 많은 의미를 포함하고 있다.

이 개념은 모든 개인이 다른 개인으로부터 내적으로 독립된다는 생각이다. 그리고 이러한 생각에 의해 지배되는 온전한 사회를 의미한다. 이러한 사회는 특별한 경제적 정치적 조직과 적절한 이데올로기에 의존한다. 이것은 구성원이 행동을 선택할 경우 거기에 포함되는 경제적 정치적 조직과 전통이 아니다. 그것은 특수한 사회적 신분이나 개인적 능력과 관계가 없는 개인의 자율에 근거하는 이데올로기를 말한다. 현대 사회는 독특할 정도로 개인주의적이다. 개인주의의 출현은 근대 산업 자본주의의 발생과 프로테스탄티즘의 보급에 의해 생겨났다.

자본주의는 경제적 분업화를 확대해놓았다. 이러한 자본주의는 사회적 구조와 민주 정치 제도를 결합시켰다. 결과적으로 개인은 선택의 자유를 가지게 되었다. 이러한 경제적 질서에 노출된 사람은 가정, 교회, 길드, 마을과 같은 집합 단위가 아닌 바로 개인이었다. 개인만이 자신의 경제적, 사회적, 정치적 그리고 종교적 역할을 결정하고 책임을 가진다.

이러한 변화가 언제부터 전체 사회에 영향을 미쳤는지는 말하기 어렵다. 그러나 이러한 움직임은 훨씬 이전부터 시작되었다. 16세기의 종교 개혁과 민족국가의 발생으로 민중은 중세 기독교에 도전하였고 처음으로 절대 국가가 개인과 맞서게 되었다. 정치적 종교적 영역 이외에는 변화가 느렸다. 그러나 개인주의의 사회와 경제 구조는 전체 인구의 상당한 부분에 영향을 미쳤다. 영국, 벨기에, 네덜란드, 룩셈부르크의 베네룩스 3국도 산업 자본주의가 발전하기 전까지는 개인주의의 영향이 없었다.

개인주의는 1688년 명예혁명 이후 생겼다는 것이 일반적인 사실이다. 개인주의자가 사회의 질서에 포함된 것은 상업과 산업의 계층을 이루었기 때문이다. 이들은 커다란 정치적 경제적 힘을 갖고 있었다. 그리고 이러한 힘은 문학의 영역에도 반영되었다. 도시의 중산층은 독서계의 중요한 존재가 되었다.

첫 번째 마당에서 디포의 신사 계급에 대한 설명에서 알 수 있듯이, 문학은 무역과 상업 그리고 산업에 호의적인 입장이었다. 이것은 새로운 발전이었다. 스펜서, 셰익스피어, 존 단, 벤 존슨 그리고 드라이든 같은 전시대 작가는 전통적인 경제와 사회의 질서를 지지하였다. 그들은 개인주의가 출현하는 많은 징후를 공격했다. 그러나 18세기 초반 애디슨과 스틸 그리고 디포는 경제적 개인주의의 영웅을 문학적으로 이용하기 시작했다.

이러한 경향은 철학에서도 뚜렷하게 나타났다. 17세기 영국의 경험주의자는 인식론과 정치적이고 윤리적인 사고를 개인주의적인 성향으로 하였다. 베이컨은 귀납적 방법으로 구체적인 개인의 사실을 자료로 축적하여 새로운 사회 이론을 내놓았다. 홉스도 그의 정치적 이론과 윤리적 이론을 자기 중심적인 심리에 근거를 두었다. 로크는 교회, 가정 그리고 왕실보다 전통적인 권리에 대항했다. 그는 개인의 권리에 근거하면서 정치적 사상을 체계화시켰다.

이러한 사상가들은 개인주의의 이론적 지식의 선구자였다. 그들이 개인주의의 정치적 심리적인 선봉에 위치함으로써 새로운 방향이 설정되었다. 이러한 사실은 소설의 혁신과 밀접하게 연관된다. 그리스의 문학 형식은 비현실적 성격으로 나타난다. 그리스 작가의 강렬한 사회적 시민적 그리고 도덕적 관념과 보편적인 철학에 대한 선호는 일치된다.

존 로크

그러나 근대 소설은 사실주의자의 인식론과 개인주의에 밀접하게 연관된다. 문학적 철학적 그리고 사회적 영역에 이상적인 것, 보편적인 것 그리고 집합적인 것을 맞추었던 고전적 관점은 사라졌다. 근대적인 관심 분야도 특수한 것, 직접적으로 이해되는 감각 그리고 자율을 가진 개인이 점유하게 되었다.

17세기의 영국 경험주의와 흡사한 철학관을 가졌던 디포는 어느 작가보다도 개인주의의 다양한 요소를 완벽하게 표현했다. 그의 작품은 개인주의와 소설의 발생이 연관된다는 점을 증명된다. 이러한 연관성은 그의 첫 소설『로빈슨 크루소』에 분명히 포괄적으로 나타난다.

『로빈슨 크루소』에 나오는 로빈슨은 경제 이론가에 의해 경제적 인간을 설명하는 인물로서 이용된다. 당시 영국은 전형적인 대중의 사고 방식을 상징했다. 그래서 경제적 인간은 영국이 처한 경제적 양상에 나타난 개인주의를 의미했다. 아담 스미스는 이러한 개념을 만든 장본인이다. 그의 개념은 경제적 체계에 나타난 개인을 표현하는 추상적 개념이었다. 그러나 개인주의가 상당히 진보한 단계에 이르자 그의 개인주의는 확실한 의미가 되었다.

아담 스미스

디포의 다른 소설에 등장하는 인물처럼 로빈슨은 경제적 개인주의의 화신이 분명하다. 디포의 소설에 나오는 주인공들은 돈을 추구한다. 디포는 돈을 세상이 요구하는 물품이라고 불렀다. 디포의 주인공은 손익 계산의 방법으로 돈을 추구한다. 우리는 디포의 주인공이 그런 기술을 배울 필요가 전혀 없다는 것을 알고 있다. 그들의 기술은 타고났다. 소설 속의 등장 인물은 그들이 갖고 있는 돈과 상품을 철저하게 알려준다. 로빈슨의 장부 정리 혹은 항해 일지는 다른 어떤 것보다 우위에 있다.

장부 정리 혹은 부기는 근대 사회 질서의 중심 주제였다. 문명은 사회의 글자로 기록되지 않는다. 그것은 전통적이며 집합적인 관계가 아니라 개인의 계약 관계에 근거를 둔 것이다. 그리고 계약의 개념은 정치적 개인주의의 이론적 발달에 중요한 역할을 했다.

이러한 개념은 스튜어트 왕가의 투쟁과 로크의 정치 체계에 잘 나타난다. 로크는 계약 관계가 자연 상태에서도 구속력이 있다고 생각했다. 소설에서 로빈슨은 훌륭한 로크주의자로 행동한다. 로빈슨이 난파된 섬에 사람이 섬에 도착하자 그는 자신의 절대 권력을 인정하는 계약을 함으로써 그들이 자기의 지배를 받아들이게 한다.

그러나 경제적 동기, 장부 정리 그리고 계약법을 존중하는 것만이 로빈슨의 경제적 개인주의의 발생과 과정을 상징하지 못한다. 그렇다고 로빈슨의 경제적 동기가 다른 사고나 느낌 그리고 행동 양식을 논리적으로 평가절하시키지 않는다. 로빈슨은 전통적 집단 관계인 가정, 길드, 마을 그리고 국가외 관계가 없다. 섬에 혼자 난파됨으로써 정신적인 구원과 섬에서 즐기는 개인의 오락까지 개인의 업적과 경제적인 요구는 약화된다.

인간 사회를 구성하는 요소는 산업 자본주의의 경제 구조가 지배력을 발휘할 때 발생된다. 디포는 새로운 질서에 대항하는 적이 아니다. 디포의 주인공은 몰 플랜더스, 자크 대령, 싱글톤 대위처럼 가족이 없거나 록사나와 로빈슨처럼 젊은 나이에 가족을 떠나 고향으로 되돌아가지 못한다. 모험 소설은 사회적 유대 관계를 결여하게 만든다.

『로빈슨 크루소』에서 로빈슨은 집과 가정이 있지만 경제적 인간이라는 이유 때문에 집과 가족을 떠난다. 이것은 그의 경제적인 상황을 향상시키기 위해 필요하다. 로빈슨의 성격에 들어 있는 숙명이 그를 바다와 모험으로 불러들인다. 그는 자신이 태어난 신분에 적응하지 못한다. 그의 아버지가 그의 신분과 중류층을 찬양했지만 그는 바다로 모험을 떠난다.

나중에 로빈슨은 자신의 욕망의 결과인 고립과 신과 자연이 그에게 부여한 원죄가 무엇인지를 알게 된다. 사실 로빈슨이 그의 부모와 벌인 논쟁은 자식으로서의 애정과 종교에 관한 것이 아니라, 떠나는 것과 머무는 것의 물질적 이익에 관한 논쟁이다. 그것은 부모와 자식 간의 경제적인 논쟁이 주된 이유였다. 결과

파스칼

적으로 로빈슨은 그의 원죄로 인해 성공하고 아버지보다 더 부유해진다.

로빈슨의 원죄는 자본주의 역동적인 흐름이다. 자본주의의 목적은 현재 상태를 유지하는 것이 아니라 끊임없이 변화시켜간다. 집을 떠나고 운명을 개선시킨다는 것은 개인주의자의 삶의 양상이며 특징이다. 그것은 로크가 생각하는 불안을 경제적이고 사회적인 성공으로 대신하는 것이다. 불안함은 필멸의 인간에게는 영속적인 고통의 지표다.

파스칼은 인간의 모든 불행은 한 가지 사실에서 비롯된다고 했다. 인간은 그들의 방에 조용히 머물 수 없다. 디포의 주인공은 이를 인정하지 않는다. 여행을 마치고 영국에 귀환한 나이든 로빈슨은 '이윤이 높은 장사를 하는 것이 가만히 앉아 있는 것보다 즐겁고 정신을 만족시킨다는 점을 깨달았다'고 말한다. 그래서 그는 『로빈슨 크루소』 2편을 위해 그리고 이윤을 추구하기 위해 다시 모험 여행을 간다.

하지만 경제적 개인주의의 흐름은 로빈슨이 아들과 남편 그리고 가족 관계에 많은 관심을 갖지 못하게 한다. 이것은 디포가 교훈적인 저작에서 가정, 사회 그리고 종교의 중요성을 강조한 것과는 모순된다. 그러나 디포의 소설은 이론이 아니라 실천을 반영한다. 디포는 가정의 유대 관계가 개인의 성공에 방해물이 된다는 점에서 이것을 인정한다.

인간의 경제적 관심을 합리적으로 면밀히 조사해보자. 인간은 가정의 유대 관계만큼 국가적인 유대 관계에 매여 있지 않다. 디포는 개인과 국가를 경제적인 이익에 입각해서 가치를 부여했다. 그러므로『완벽한 신사』의 글처럼 그의 가장 애국적인 발언은 영국의 무역과 경제적 개인주의에 집중되어 있다.

디포는 영국인이 다른 나라의 노동자보다 시간당 높은 생산성을 발휘하고 있다고 주장한다. 이러한 주장은 디포가 영국에 대해 선택적 친화력이 있다는 것이다. 로빈슨은 경제적 미덕이 결여된 외국인을 싫어하는 성향을 보인다. 경제적 미덕이 존재하면 로빈슨은 칭찬을 아끼지 않는다. 로빈슨은 감상적인 유대 관계로 영국과 얽매이지 않는다. 그는 국적을 가리지 않고 거래할수 있는 사람이면 만족한다. 그는 호주머니에 돈이 있으면 어디에서든 편안하다고 느낀다.

『로빈슨 크루소』는 여행과 모험이라는 특별한 범주에 있는 것처럼 보인다. 그러나 내용이 전개되면서 그것은 우리의 기대에 어긋난다. 소설의 플롯은 여행에 의존하지만『로빈슨 크루소』의 내용은 로빈슨의 주변의 상황과 연관된다. 로빈슨은 안정된 사회적 관계에서 멀어진다. 그러나 로빈슨은 제멋대로 돌아다니는 모험가는 아니다. 그는 근대 사회의 보편적인 흐름에서 벗어날 뿐이다.

로빈슨은 이윤 추구가 삶의 동기다. 그래서 경제적 개인주의가 로빈슨 개인의 움직임을 확대시킨다. 로빈슨의 경력은 16세기의 영국 무역을 증대시키는 데 중요한 역할을 한다. 그는 금,

노예, 열대 작물을 공급하고 자본주의의 발전에 공을 세운다. 이 것은 당시의 선원이 세운 공적을 열거한 많은 서적을 근거로 만들어진 내용이다. 이러한 항해자는 17세기부터 자본주의의 발전, 식민지 개척 그리고 세계 시장의 확대를 위해 지속적으로 작업 해나갔다.

디포의 플롯은 그가 살았던 시대의 삶에 나타난 중요한 몇 가지 경향을 표현한다. 이러한 점은 주인공 로빈슨이 디포의 다른 소설에 등장하는 여행자와 분리되게 한다. 로빈슨은 낯익은 지역에 뿌리를 내리고 있는 상업적인 여행자가 아니다. 그렇다고 가족과 고향으로 되돌아가기 위해 온갖 고난을 겪으면서 내키지 않는 항해를 하는 율리시즈도 아니다. 로빈슨은 이윤 추구만이 그의 유일한 천직이기 때문에 온 세상이 그의 영토가 된다.

개인의 경제적 이득을 제일 중요하게 생각하면 집단과 개인의 관계는 감소된다. 특히 성 혹은 섹슈얼리티에 근거한 관계는 현격하게 줄어든다. 막스 베버의 지적처럼 성은 인간의 삶에서 강력한 비이성적인 요인이다. 섹슈얼리티는 개인이 이성에 의해 경제적인 목적을 추구하는 데 강력하고 잠재적인 위협이 된다. 디포의 생각처럼 섹슈얼리티는 산업 자본주의의 이념에 의해 강력한 통제를 받아왔다.

디포는 낭만적인 사랑을 누구보다 반대하였다. 그는 성적인 만족감도 최소로 축소했다. 디포는 성을 쾌락으로 부르는 것은 회개할 가치조차 없다고 단언했다. 결혼에 대한 디포의 생각처럼 그는 남성이 경제적 그리고 도덕적 미덕을 결혼이라는 투자로 얻으려 한다면 이로울 것이 전혀 없다고 주장한다.

디포의 식민지적 관점은 이것으로 충분하다. 그는, 신의 섭리는 정직한 사내에게는 최악의 아내가 딸리는 것이고 무뢰한 인간에게는 총명하고 부지런하고 용의주도하고 솜씨 좋은 아내를 거두게 하는 것이라고 말한다. 디포의 모호함은 신의 섭리와 합리성의 결점을 밝혀준다. 그는 이 점을 진지하게 생각하고 그것을 웅변적으로 말하고 있다.

우리는 로빈슨이 자신의 삶에 아무런 역할도 하지 못한다는 것과 섹슈얼리티마저 배제하고 있다는 사실을 알게 된다. 로빈슨은 난파된 섬에 사회가 부족하다는 사실에 주목한디. 그는 친구의 위로를 갈망하지만 그가 바라는 것은 남자 노예였다. 그는 여성이 결핍된 섬에서 프라이데이와 목가적인 생활을 한다. 이것은 섬에 로빈슨이 고립되었을 때 우리가 느끼는 기대와 몇 발자국 떨어진 곳에 그가 위치하고 있음을 알게 해준다.

소설의 마지막에 로빈슨은 문명 사회로 돌아왔다. 그러나 그의 섹슈얼리티는 그의 사업에 엄격하게 종속된다. 그의 재정 상태가 완전히 확보되었을 때 그는 비로소 결혼한다. 그리고 로빈슨의 결혼은 그에게 불리한 것도 아니고 불만을 주는 것도 아니다. 결국 소설은 로빈슨의 결혼, 세 아이의 출생 그리고 아내의 죽음을 다루는 하나의 문장으로 나오고 그는 다음 항해를 계획하는 것으로 끝난다.

디포의 경우 여성은 남성의 유희의 대상으로 역할을 하는데 이것도 경제적인 관점이다. 식민지 남성이 다섯 명의 여인을 놓고 제비를 뽑는 장면을 설명할 때 그런 사실을 알게 된다.

"제일 먼저 선택권을 갖게 된 사람은 다섯 명의 여인 중 가장 못생기고 나이 많다고 생각되는 여자를 차지한다. 이는 나머지 사람을 아주 즐겁게 했다. 그러나 사나이는 그녀를 다른 어느 여자보다 낫다고 생각했다. 그것은 무엇보다도 남자가 도움을 받을 수 있다는 기대, 일 그리고 부지런함 때문이었다. 그리고 그 여자는 모든 여성 중 최고의 아내임을 입증하였다."

여기서 '모든 여성 중 최고'는 '모든 꾸러미 중 최고의 아내'로 번역해야 한다. 이것은 상업적인 언어의 표현이다. 디킨즈는 디포의 여성에 대한 이러한 표현을 '자신만 귀중하게 여기는 불쾌한 물건'이라고 비아냥거렸다. 로빈슨이 비경제적인 요소를 평가절하는 것은 다른 인간 관계에서도 찾아볼 수 있다.

로빈슨은 비경제적 요소를 상품의 가치 측면에서 다룬다. 명백한 증거는 로빈슨과 주리의 경우가 그렇다. 주리는 로빈슨이 노예로 잡혔다가 탈출하는 것을 도와준 무어인 소년이다. 그는 탈출 사건이 벌어졌을 때 자신의 목숨을 희생해서라도 충성을 증명해보이겠다고 제안했던 소년이었다. 로빈슨은 그 소년을 영원히 사랑할 것을 결심하고 그를 훌륭한 사람으로 만들어줄 것도 약속한다. 그러나 우연히 포르투갈인 선장을 만나서 그 선장이 60스페인 달러를 제의하자 로빈슨은 그 거래를 거부하지 못하고 주리를 노예로 팔고 만다.

로빈슨은 일시적인 양심의 가책을 느낀다. 그러나 새 소유주로부터 소년이 기독교인이 된다면 10년 안에 자유롭게 풀어주겠다는 약속을 받고 로빈슨은 만족을 느낀다. 나중에 후회했지만 그것은 그가 섬 생활의 일을 하면서 인간의 노동이 돈보다 더 가치 있다고 생각하는 순간뿐이다.

로빈슨과 프라이데이의 관계도 이기적이다. 로빈슨은 프라이데이에게 이름도 묻지 않고 프라이데이라는 이름을 지어준다. 언어에서조차 로빈슨은 엄격한 공리주의자로 나타난다. 디포는 『상념들』에서 언어란 인간이 동물의 관계보다 더 나은 무엇을 성취하게끔 해주는 매개체라고 설명한다. 로빈슨은 프라이데이에게 '예'와 '아니오'를 가르쳤다. 그러나 당대의 비평가였던 찰스 길던이 지적하였듯이, 디포는 로빈슨과 프라이데이가 오랜 관계가 끝나갈 무렵까지도 여전히 엉터리 영어를 말하게 한다.

그러나 로빈슨은 프라이데이와의 관계를 이상적으로 생각한다. 로빈슨은 '완전한 행복이 지상에서 발견될 수 없다면 더할 나위 없이 행복하다'로 표현한다. 가끔씩 주고받는 두 사람의 대화는 '아니야 프라이데이' 혹은 '네, 주인님' 같은 대사로만 이어진다. 이들의 대화는 침묵으로 일관되는 로빈슨의 섬을 유쾌하게 만들고 황금의 음악으로 만든다. 이들의 우정과 의사 소통은 로빈슨의 후원과 프라이데이의 감사에 의해 인간 사회의 본성을 드러낸다.

주리의 경우와 달리 로빈슨은 프라이데이에게 '만약 프라이데이가 나보다 오래 산다면 뭔가 상당한 것을 해주겠다'고 맹세한다. 하지만 『로빈슨 크루소』 2편에서 프라이데이는 세 발 이상의 화살을 맞고 죽는다. 다행히도 프라이데이는 바다에서 죽기 때문에 사망에 따른 동정의 짧막한 말, '나는 프라이데이에게 마지막 작별 인사를 해야 한다!'는 것 이외에 로빈슨이 맹세했던 그런 희생은 요구되지 않는다.

로빈슨의 심리적인 관계와 인간 관계는 경제적인 문제에 초점이 집중되기 때문에 소설에서 로빈슨의 역할은 미약하다. 로빈슨의 심리가 절정에 달하는 것은 그의 충실한 늙은 대리인이 로빈슨이 굉장한 부자라는 사실을 밝히는 순간이다. '나는 창백해지고 어지러웠다. 그 노인이 달려가서 강장제를 가져오지 않았다면 틀림없이 갑작스런 환희에 놀라 뒤죽박죽되어 그 자리에서 쓰러져 죽었을 것이다.' 돈만이 로빈슨의 내면의 느낌을 유발시

마르크스의 『자본론』

키는 원인이다. 로빈슨의 우정은 경제적인 이익을 안전하게 맡길 수 있는 사람에게만 주어질 뿐이다.

로빈슨에게 게으름을 피우는 것은 '인생에서 가장 불행한 일'이다. 여가를 추구하는 것도 로빈슨에게는 나쁜 일이다. 이 점은 디포와 로빈슨이 서로 닮은 점이다. 디포는 즐거움을 위해 거의 시간을 내지 않았다. 디포가 문학적인 우정을 나누지 않았다는 것은 언급되어 왔다. 디포는 문학에 관심을 갖지 않았던 위대한 작가의 독특한 본보기다. 그는 문학하는 사람으로 문학에 대한 관심은 한마디도 표명하지 않았다.

로빈슨은 심미적 경험에 무지하다는 점에서 디포와 비슷하다. 이것은 로빈슨을 자본주의자의 원형으로 생각한 마르크스가 『자본론』에서 이를 비판한 것에서 알 수 있다. '즐거움은 자본에 종속된다. 또 즐거움을 누리는 개인은 자본을 이용하는 개인에게 종속된다.'

『로빈슨 크루소』의 프랑스어 번역에서는 '오, 자연이여'라고 시작하면서 로빈슨이 자연을 찬미하는 내용을 따로 만들어놓았다. 그러나 디포는 그렇게 하지 않았다. 로빈슨에게 자연의 풍경은 숭배의 대상이 아니라 개척의 대상이었다. 로빈슨은 섬을 탐색할 때도 소리 높여 땅의 개간을 요구하였다. 그는 섬과 땅을 하나의 풍경으로 눈여겨볼 만한 여유가 없었다.

섬에서 로빈슨은 쓸쓸한 방법이지만 즐거움을 누린다. 실제로 섬에 난파되어 4년 6개월 동안 섬에서 살았던 알렉산더 셀커크처럼 로빈슨은 염소와 함께 춤을 추지는 않는다. 그러나 그는 염소, 앵무새 그리고 고양이와 함께 살아간다. 그러나 로빈슨의 만족감은 자신이 만든 섬의 경작된 토지와 생산물을 살펴보는 있다. '나는 내 손으로 모든 것을 마련했다'고 그는 말한다. 로빈슨의 커다란 즐거움은 '내 모든 물건이 이렇게 질서정연하게 있는 것을 보는 것이다. 특히 모든 필수품이 이렇게 많이 쌓여 있음을 확인할 때 더욱 그렇다.'

로빈슨의 성격은 대체적으로 경제적 개인주의와 심리적이고 사회적인 성향에 의존한다. 로빈슨의 모험이 독자의 흥미를 끄는 것은 근대 자본주의의 중요한 부수물인 경제적 분업화의 영향에서 유래한다. 분업은 소설의 존재를 가능케 했다. 분업은 사회적이고 경제적인 구조가 더 전문화되었다는 것을 의미한다. 소설에 나타난 삶의 성격, 태도 그리고 경험의 차이점도 증가되었다. 그리고 이것이 독자들의 관심을 끌었다.

그리고 여가의 시간이 늘어남으로써 경제적 분업화가 소설과 관련되어 대중 독자에게 공급되었다. 이러한 분업화는 소설에 만족할 독자에게 특별한 욕구를 불러일으켰다. 적어도 그린의 일반적인 견해는 그러했다. '노동이 점진적으로 분리되면서 우리는 좀더 유용한 시민이 되어간다. 반대로 인간으로서의 완전성을 상실하기도 한다. 근대 사회의 구조는 모험의 흥분과 독립적인 노력이 필요치 않는 것 같다. 직업이 우리를 감동시키고 인간적인 관심을 가지게 하는 것도 줄어들고 있다.' 그린은 이러한 상황이 덜 줄어든 것이 신문과 소설이라고 내린다.

경제적 전문화는 일상의 일에 대한 다양성과 자극을 결핍하게 만든다. 이러한 현상은 인쇄기의 출현으로 인간의 글쓰기를 대신하게 되고 대중을 저널리즘과 소설 형식의 경험에 의존하게 만든다. 그러나 『로빈슨 크루소』의 주인공 로빈슨이 보여주는 경제적 영역에서의 독립적 노력은 독자가 대신하여 나눌 수 있는 노력의 여지가 있다. 이러한 노력은 경제적 전문화에 따른 박탈의 깊이를 재는 척도다. 이러한 박탈감은 문명이 치료를 위해 제공한 유희다. 거기에는 기본적인 경제적 과정을 소개하는 방법이 제시되어 있다. 정원 가꾸기, 옷감 짜기, 도자기 만들기, 캠핑, 목공 기술 그리고 애완 동물 키우기에서 우리는 만족감을 느낀다. 그리고 로빈슨은 '사물들에 대해 가장 이성적인 판단을 버림으로써 모든 인간은 조만간 모든 기계적인 기술을 통달할 수도 있다'는 점을 입증한다.

디포는 경제적 전문화의 증가로 '기계적인 기술'을 독자가 경험하고 어떻게 그것을 낯설게 받아주는지를 분명히 알고 있었다. 로빈슨은 빵을 만들면서 '이건 좀 놀라운 일이다. 씨앗을 뿌려서 밀을 거둬들이고 저장하고 곱게 갈았다. 이 빵 하나를 만들어내기 위해 필요한 자질구레한 일이 이상할 정도로 많다. 이것을 제대로 생각해본 사람은 분명히 없을 것이다'라고 생각한다.

디포의 이러한 묘사는 중세 시대나 튜더 왕조 시대의 사람에게는 아무런 흥미도 불러일으키지 못했을 것이다. 당시의 사람들은 빵 만드는 일과 기본적인 경제적 공정을 자신의 집안에서 매일 계속하고 있었다. 그러나 18세기 초에 대부분의 여성은 교구나 마을마다 빵집이 있었으므로 빵을 만들지 않았다. 디포는 로빈슨의 이야기를 기억할 만한 부분으로 만들었고 경제적인 삶을 세밀하게 묘사함으로써 독자의 관심을 기대했다.

『로빈슨 크루소』에서 디포는 자신이 살았던 시대와 장소를 사실적이고 경제적인 삶으로 다루지 않는다. 일반 사람의 육체 노동이 재미있거나 흥미롭다고 말하는 것은 분업이 이루어지고 경제적 삶을 토대로 살아가는 것과 모순되던 시기다.

아담 스미스의 『국부론』에 나오는 분업의 경우 개별 작업을 하는 사람은 로빈슨처럼 자기 일에 몰두함으로써 재미있다는 생각을 하지 않는다. 결국 디포는 경제의 시계를 뒤로 돌려놓고 로빈슨을 원시적인 환경에 갖다놓았다. 레비-스트로스의 『야생의 사고』처럼, 로빈슨은 신석기 시대의 원시인이 살았던 환경에 처해 있다. 이러한 원시 환경에서 로빈슨의 노동은 다양할 수 있다. 루소의 『에밀』처럼 에밀이 이 소설을 읽으면 그에게 용기도 제공할 수 있다.

이러한 환경은 분업 사회에서 발생되는 개인의 노력과 그것에 대한 보상이 똑같다고 볼 수는 없다. 디포가 살았던 당시의 경제적 조건에서 볼 때 디포는 분업, 노동의 존엄성 그리고 이데올로기와 대응하는 변화를 『로빈슨 크루소』의 이야기에 적용할 수밖에 없었다.

그러나 노동의 존엄성을 반드시 근대적인 개념으로 볼 수 없다. 노예를 소유하던 고전 시대에도 노예의 육체 노동을 사회의 가치 척도로 보는 것에 반대한 경우도 있다. 기독교는 노예와 가난한 사람을 연관시키는 고리를 끊었다. 노동의 존엄성은 근대에 들어와서 발달한 것이다. 즉, 경제적 전문화의 발달에 의해 육체 노동을 인정하게 된 것이다.

이러한 개념은 프로테스탄티즘의 출현과 밀접하게 연관된다.

특히 칼뱅주의는 신이 베푸신 물질적인 선물을 꾸준히 관리하는 것이 종교적이고 윤리적 의무라고 주장한다. 이것은 아담의 불복종에 신이 징벌의 의미로 아담에게 노동을 준 것이라고 생각하지 않게 한다. 로빈슨은 분명히 경영자로서의 자질을 가지고 있다. 그는 쉬는 시간도 없다. 프라이데이의 출현을 그는 생산 확장의 기회로 생각한다. 디포는 전형적인 프로테스탄티즘의 전통을 보여준다.

디포는 노동의 존엄성을 청교도의 복음을 전하는 고귀한 정신적 가치로 생각한다. 개인이 노동을 함으로써 환경에 적응하고 신과 같은 자유를 가진다. 칼뱅주의는 이러한 개념을 세속화시켰다. 소설의 발생에서 이것은 중요한 사실이다. 보통 사람인 로빈슨의 일상적인 활동은 문학적 관심의 중심에 놓인다. 그의 이야기는 최초의 허구며 내러티브다. 이런 관점에서 본다면 로빈슨이 섬에서 했던 노동은 세속적으로 인식되지 않는다.

문제는 디포 이후의 소설가는 인간의 세속적인 활동을 종교적인 틀에 두지 않는다. 그러면서도 그들은 디포의 관심사를 유지시켜나간다. 결과적으로 디포는 노동의 존엄성과 청교도의 개념을 개인의 일상적인 삶의 이야기를 통해 문학의 적절한 주제로 삼은 것이다. 그리고 그러한 주제는 독자의 관심을 끌었고 소설의 내용과 형식을 갖추는 데 도움이 되었다.

경제적 개인주의는 로빈슨의 성격을 설명해준다. 그리고 경제적 전문화와 이념은 로빈슨의 모험을 매력적으로 생각하게 한다. 그러나 소설 속에서 그의 정신적 존재를 통제하는 것은 청교도주의와 개인주의다. 개인주의는 종교 운동으로 성취된 것이지 세속적인 운동에 의한 것이 아니다.

이러한 주장은 프로테스탄티즘의 공통적인 요소다. 즉, 개인은 인간과 신을 이어주는 중재자며 교회의 규범을 정신적 방향으로 받아주는 사람이다. 이러한 프로테스탄트의 요소를 강조하는 것은 종교에 들어 있는 도덕관과 민주화의 경향이 소설의 형식적 리얼리즘과 소설의 발전 요건에 중요한 역할을 했다는 것을 의미한다.

아우구스티누스

개인과 종교를 분석하는 개념은 프로테스탄티즘보다 오래 전에 있었다. 물론 이러한 개념은 개인주의와 원시 기독교에서 생겨난 것이다. 이것은 아우구스티누스의『고백론』에 잘 표현되어 있다. 그러나 자기 반성과 개인의 종교적 의식을 체계화시킨 사람은 16세기 종교 개혁자 칼뱅이었다. 칼뱅은 인간을 선택하고 버리는 신의 신성한 계획에 자신의 위치를 분명하게 드러내는 내적인 자아를 철저하게 연구한다. 당시에 양심의 내면화를 주장하는 칼뱅주의는 어디에서나 나타났다. 시대가 흐르면서 자기 반성의 습관은 종교적인 성격만을 갖지는 않았다. 그리고 극단적인 자기 중심적 성향은 소설에 등장하는 인물이 함께 나누었던 특성이었다.

이러한 주관적이며 개인주의적인 양상은 디포의 소설에 중요한 영향을 끼친다.『로빈슨 크루소』는 고백적이고 자서전인 요소가 강하다. 이 소설은 개인의 내부적이며 도덕적인 존재를 밀접하게 문학 형식으로 제시하는 최초의 작품이다. 이 작품은 청교도주의의 자기 반성적 경향을 직접적으로 문학적 표현 속에 담았다. 그리고 자전적 회고록의 형식을 사용함으로서 주인공의 내적 삶에 밀착할 수 있었다.

디포는 청교도 가정에서 태어나 양육되었다. 그의 아버지는 비국교도였다. 디포의 아버지는 아들을 성직에 종사시키려는 의도가 있었기 때문에 그를 비국교도 학교에 보냈다. 그러나 디포의 종교적 믿음에 변화가 있었다. 그는 소설 속에 청교도주의의 다양한 발전 과정과 합리적인 이신론을 표현하였다. 디포는 비국교도로 남아 있었지만 그의 소설 속에는 청교도적 요소가 분명히 드러난다.

디포가 로빈슨을 비국교도로 보이게 하려는 의도는 없었다. 로빈슨의 종교적 명상의 기조는 청교도적이다. 로빈슨은 『성경』을 지나치게 숭배하는 경향을 보인다. 그는 『로빈슨 크루소』에서 20번 정도 『성경』 구절을 인용한다. 짤막한 구절을 언급하는 경우도 많다. 로빈슨은 막연하게 『성경』을 펼쳐 신의 안내를 받고자 한다. 그의 영적인 삶은 그가 실천하는 엄격하고 도덕적이며 종교적인 자기 검증이다. 그의 행동은 신의 섭리를 어떻게 드러내는가의 문제다. 옥수수 싹이 돋아나면 그것은 '그의 생명을 유지하게끔 방향지워진' 신의 기적이 된다.

열병에 걸렸을 때도 로빈슨은 '죽음이란 불행을 한가하게 재음미하는 것'으로 생각한다. 로빈슨은 자신이 신의 자비에 감사하기를 게을리했기 때문에 버림받았다고 확신한다. 현대 독자는 이런 부분의 이야기에 관심을 기울이지 않는다. 그러나 디포와 로빈슨은 정신적인 영역과 실제적인 영역에서 신의 중요성을 명백하게 보여준다. 로빈슨의 자기 반성적 혼적이 소설의 이야기에서 언급됨으로써 주인공의 정신적이고 도덕적인 삶을 독자에게 제공한다.

그렇다고 로빈슨의 청교도적이고 자기 반성적인 삶이 문학적 진보로 이어지는 것은 아니다. 물론 로빈슨의 자기 반성적인 성격은 일상적이고 경제적인 삶의 중요한 부분이다. 그러나 청교도주의의 자기 반성적 경향은 문학적 진보에 결정적인 역할을 하지는 못한다. 그럼에도 불구하고『성경』이나 복음은 개인주의와 경제적 삶에 밀접하게 관계되는 것은 사실로 보아야 한다.

청교도주의에는 개인적 경험과 도덕적이고 정신적인 의미가 들어 있다. 그리고 디포의 소설에 나오는 주인공 중에서 특히 로빈슨은 자신의 이야기에 세속적인 사건을 구원과 난파 혹은 섬으로의 유기라는 영원한 체계와 구조를 만들어낸다. 이것은 로빈슨이 자신의 위치를 찾는 데 도움을 주는 신성한 지침으로 해석된다.

로빈슨은 당시의 이러한 전통에 따라 행동한다. 물론 그러한 체계 안에서도 모든 사람은 평등한 기회를 가지게 된다. 그러나 개인은 인생을 살다보면 특별하고 극적인 위험에 노출된다. 개인의 삶은 평범한 행위일 수 있다. 그러나 로빈슨은 자신의 정신적 특징을 충분히 보여줄 기회를 충분히 갖고 있다.

이러한 사실은 일반적인 청교도의 흐름을 도덕적이고 사회적인 척도로 자연스럽게 연결시켜준다. 물론 거기에도 다른 요인들이 있다. 이데올로기의 흐름과 당시의 상황은 청교도들이 귀족의 가치를 적대적으로 볼 수밖에 없었다. 이것도 많은 사회적 도덕적 그리고 정치적 이유가 있었다.

이러한 요소들은 전통적인 로망스의 주인공이 보여준 귀족이라는 가치 척도를 문학적으로 표현하지 못하게 하였다. 그렇다면 청교도주의는 전통적인 로망스의 주인공이 보여준 사회관과 문학관에 근본적으로 다른 민주적인 성향을 가져오게 한 점은 분명하다. 디포는 1722년에 『애플비즈 저널』에 다음과 같은 글을 싣고 있다.

"그러면 인생에서 사건은 무엇인가? 영웅이라 불리는 사람들이 그러했듯이 그럴 듯한 승리로 세상을 무대로 살았던 위대한 자가 이루었던 일은 과연 우리에게는 무엇인가? 명성이 커지면 역사의 페이지를 많이 장식하는 것인가? 슬프다! 그것은 그들의 이야기가 우화와 로망스로 바뀌면서 후손이 읽을 이야기를 만들어내는 것이다. 그들은 시인에게 이야기의 주제를 제공한다. 그렇다고 그들은 시인이 영원불멸의 시간 속에 살게 하는가? 그것은 나중에 민요와 노래처럼 아이를 달래는 할머니의 이야기에 지나지 않을 것이다. 아니면 청중에게 소매치기나 창녀를 돕고자 노래하는 것이든가. 아니면 그들의 업적이 영원으로 인도할 영광에 덕과 충성이 더해져 그들을 영구불멸의 존재로 만드는가? 미덕 없는 영광이란 무엇인가? 종교가 없는 위대한 인물은 영혼이 없는 위대한 야수와 마찬가지다."

그런 다음 디포는 청교도주의의 규약이 중산층에게 물려준 유산의 공적에 대해 윤리적 평가를 내리고 있다. '공적 없는 영예란 무엇인가? 진정한 공적이라 불릴 수 있는 것은 인간을 위대한 자와 선량한 사람으로 만드는 것이다.' 그러나 로빈슨과 마찬가지로 디포의 소설에 나오는 다른 등장 인물은 누구도 이러한 미덕의 기준인 종교, 공적 그리고 선량이 두드러지게 눈에 띄지는 않는다.

물론 디포도 그의 소설에 나오는 등장 인물들을 그렇게 만들려고 하지는 않았다. 그러나 이러한 기준은 디포의 소설에 나타난 도덕적인 국면을 대변하고 있다. 우리는 이것에 의해 디포의 주인공을 판단해야 한다. 디포의 윤리적 척도는 내면화되고 민주화된다. 그의 소설은 서사시나 로망스의 공통적인 성취의 척도와 달리 보통 사람의 생활과 행동에 관련된다.

이런 점에서 디포의 주인공은 후기의 소설에 등장하는 인물들의 전형이 된다. 로빈슨과 마찬가지로 몰 플랜더스와 자크 대령에 이르기까지 그들은 결코 영광이나 영예를 생각하지 않는다. 이들은 서사시나 로망스의 이야기에 등장하는 인물보다 온전하게 그날 그날을 살아가는 도덕적인 면에 존재의 의미를 걸고 있다. 그들의 생각과 행동은 평범하고 민주적인 선량함과 악함을 나타낸다.

그러나 로빈슨은 디포의 영웅적인 인물이다. 하지만 그의 인간성과 기이한 경험을 처리하는 방식에는 차이점이 없다. 콜리지의 지적처럼, 로빈슨은 '보편적인 것의 대변자며 모든 독자는 자신을 로빈슨으로 대체시킬 수 있다. 모든 사람은 로빈슨이 행동하고 생각하며 느끼고 소망하는 것을 그릴 수 있다. 독자는 다른 어떤 것도 행해지거나 생각되거나 고통을 느끼거나 소망하지 않는다.'

'보편적인 것의 대변자'인 로빈슨은 청교도주의가 인류의 평등과 그것의 흐름과 친밀한 관계가 있음을 보여준다. 이러한 경향은 우리를 개인이 경험하는 모든 삶의 문제와 방식을 철저하게 정신적 관심사로 돌리게 만든다. 그리고 로빈슨은 아주 정밀하게 그가 경험하는 문제를 묘사하기에 적당한 문학적인 인물이다. 이와 같은 문학적 인물은 호머에서 버지니아 울프에 이른다.

좀더 부연 설명을 하자면, 고전에 나오는 장르 이론은 그리스와 로마 시대의 사회적이고 철학적인 성향을 반영한다. 비극은 고양된 언어로 우리 자신보다 영웅의 영고성쇠를 묘사한다. 반

청교도와 의회

대로 일상적인 현실의 영역은 저급한 문체로 취급되어 우리보다 열등한 사람을 그리기 때문에 희극으로 분류한다. 문학에서의 문체는 시대에 따라 변화를 겪게 된다.

기독교 문학은 다른 사회관과 철학관을 반영한다. 그래서 소재의 대상이 되는 인물의 계급과 신분에 따라 문체가 분리되는 현상이 나타날 여지가 없다. 『성경』과 복음을 담은 이야기는 고생한 사람의 행실을 다루기 때문에 진지할 수밖에 없다. 이러한 전통은 성자의 일생과 기적을 다루는 중세 문학의 형식에서 지속되었다. 단테의 『신곡』은 이러한 전통을 가장 훌륭하게 표현하였다.

르네상스와 종교 개혁 시대에는 고전을 숭배하는 경향이 있었다. 당시의 작가들은 장르를 재확립시키거나 고전의 교리를 정교하게 다듬었다. 이러한 예는 17세기 프랑스 문학의 비극에서 발견된다. 완전하게 규정된 고상한 문체의 끊임없는 사용은 당연시되었고 일상 생활의 대상과 행동은 무대에서 추방되었다.

청교도주의를 신봉하는 국가에서도 문체의 분리가 있었다. 그럼에도 불구하고 이러한 권위를 누리지는 못했다. 영국의 신고전주의는 셰익스피어와 중세로부터 물려받은 비극적인 양식과 희극적인 양식을 혼합하는 과정을 경험했다. 셰익스피어도 문체의 분리 원칙을 따랐다. 셰익스피어가 촌뜨기 같은 인물을 다루는 방식은 벤 존슨과 드라이든

셰익스피어

이 다루었던 신고전주의 전통과 매우 유사하다. 거기에는 인류 평등주의적인 측면은 전혀 나타나지 않는다.

경멸적인 태도와 예외적인 면이 청교도 작가의 작품에 나오는 것은 의미심장하다. 밀턴은 아담을 최초의 서사 주인공으로 만들어 인간의 보편성을 대변하였다. 존 번연은 모든 인간은 신 앞에서 평등하다고 생각했다. 그는 보잘것없는 사람과 그들의 삶에 진지하며 관심을 기울였다. 디포의 작품은 개인주의와 사실주의적인 세계 그리고 이러한 세상에 살고 있는 사람에 대한 객관적인 표현을 소설에서 보여준다.

지금까지 디포의 『로빈슨 크루소』가 경제적이고 종교적인 개인주의와 소설의 발생 간의 관계에 관심을 기울였다. 그러나 우리가 『로빈슨 크루소』에 대해 관심을 갖는 중요한 이유는 이 작

뮤지컬 『돈키호테』

품의 문학적 위대성이다. 그러므로 이러한 위대성이 개인주의의 열망과 어려움을 반영하는 방식을 고찰할 필요가 있다.

『로빈슨 크루소』는 서양 문명의 위대한 신화인 『파우스트』, 『돈 주앙』 그리고 『돈키호테』와 입장을 같이한다. 이러한 작품은 기본적인 플롯, 지속적인 이미지 그리고 서양인의 독특한 욕망 중에서 주인공의 진지함을 탐색한다. 이들의 주인공은 구조와 자존심을 구현한다. 그곳에는 우리가 살고 있는 문화의 중요한 행동 영역에서 벗어난 무용과 사람을 망치는 무절제함이 들어 있다.

돈키호테는 기사도적 이상주의를 통해 인간의 충동적인 관대함과 무분별함을 보여준다. 돈 주앙은 끝없는 여성편력으로 고통을 받는다. 지식인 파우스트는 호기심을 만족하지 못하고 그로 인해 저주를 받는다. 이러한 주인공은 대단히 예외적인 인물들이다. 누구라도 그런 상황 아래에서는 주인공처럼 행동할 것이다.

그러나 로빈슨은 이들과 전혀 다르며 그들처럼 무용과 무절제함을 갖추고 있지도 못하다. 다만 그는 혼자 힘으로 일을 잘 처리

해나갈 수 있다. 로빈슨의 지나친 이기심은 그가 어디에 있든지 그를 고립되게 만들고 혼자 살도록 저주받는다.

로빈슨이 섬에 혼자 버려졌기 때문에 어쩔 수 없이 그는 이기적인 존재일 수밖에 없다고 말할 수 있다. 그러나 로빈슨의 성격은 그가 경험하는 운명을 철저하게 따라간다. 로빈슨의 섬 생활은 근대 문명의 특징인 개인을 위한 경제적 사회적 그리고 지적인 자유가 무엇인지를 깨닫게 만든다.

루소는 『로빈슨 크루소』를 에밀의 교육을 위해서 '여러 책이 가르칠 수 있는 모든 것을 가르쳐주는 유일한 책'이라고 추천한다. 루소는 지적인 자유에 대한 로빈슨의 깨달음을 평가하고 있다. 루소는, '편견을 초월하여 스스로를 키우고 사물 간의 진정한 관계를 판단하도록 명령을 내리는 가장 확실한 방법이 있다. 그것은 자기 자신을 고립되어 있는 사람의 입장이 되게 하는 것이다. 그러면 그 사람은 모든 것을 실제적인 유용성에 따라 판단하는 방법을 배우게 된다'고 주장한다.

루소가 열망했던 것처럼 로빈슨은 자신의 섬에서 절대적인 자유를 누린다. 섬에는 그의 개인적인 자율권을 간섭할 어떤 가족적 유대 관계나 관련된 사람이 없다. 그가 섬을 떠날 때도 로빈슨이 입안한 자치권은 남아 있다. 이러한 권한은 증가된다. 앵무새가 주인의 이름을 목청껏 불러댄다. 프라이데이는 로빈슨의 노예가 되기로 맹세한다. 로빈슨은 절대 군주라는 환상을 갖는다. 그래서 그의 섬을 방문한 사람은 그를 신으로 의심까지 한다.

로빈슨의 섬은 경제적 인간이 그의 목적을 실현하기 위해 필요한 자유방임을 제공한다. 그곳은 국가에서 통제하는 판로 조건, 세금 그리고 노동 공급의 문제가 없다. 로빈슨은 생산, 분배 그리고 교환을 통제할 필요도 없다. 로빈슨은 드넓게 펼쳐진 장소로 오라는 신의 부름을 받았기 때문에 다른 소유주나 경쟁자가 없다. 로빈슨은 섬을 발견한 것이다. 그곳에서 그는 임금을 줄 필요가 없고 백인의 임무를 실천하는 프라이데이의 도움을 받아 개인의 왕국을 세운다.

이러한 사실이 로빈슨의 이야기를 적극적이며 예언적인 측면으로 이끌고 간다. 그리고 로빈슨의 이야기는 경제학자와 교육자가 필요한 영감의 대상이 된다. 자본주의에서 밀려난 사람이든 자본주의의 실질적인 주인공이든 왕국을 건설한 로빈슨의 이야기는 상징적인 의미가 된다. 로빈슨은 이러한 모든 이상적인 자유를 깨닫고 있다.

그는 독특한 근대 문화의 주인공이 된다. 아리스토텔레스는 '사회에서 살아갈 능력이 없거나 어떤 것도 필요로 하지 않으면서 자족할 수 있는 사람은 야수 아니면 신이다'라고 가르쳤다. 그런 의미에서 로빈슨은 기묘한 주인공이다. 로빈슨의 이상적인 자유는 현실 세계에서 실행할 수 없는 것이다. 이러한 자유가 적용될 수 있다면 인간의 행복에 재앙을 가져올 수 있다.

로빈슨이 성취한 업적을 확신하거나 신뢰한다면 그것에 대한 반론도 있다. 그러나 이것은 로빈슨의 이야기가 그의 행동과 의지에 지배될 수 있다는 믿음 때문이다. 그러면 로빈슨을 유토피아적 정신의 무의식적인 희생물로 간주할 수 있다. 이것은 작가 디포가 인간의 경제 행위에 들어 있는 사회적 성격과 심리적 영향을 무시했다는 것이다. 물론 로빈슨이 성공하게 된 토대는 그가 난파선에서 섬으로 가져온 연장에 있다. 우리는 이러한 연장이 '한 인간을 위해서 지금까지 모아졌던 가장 커다란 종류의 창고'라는 말을 듣는다.

이런 측면에서 보면 로빈슨은 원시인이나 무산자가 아니라 자본주의자다. 섬에서 로빈슨은 풍요하지만 개발되지 않은 부동산을 자기의 것으로 소유한다. 배에서 가져온 물건과 섬을 로빈슨이 소유한다는 것은 새로운 경제적 교리를 지지하는 사람에게는 기적과 같은 것이다. 그러나 이러한 믿음은 가진 사람의 것에만 제한되는 것이다. 고전적인 목가에 나오는 자유로운 사업을 누구라도 자신의 노력으로 보장받을 수 있다고 생각하는 것은 회의적인 반응을 일으킬 수 있다.

사실 로빈슨은 다른 사람의 노동을 물려받는다. 그의 고독은 그의 행운에 대한 가치 척도며 그것에 대한 대가다. 로빈슨의 난파는 비극적이고 돌발적 변화와는 거리가 먼 인공적인 해결책이다. 로빈슨이 섬에 난파된다는 것은 작가 디포의 사형 선고가 아니다. 섬에서 로빈슨은 경제적이고 사회적인 현실의 곤란함을 타결하는 방법을 선택한다. 그의 고독한 노동은 그것을 해결하게 만든다.

로빈슨이 보여주는 행동의 유형은 심리적인 저항과 충돌한다. 모든 개인은 사회의 유형에 의해 만들어진다. 그러나 로빈슨은 개인이 모여 만든 사회가 아니라 오랜 기간 사회가 존재하지 않았던 섬에 존재한다. 로빈슨은 개인의 생각과 감정을 원시주의로 퇴보시킨 것이다. 그렇다면 『로빈슨 크루소』를 쓰기 위한 디포의 자료는 난파한 사람의 평범한 사실을 수집한 것에 지나지 않는다. 결국 난파된 로빈슨의 상황은 공포에 시달리고 생태학적 퇴화가 뒤따른다. 로빈슨은 동물의 수준으로 떨어진다. 로빈슨은 말하는 법을 잊어버리고 미치거나 영양 실조로 죽어갈 것이다.

로빈슨의 이러한 상황은 부연 설명이 필요하다. 디포는 J. 알베르 드 만델스로가 쓴 『항해와 여행』을 읽은 것으로 추정된다.

여기서 한 프랑스인이 모리티어스 섬에서 2년 동안 혼자 지낸다. 그는 거북이의 날고기를 먹고 발작을 일으킨다. 그는 발작 증세로 자신의 옷을 갈가리 찢어버린다. 그리고 네덜란드 선원의 경우 그는 세인트헬레나 섬에 난파되어 땅에 파묻은 동료의 시체를 파내고 관 속에 들어가 바다로 나간다.

이러한 절대 고독이 보여주는 현실은 전통적인 견해와 범주를 같이 한다. 존슨 박사의 말처럼 '고독한 인간은 분명히 사치스럽다. 그는 아마 미신을 믿거나 미쳤을 것이다. 그는 정신을 제대로 쓰지 않아 침체된다. 그는 신경질적인 사람이 되어 더러운 공기의 촛불처럼 꺼져버린다.'

재미있는 것은 로빈슨의 이야기는 정반대로 진행된다는 것이다. 로빈슨은 그의 버려진 땅을 승리의 장소로 바꾼다. 디포는 인간의 무자비한 고독을 보여준다. 그는 자신이 처한 결점을 메우기 위해 심미적인 개연성에서 벗어난다. 그리고 바로 이 점이 고립감을 느끼는 사람에게 강력한 호소력을 지니는 것이다. 고독을 느끼지 않는 사람은 없다. 그러나 내면의 목소리는 끊임없이 개인주의가 키워온 인간의 고독이 고통스러운 것이라고 말한다.

그렇다면 로빈슨은 동물적인 본능과 광기의 삶으로 이끌려야 한다. 디포는 고독이 모든 개인의 잠재력을 깨닫게 하는 서곡이 될 수 있다고 대답한다. 개인주의가 퍼졌던 200년 이상의 세월 동안 외로움을 느끼는 독자에게는 필연적으로 미덕과 설득력이 필요했다. 그들은 개인주의자가 겪는 경험의 보편적인 이미지인 로빈슨의 고독에 박수를 치지 않을 수 없었던 것이다.

고독이 보편적이라는 것은 분명하다. 디포는 새로운 경제적이고 사회적인 질서를 낙관적으로 보는 사람이었다. 디포는 비전을 가지고 로빈슨의 이야기를 정확하게 그림을 그리듯이 여러

가지 에피소드로 엮어
간다. 그러나 로빈슨은
자기 가정과 국가로부
터 고립되었다. 디포는
로빈슨의 경제적 개인
주의와 이와 연관된 현
상을 기록하고 보고한
다. 현대 사회학자는 이
와 비슷한 결과가 『로
빈슨 크루소』에 반영되
어 있다고 지적한다.

막스 베버는 어떻게
칼뱅의 종교적인 개인
주의가 인간에게 내적

막스 베버

고립을 만든 방법을 보여주고 있다. 에밀 뒤르켐은 분업과 그에
따른 변화로 인해 현대 사회의 규범에 나타난 끊임없는 갈등과
복잡성을 끄집어냈다. 사회의 무질서 현상은 개인을 자기 스스
로 조정하게 만든다. 소설가는 자신이 살았던 시대의 개인적이
고 사회적인 문제를 문서고와 역사적 자료로 제공해준다.

디포는 자신의 고독에 관한 서사시를 재현하는 방법을 알고
있었다. 하지만 디포는 등장 인물의 투쟁에서 발생되는 이야기
에 초점을 맞추고 있다. 디포는 이런 종류의 이야기를 훨씬 더
유쾌하게 만들었다. 그리고 주인공이 경험하는 고독을 경제적이
고 심리적 영향에서 벗어나게 하였다. 그럼에도 불구하고 로빈
슨의 에피소드와 언어는 인간의 보편적인 상태에서의 고독과 관
련된다.

『로빈슨 크루소』에서 로빈슨의 생각과 행동은 종교적 도덕적 그리고 마술적인 소재를 편집해놓은 것이다. 그러나 이야기의 한 부분을 하나의 에피소드로 받아들이게 짜여 있다. 이 소설은 전체 내용의 3부작을 편집해서 만들어낸 것이다. 디포는 주인공의 경험에 의미를 두고 있다.

『로빈슨 크루소』의 서문에서 디포는 이야기가 우화적이지만 역사적이라는 점을 시사한다. 로빈슨의 이야기는 한 사나이의 삶을 그린 것이다. 그의 행동은 이 소설의 주제를 이룬다. 소설 주인공의 이야기는 대부분이 그 사나이의 삶을 직접적으로 암시하고 있다. 그리고 디포는 자신도 로빈슨을 상징하는 원본임을 넌지시 알려준다. 디포는 자신의 삶을 우화적으로 로빈슨의 이야기를 통해 그리고 있다.

많은 비평가는 이러한 그의 주장을 비웃기까지 했다. 『로빈슨 크루소』는 허구적인 작품이라고 공격받았다. 디포는 이러한 비판을 반박하기 위해 자신은 독자의 혐오감을 줄이기 위해 우화적인 논쟁을 사용했을 뿐이라고 주장한다. 사실 작품에 어느 정도 자서전적인 요소가 들어 있다는 주장은 거부될 수 없다. 『로빈슨 크루소』는 디포가 그런 주장을 했던 유일한 작품이다. 그리고 이 소설은 우리가 디포의 전망과 포부를 알게 해주는 많은 것이 들어 있다.

디포는 고립되고 외로웠던 인물이다. 그는 한 책자의 서문에서 다음과 같이 불평을 한다. '나는 내가 모셔왔던 바로 그 사람들의 버림을 받았다. 난 얼마나 바보 같은 존재인가. 나는 도움을 전혀 받지 못했다. 오직 내 자신의 노력만으로 불행과 싸웠다. 내가 이렇게 글을 쓰지 않았다면 채무를 1만 7000파운드에서 5000파운드로 줄일 수 있었다. 나는 감옥과 은신처에서 온갖 고

통을 겪었다. 나는 친구나 친척의 도움 없이 어떻게 내 자신을 꾸려왔는지 모른다.'

이 글처럼 낙심하지 않는 근면함으로 밀고 나가는 로빈슨은 그의 창조주인 디포가 함께 하는 영웅이다.『로빈슨 크루소』의 서문에서 디포가 자신을 소설의 주체로서 언급한 것도 이러한 특징과 맥을 같이한다. 그는 최악의 불행을 겪으면서도 불굴의 인내심을 발휘했다. 그는 절망적인 상황에서도 지칠 줄 모르는 근면성과 담대한 결단력을 가지고 있었다. 디포는『로빈슨 크루소』의 자서전적인 의미를 주장하고 난 후 고독의 문제를 생각한다. 그의 주장은 칼뱅주의의 영향과 베버의 견해를 재미있게 설명해놓은 것처럼 보인다. 디포의 논쟁은 개인이 속세에 적응하기 위해 금욕 생활을 하지 않는 것에 집중된다.

디포는 정신적인 고독을 청교도의 주장과 관련시킨다. '할 일이 있다는 것은 세상을 등진 영혼을 얻는 일이다.' '완전한 고독은 사람이 북적대는 도시, 구애의 대화와 용기, 야영 생활의 소음과 업무 그리고 아라비아와 리비아의 사막에도 있다. 우리는 사람이 살지 않는 섬의 황량한 생활처럼 향유할 충분한 은총이 있어야 한다.' 그러나 디포의 고독에 대한 생각은 일반적인 진술로 퇴보한다. '모든 반성은 추측에 의해 행해진다. 우리의 소중한 자아는 생의 마지막에 존재한다. 인간은 군중, 바쁜 사람 그리고 일 속에 파묻혀 홀로 있다. 인간이 행하는 모든 반성은 자신과 관계된다. 그러한 인간은 자신을 위해 모든 즐거움을 받아들인다. 지루하고 슬픈 것은 본인의 미각에 의해서만 맛보게 될 뿐이다.' 이것은 고독을 바라보는 디포의 퇴행이다. 그는 인간의 영혼을 온전하게 관리하겠다는 청교도의 주장에서 퇴행한다. 그리고 로빈슨은 사회, 세상 그리고 개인으로부터 소외된다.

데카르트

데카르트는 인간의 정의와 개인의 고독을 설명한다. '우리에게 타인의 슬픔과 기쁨은 무엇인가? 그것은 연인의 힘과 애정의 은밀한 변화다. 그것은 우리의 마음을 진정으로 움직이게 만든다. 그러나 진심으로 반성하면 그것은 우리에게로 향할 것이다. 우리의 명상은 고독한 것이다. 우리의 정열은 혼자 있을 때 나타난다. 우리는 고독으로 사랑하고 증오하고 욕심을 내며 즐긴다. 우리가 이것을 타인과 이야기하는 것은 모두 욕망을 추구하기 때문이다. 그래서 그것의 도움이 필요하다. 종말은 추측에서 이루어진다. 향락과 명상은 독과 함께 나타난다. 즐기는 것도 고통스러운 것도 자신을 위한 것이다.'

'우리가 고독으로부터 갈망하고 즐기는 것'은 인간이 어디에 있든 고독하다는 것이다. 결국 '우리가 타인과 이야기하는 것과 우리의 욕망을 추구하는 것은 그들의 도움이 필요하기 때문이다.' 이성에 의해 생기는 이기심은 언어로 표현되는 것을 비웃는다. 그러면 로빈슨의 침묵과 섬에서의 생활은 유토피아로 볼 수 없게 만든다. 그것은 앵무새가 '가엾은 로빈슨 크루소'라고 말할 때 깨지는 침묵이다. 인간의 존재론적 측면에서 보면 이러한 장면은 자기 중심적이다. 그것은 인간의 사회적 교류를 겉치레로 상상하거나 사람과의 의사 소통을 비웃는 것처럼 보인다. 『로빈슨 크루소』는 개인주의의 결과에 경고의 이미지를 제시한다. 그러나 이러한 기호는 반발을 불러일으킨다. 이 소설은 인간의 고독함에 독자의 관심을 끌어들인다. 개인이 사회에 의존하는 것은 복잡한 성질을 가진다. 그런데 디포는 이것을 상세하게 분석한다. 인간의 사회적 성향은 18

데이비드 흄

세기 철학자의 중요한 주제였다.

데이비드 흄은『인성론』에서 이 소설에 반박할 근거를 제시한다. '우리가 사회와 관련되어 생각하는 소망은 생각할 수 없다. 자연의 모든 힘과 요소가 인간에게 봉사하고 복종하도록 서로 도와야 한다. 자연의 명령에 따라 태양이 뜨고 지게 해야 한다. 바다와 강물은 원하는 대로 흐르며 대지는 유용하거나 즐거운 것을 자발적으로 공급한다. 그래도 인간은 불행할 것이다. 인간이 행복을 함께 나누고 존경과 우정을 공유할 사람이 주어질 때까지.' 이와 같이 사회에 대한 근대적인 연구는 개인주의와 개인을 분명하게 분리시키는 데 관심을 가진다.

『로빈슨 크루소』는 개인적인 관계에서 고독의 문제를 세상에 드러낸다. 이러한 문제는 개인의 관계가 연구됨으로써 시작되었다. 그러나 디포의 『로빈슨 크루소』는 개인적인 관계를 거의 다루고 있지 않다. 그런 의미에서 이 소설은 소설로 보기 어렵다. 그러나 소설의 전통에서 볼 때 이 소설은 과거의 사회적 질서의 관계와 근절된다. 이 소설은 새롭고 의식적인 유형의 개인 관계가 그물망을 이루면서 독자와 비평가의 관심을 가지게 했다. 소설과 근대 사상의 문제는 개인주의에 의해 도덕적이고 사회적인 관계의 구질서를 난파시켰다. 그리고 『로빈슨 크루소』와 더불어 새로운 관계가 형성되었다.

디포의 『로빈슨 크루소』는 로빈슨이 섬에 난파되어 혼자 고독하게 살아가는 부분과, 프라이데이의 출현으로 인해 로빈슨이 섬을 새로운 세상으로 만들어가는 과정의 이야기다. 투르니에는 『방드르디』에서 이러한 소설의 전개를 프라이데이(방드르디)가 출현하기 이전

미셸 투르니에(Michel Tournier)

의 섬인 스페란자를 로빈슨(로뱅송)이 경영하기 위해 동분서주하는 부분과, 프라이데이의 출현 이후 로빈슨의 섬 생활의 부분

을 대조하면서 새롭게 소설을 써가고 있다.

소설의 시작은 1759년 9월 29일, 파도에 휩쓸리고 있는 버지니아호의 선장 반 데셀의 선실에서 일어난다. 로빈슨이 11장의 주비방 카드를 차례로 뽑고 선장은 타로 점으로 그에게 미래를 예언한다. 우리는 로빈슨 크루소의 항해 목적이 무엇인지 분명하게 알 수 없다. 다만 선장의 목소리를 통해 로빈슨의 미래가 예측된다.

일종의 놀이기구인 타로 카드는 전체 카드가 78장이다. 이것은 22개 주비방과 56개 부비방으로 구성되어 있다. 카드는 상징적인 그림으로 표현되어 있어 놀이의 형태를 갖추고 있다. 하지만 거기에는 로빈슨의 운명이 거쳐갈 주요 단계들을 암시하고 있다. 카드의 숨은 그림의 의미와 앞으로 전개될 로빈슨의 모험은 상관 관계가 있다. 작가 투르니에는 이러한 예언이 있은 다음 바로 섬에 난파된 로빈슨의 이야기를 서술해나가고 있다.

섬에 난파된 로빈슨이 쓰러져 있던 모래톱에서 의식을 회복한다. 로빈슨은 섬에 살고 있는 것이 야생 동물뿐이라는 사실을 알고 즉흥적으로 섬을 '탄식의 섬'이라고 명한다. 로빈슨은 이미 충분히 섬의 고독을 인식하고 엄청남을 심각하게 받아들인다. 그리고 그가 만난 첫 번째 대상은 오솔길 한가운데 있는 숫염소였다. 그는 길을 숫염소가 가로막고 있기에 즉시 죽인다. 그리고 자신을 구원해줄 배가 지나갈 경우 신호를 보내기 위해 시간을 보낸다.

로빈슨은 지나가는 날짜를 헤아리는 일에 신경을 쓰지 않는다. 다만 수동적으로 수평선만 바라보는 행위가 언제부터 지겹게 느껴지기 시작했다. 그는 무슨 일을 한다는 의미에서 큰배를 만든다. 디포의 주인공 로빈슨은 처음부터 섬의 탐험과 그곳에 머물 집을 짓고 난파된 배에서 물건을 가능한 한 섬으로 이동시킨다.

반대로 투르니에의 로빈슨은 과거의 문명 세계로 돌아가기 위한 탈출을 먼저 시도한다. 로빈슨 역시 '버지니아호에 실려 있는 물건을 섬으로 가져온다. 그 중에서도 그는 40통의 화약 가루를 발견하고 이것을 섬으로 옮긴다. 그가 만든 소형 보트의 이름은 '탈출호'다.

로빈슨은 자신이 섬에 난파된 사실을 예외적인 상황과 우연으로 생각한다. 그는 홍수와 노아의 방주 이야기처럼 스스로 자신의 구원에 대한 암시를 한다. 그러나 그에게는 무한한 시간이 남아 있다는 것과 흘러가는 시간을 막연히 의식할 수밖에 없다. 로빈슨은 자신이 벌거벗은 몸으로 철저한 고독의 심연에 빠져 있다는 것을 자각한다. 이때부터 로빈슨은 벌거벗은 몸의 상태를 경험한다.

로빈슨은 나체로 지낸다는 것이 인간만이 위험 없이 향락할 수 있는 사치라고 생각한다. 그는 보잘것없는 누더기를 벗어버린다. 그의 육신은 원래 그대로의 자연 요소들과 빛에 상처받기 쉬운 허연 모습으로 노출되어 있었다.

로빈슨이 우연히 만난 개 텐은 로빈슨을 두려워하면서 어디론가 달아나버린다. 로빈슨은 자신이 이 땅에서 소외된 존재라는 느낌을 가진다. 그에게 이 섬은 악의로 가득 차 있다. 오랜 세월 동안 만들었던 탈출호가 완성되었다. 하지만 로빈슨에게 남아 있는 것은 그 배를 건조한 기나긴 역사와 벤 상처, 덴 자국, 찔린 상처, 굳은살, 얼룩, 찢어지고 부어오른 상처뿐이었다.

로빈슨은 천 파운드가 넘는 배를 모래 위로 끌고가 바닷물로 옮기는 것이 불가능하다는 사실에 대해 별로 놀라지 않는다. 그것은 고독한 삶의 영향이었다. 로빈슨은 주위의 한계를 느끼면서 전환을 시도한다.

절망한 나머지 로빈슨은 모기떼와 멧돼지들이 사는 진흙과 물렁물렁한 배설물들로 만들어진 진창에 몸을 맡긴 채 그 속에서 하루종일 시간을 보낸다. 지상의 모든 애착으로부터 벗어난 그는 혼수 상태와 같은 몽상 속에 빠진다. 그는 과거를 거슬러가면서 요동도 하지 않은 나뭇잎들 사이의 하늘에서 춤추고 있는 추억의 편린들을 좇아가고 있었다. 로빈슨에게는 오직 과거만이 중요한 존재와 가치를 진다. 현재는 추억의 샘이며 과거의 생산 공장에 지나지 않는다. 로빈슨은 거부할 수 없는 아내인 고독과 한 몸이 되고자 한다.

로빈슨은 그의 섬 생활을 기록하기 시작한다. 그가 탄 배가 난파된 것은 1759년 9월 30일 밤 두 시였다. 그는 섬에 도착하자 그 섬을 '탄식의 섬'으로 명명하였다. 그러나 광기에서 벗어나기 위해 그는 바다에서 섬으로 관심을 돌린다. 그리고 이제부터는 희망이라는 의미인 '스페란자'라는 이름을 섬에게 붙인다. 이제 섬은 머리 없는 여자의 몸이다. 섬은 복종과 공포 자체다. 섬은 모든 것을 포기한 상태에서 두 다리를 접고 앉아 있는 여성의 모습으로 변한다.

로빈슨도 섬을 지배하고 개척하고 다스려야 할 대상으로 생각한다. 그는 초기의 채집과 사냥의 시대를 끝내고 농업과 목축을 실현한다. 로빈슨은 항해 일지를 쓰면서 섬의 지도, 소유물 명세서, 일력 그리고 시계 같은 여러 가지 지표들을 만들어 언어, 공간 그리고 시간을 장악하려 한다.

그러나 그의 항해 일지는 섬을 진창의 유혹에서 자신이 느낀 패배와 악덕을 보여주는 장소로 언급한다. 진창은 로빈슨에게 기독교를 초월하게 한다. 그리고 인간적인 지혜가 담겨 있는 고대의 비전으로 돌아간다. 로빈슨은 기독교의 바탕에 깔려 있는 자연과 사물을 근원적으로 거부하며 타락을 정복하려 한다.

로빈슨이 느끼는 절대적 고독은 비인간화의 과정을 거치고 있다. 그와 사물의 관계는 고독으로 인해 변질된다. 로빈슨에게는 필요불가결한 잠재성을 추가하는 관점들이 형성된다. 스페란자에는 하나의 관점과 일체의 잠재성이 배제된 로빈슨의 관점이 존재할 뿐이다.

이러한 관점은 디포의 로빈슨과 투르니에의 로빈슨이 서로 다른 동기를 가지고 있다는 것을 보여준다. 디포의 로빈슨은 모범적인 청교도이지만 투르니에의 로빈슨은 광기에 빠져들지 않기 위해 시각적 환상, 허깨비, 착란, 눈뜨고 꾸는 꿈, 몽환, 광기 그리고 청각의 교란에 대항한다.

로빈슨이 명명한 스페란자는 여성의 이미지를 담고 있다. 하지만 그곳은 이야기를 나눌 상대가 아무도 없는 잘못된 장소다. 그렇기 때문에 로빈슨은 스페란자와 길고 느리고 심오한 대화를 이어나간다. 그의 몸짓과 행동 그리고 작업은 섬에 대한 질문이다. 섬은 로빈슨에게 요행과 실패를 통해 응답하고 있다. 로빈슨은 자신의 발자국을 보고 수천 년 역사를 가진 낙원에 찍힌 아담의 발 도장 혹은 물에서 나온 비너스의 발 도장으로 생각한다.

이제 로빈슨에게 남아 있는 것은 시간의 문제다. 이것을 극복하기 위해 로빈슨은 섬을 인간 박물관으로 만든다. 시간과 로빈슨이 만든 물시계와의 관계처럼, 그는 자신이 몰두해온 작업의 진부함에 가려진 섬의 다른 모습을 발견한다.

로빈슨은 스페란자와의 섹스 그리고 깊이의 개념을 비교한다. 로빈슨 자신은 이미 스페란자 섬의 한가운데 있다. 그는 꺼먼 구멍에 존재한다는 생각에서 벗어나지 못한다. 반대로 로빈슨은 스페란자 섬 전체와 일치할 때 풍부해진다는 사실도 알게 된다.

로빈슨은 스페란자 섬의 헌장을 작성하고 스스로 총독으로 임명한다. 그는 우연히 아로캉 종족인 코스티노스 인디언들이 의식을 치르는 모습을 본다. 로빈슨은 인디언들이 행하는 의식의 의미를 생각한다. 로빈슨이 목격하는 인디언들의 식인 행위가 그대로 전달된다. 로빈슨은 타자가 부재하는 파괴적인 영향 때문에 섬을 건축하고 조직하고 입법화한다는 것이 최고의 처방이라는 사실을 알게 된다.

그는 잃어버린 인간 사회의 물질적이고 정신적인 요소 속으로 다시 돌아오게 된다. 로빈슨은 인간이 스스로 쓸 수 있는 재원이 빈약해질수록 번식이 증가한다는 사실을 알게 된다. 반대로 외부 환경의 자원이 늘어갈수록 그것에 적응해가는 동물의 지혜도 생각하게 된다.

그러나 로빈슨은 의지력 상실, 진창의 늪, 축축한 진흙 속으로 미끄러져 들어가기, 녹아내리는 시간과 공간, 무너지는 언어의 성벽, 자신의 얼굴을 잃은 느낌 그리고 현실과 상상을 구별하지 못하는 상태라는 일련의 에피소드를 거친다. 결국 이것은 타자의 부재와 고독의 결과이기도 하다.

이때 로빈슨은 자신이 그렇게 고독하고 괴로워했던 섬에서 신선하고 따뜻하며 우정에 찬 다른 섬의 의미를 발견한다. 로빈슨에게 이것은 유충이 짧고 황홀한 순간에 언젠가 날 수 있으리란 예감과 같은 의미를 가진다. 이것은 로빈슨의 인식 행위가 달라지는 것을 의미한다.

그것은 로빈슨이 타자에 의해 사물을 인식하는 것이며 인식 문제의 좁고 특정한 부분에서 벗어나는 것이기도 하다. 그러한 인식의 문제는 분명하게 구별할 필요가 있다. 그것은 타자에 의한 인식과 로빈슨 자신에 의한 인식의 문제이기도 하다. 로빈슨의 섬에 대한 인식은 더 이상 '타자' 또는 '다른 나'로 두 가지 인식을 섞어가며 생각하지 않는다.

로빈슨은 인식의 주체가 무엇인지를 생각한다. 로빈슨이 인식하는 주체는 불특정 개인이다. 그는 어떤 방안에 들어와 거기에 있는 것을 보고 만지고 느낀다. 그러나 우리가 인식해야 하는 것은 방안에 들어온 타자의 상황이 아니라 로빈슨의 상황이다. 우리는 로빈슨을 타자와 동일시하지 않아야 한다. 로빈슨이 자신을 묘사하는 순간 '나'라는 존재가 없어진다. 로빈슨의 존재는 부차적이고 반사적인 인식의 방식과 일치시켜야 한다.

로빈슨은 섬에 존재하는 모든 것에 처녀성이 존재한다고 생각한다. 이때 일어나는 현상은 주체가 대상으로부터 떨어져나가는 것이다. 그래서 로빈슨과 사물은 같은 것이다. 로빈슨은 자신을 폐기의 대상으로 생각한다. 로빈슨이 생각하는 주체는 기계 장치의 의미를 가진다. 그는 배설물에 지나지 않는 주체를 보여준다. 로빈슨은 스페란자의 개체적 배설물이 된다.

로빈슨은 자신이 주거하는 동굴에서 제2의 삶을 시작한다. 그는 총독, 장군, 행정관의 자격을 스스로 해체한 후 물시계를 정지시킨다. 스페란자는 자신이 관리할 영토가 아니다. 그것은 여성적인 성격을 지닌 하나의 인격체로 군림한다. 로빈슨은 이것을 '대지의 시대'라고 불렀다. 로빈슨은 자신을 스페란자의 핵심에 존재하는 태아로 보여준다.

동굴은 스페란자의 성기다. 그는 그곳으로 몸을 밀어 넣고자 한다. 동굴의 벽면은 살처럼 미끈미끈했다. 하지만 구멍이 좁아서 반쯤 몸을 넣은 채 움직이질 못한다. 그는 완전히 옷을 벗고 우유로 몸을 문지른다. 구멍 속으로 머리 쪽을 먼저 들이밀고 몸을 밀어 넣었다. 그의 몸은 규칙적으로 동굴 속으로 들어가고 구석진 공간에 자리를 차지한다.

로빈슨은 행복한 영원 속에 정지되어 있다. 스페란자는 햇빛에 익는 과일이 된다. 과일의 희고 벌거벗은 씨는 로빈슨이 된다. 그는 내밀하고 깊은 비밀 속에 몸을 담고 있으면서 평화를 느낀다. 돌 상자 속에 영원히 몸을 붙이고 들어앉은 한 마리 유충의 꿈을 꾸고 있다.

로빈슨의 비존재 상태는 멈추어진 물시계의 영상을 닮았다. 이곳은 스페란자의 여성적 본질인 모성의 모든 속성이 깃들어 있는 것 같았다. 그곳은 공간과 시간의 경계가 미약해진다. 그리고 로빈슨은 어느 때보다 더 그의 어린 시절의 잠든 세계 속으로 빠져들게 된다.

로빈슨은 어머니를 생각한다. 그가 추억하고 있는 어머니는 진리와 선의 기둥, 푸근하고 굳건한 대지 그리고 공포와 슬픔을 피할 수 있는 장소다. 그는 구멍 속에서 빈틈없고 메마른 애정, 흔들리는 구석 하나 없고 쓸데없이 감정을 터뜨리는 법이 없는 정성을 찾고자 한다. 그의 눈에는 어머니의 두 손이 보인다. 그것은 애무하는 법도 때리는 법도 없이 억세고 든든하고 조화롭게 균형을 이루고 있다. 그는 스페란자의 요지부동의 살덩이 속에 잠긴 씨앗이 된다.

로빈슨은 세상에 태어나기 전인 자궁 안의 태아가 되어 평화와 순진무구를 맛본다. 그의 행복은 영원 속에 정지된다. 로빈슨은 스페란자의 젖가슴에서 길러진다. 로빈슨은 퇴행의 대가로 영원한 행복을 느낀다. 하지만 동시에 그는 사내의 무게로 자신을 먹여 살리는 대지를 짓누르고 있다.

그를 잉태한 스페란자는 마치 임신한 어머니의 월경이 중지되듯이 더 이상 아무것도 생산하지 못한다. 더 심각한 것은 로빈슨의 정액이 스페란자를 더럽히고 있다는 사실이다. 스페란자는 통치의 섬에서 어머니의 섬으로 변한다.

그런 경험이 있은 후 로빈슨은 섬을 경작하는 것에 몰두한다. 로빈슨은 주어진 것과 만드는 문제를 생각한다. 로빈슨이 섬의 표면에서 추진하는 문명화 작업은 인간 사회에서 베껴온 것이다. 로빈슨은 자신의 내부에 생긴 폐허를 독창적인 해결책으로 대치시키려 한다. 그는 근원적 진화의 현장에 자신이 있음을 인식한다. 로빈슨은 자신의 내부에 잉태중인 질서의 세계가 바로 혼돈임을 알게 된다.

사실 섬은 로빈슨을 구해주었다. 로빈슨에게 남아 있는 욕망은 노동이다. 노동은 자연이나 사회가 하나의 목적에 이용하기 위한 욕망이다. 로빈슨도 섬을 경작하기 위해 노력한다. 그러나 시간이 지날수록 그의 내부에서는 사회적 구조가 무너져간다. 동시에 그의 노동은 여성적 육체와 결합해주는 제도와 신화의 틀을 사라지게 한다.

로빈슨은 동물들의 혼례 관습을 관찰한다. 곤충들 역시 로빈슨의 각별한 관심거리가 된다. 로빈슨은 식물들의 원격 수정이 감동적이고 우아하다고 생각한다. 이러한 몽상을 그는 나중에 '식물적 방도'로 설명하고 있다. 그는 옷을 벗고 벼락 맞은 나무 둥치 위에 엎드려 둥치를 품에 안는다. 나무의 가지가 서로 만나서 벌어진 작고 이끼 낀 구멍 속으로 그의 섹스가 시작된다. 어떤 행복한 혼수 상태가 그의 전신을 굳어지게 한다.

이것이 로빈슨의 성행위다. 그는 식물적 원천으로 되돌아오도록 부름을 받은 최후의 존재다. 꽃은 식물의 섹스다. 식물은 찾아오는 누구에게나 자기의 가장 빛나고 향기로운 것을 섹스로 바친다. 로빈슨은 이런 섹스를 킬레 나무와 행복하게 하고 있다.

어느 날 똑같은 행동을 하고 있는데 그의 귀두에 끔찍한 통증이 느껴졌다. 붉은 점이 여기저기 난 큼직한 거미 한 마리가 그를 물었다. 로빈슨에게 이 사고는 부정할 수 없는 윤리적 의미를 가진다. 그리고 로빈슨은 식물적 방도란 막다른 골목임을 발견할 뿐이다.

로빈슨은 장밋빛 골짜기에서 잠이 들었다가 깨어난다. 그때 로빈슨은 사물들의 호흡에 어떤 변화가 일어난 것을 느낀다. 그는 다른 섬에 있는 느낌을 가진다. 로빈슨은 그의 섹스가 태평양의 위대한 고독의 모습을 본뜬 기이한 파종으로 생각했다.

로빈슨은 기이한 소외가 존재한다고 생각한다. 그는 갑자기 삶의 변경, 하늘과 지옥 사이에 떠 있는 장소에 밀려나 있는 느낌을 가진다. 성과 죽음의 문제가 다시 부각된다. 로빈슨이 지금까지 추구한 것은 재생산의 필요성이었다. 그의 생식기가 벌인 몽환극에서 파생된 생명의 힘, 죽음의 힘 그리고 섹스는 극적인 토론에 불과한 것이다.

거의 1년이 지나자 로빈슨은 장밋빛 골짜기의 식물에 변화가 일어나고 있음을 느낀다. 그곳에는 스페란자가 만들어낸 만드라고라가 있었다. 이 식물은 수난의 십자가 아래 형벌 받는 사람들이 마지막 정액을 뿌려놓은 장소에서 자라는 가지 식물이었다. 이것은 인간과 대지가 결합하여 태어난 종자인 것이다.

그런데 이 식물의 뿌리는 기이하게도 두 갈래도 찢어져 여자의 몸과 흡사했다. 로빈슨은 감동과 사랑을 억누를 수 없다. 그는 성서의 축복을 받는 기분이다. 로빈슨은 섬을 인간화한다. 오직 로빈슨에게 남아 있는 것은 타자와의 만남뿐이다.

이제 섬은 곡식과 채소밭으로 뒤덮였고 논에는 첫 번째 수확을 기다리는 곡식들이 있고 가축들이 넘쳐난다. 동굴 안에는 한 마을 주민들이 여러 해 동안 먹을 곡식들이 넘치고 있다. 잘 통치된 섬은 다른 섬을 위해 영혼을 상실해갔고 헛도는 거대한 기계 장치처럼 변해간다.

식인종의 의식

이때 로빈슨은 먼 곳에서 연기가 나는 것을 발견한다. 불길한 징조가 그의 머리를 스친다. 예상치 못한 사건이 발생한 것이다. 인디언들이 사람을 제물로 바치는 의식이 목격된다. 그 중에 한 명이 로빈슨이 있는 곳으로 도망친다. 피부색이 더 짙은 흑인이 로빈슨이 있는 곳으로 달려온다.

로빈슨은 도망치는 흑인이 그를 알아보고 곁으로 와서 숨을 것이라고 생각한다. 그때 데리고 있던 개 텐이 그를 향해 짖어댄다. 로빈슨은 개의 목을 팔로 껴안고 왼손으로 주둥이를 잡고 한 손으로 장총을 어깨에 겨눈다. 순간 로빈슨은 희생자 편이 아니라 가해자 편에 서야 한다는 선택을 한다. 로빈슨은 강한 쪽에 서는 것이 현명하다고 생각한다.

도망치는 흑인이 30보 거리에 다다른다. 로빈슨은 다가오는 도망자의 가슴 한복판을 겨누고 방아쇠를 당긴다. 총알이 날아가려는 순간 주인에게 잡혀 행동이 불편해진 텐이 몸을 빼내려고 갑자기 발버둥을 쳤다. 총구가 과녁에서 약간 빗나가고 뒤쫓아오던 인디언이 쓰러진다. 나머지 인디언은 겁을 먹고 무리가 있는 쪽으로 도망친다.

가지가 무성한 고사리 숲에서 벌거벗은 흑인 한 명이 공포에 넋을 잃은 채 이마를 땅에 닿도록 수그리고 있다. 그의 손은 수염이 덥수룩한 백인의 발을 자기 목 위에 얹어놓으려고 더듬거리고 있다. 그는 총을 쳐들고 있다. 그는 염소 가죽을 걸치고 있다. 그는 털모자를 덮어쓰고 있다. 그는 3000년 서구 문명으로 가득한 사람이다. 흑인은 백인의 발을 더듬거린다.

인디언들이 완전히 사라진 것을 확인한 로빈슨은 버지니아 호에서 난파된 이후 자기가 처음으로 웃고 있다는 것을 알아차린다. 성채로 돌아온 로빈슨은 아로캉 족이 벌거벗은 채로 텐과 장난치고 있는 것을 보았다. 부끄러운 줄 모르는 야만인이 그의 신경을 거스른다. 로빈슨은 하느님이 자신에게 동지를 보내준 것으로 생각한다.

검둥이 혼혈처럼 보이는 흑인은 니그로와 인디언의 잡종이었다. 그의 나이는 열다섯 살도 채 넘지 않은 듯 보인다. 그런데 이 흑인은 로빈슨이 무엇이든 가르쳐주면 방자하게 웃음이나 터뜨린다. 그리고 그가 뜻하지 않게 나타남으로써 오랜 세월 동안 고독하게 살아온 로빈슨의 허약한 균형이 흔들려버린다.

로빈슨은 새로운 사람에게 이름을 지어주어야 한다. 그러나 기독교의 세례명은 붙여주지 않기로 한다. 로빈슨은 야만인을 완전한 인간이 아니라고 생각한다. 로빈슨은 그에게 '프라이데이'라고 이름을 붙여준다. 로빈슨이 붙여준 이름은 사람의 이름도 물건의 이름도 아니다. 그건 두 가지의 중간쯤이 된다. 반쯤은 생명이 있고 반쯤은 추상적이다. 그것은 시간적이고 우연적이며 일화적인 성격이 강하게 들어 있다.

프라이데이는 로빈슨의 말을 알아듣기에 충분할 만큼 영어를 알고 있었다. 그는 땅을 개간하고 갈고 쇠스랑을 사용할 줄 알며 모종을 내고 김을 매고 곡식을 베고 추수하고 털고 빻고 채질하고 반죽도 할 줄 안다. 그는 양의 젖을 짜고 우유를 응고시키고 거북이 알을 챙기고 수로를 파고 양어장을 돌보고 들짐승을 잡고 카누의 틈을 메우고 주인의 옷을 기우고 구두를 닦는다. 저녁이면 그는 하인의 정복을 입고 총독의 식사에 시중든다. 그런 다음 그는 주인의 침대를 데우고 주인이 옷 벗는 것을 도와준 다음 대문 앞에 거적을 깔고 텐과 함께 자리에 눕는다.

프라이데이는 완전할 만큼 고분고분하다. 그는 백인의 소유다. 로빈슨이 그에게 시키는 것이면 무엇이나 선한 것이다. 그가 금지하는 것이면 무엇이나 악이 된다. 프라이데이는 주인이 장군일 때 병졸이 되고 주인이 기도할 때 성가대 소년이 되고 집을 지으면 석공이 되고 땅을 가꿀 때는 농장 심부름꾼이 되고 가축을 돌볼 때는 목동이 되고 사냥을 하면 몰이꾼이 되고 물 위에 있으면 노를 젓고 아프면 의원이 되고 부채질을 하면서 파리를 쫓는 선의 역할을 한다.

프라이데이는 늘 웃는다. 그의 웃음은 로빈슨이 통치하는 섬의 겉모습을 장식하는 거짓된 가면을 벗겨 뒤죽박죽으로 만든다. 로빈슨은 자기 질서를 파괴하고 권위를 흔들어놓는 어린이의 웃음에 폭발할 정도의 증오를 느낀다. 로빈슨이 프라이데이에게 손찌검을 하면 그는 억누를 수 없는 듯이 신을 모독하는 웃음을 짓는다. 그리고 따귀를 다시 때리면 웃음을 멈춘다. 로빈슨은 프라이데이에게 급료를 지불한다. 로빈슨은 프라이데이에게 들판과 논 그리고 과수원, 가축, 건물 그리고 진행하고 있는 공사를 살펴보도록 지시한다.

　로빈슨은 아로캉 족이 여러 가지 일들을 솔선수범하여 주인의 총애를 받을 것으로 생각했다. 프라이데이는 자신만의 방법으로 주어진 일을 해결할 능력이 있다. 그리고 처음 몇 주일 동안 로빈슨의 총애를 받았다. 그러나 로빈슨은 자신이 손끝만 까딱해도 눈만 깜박해도 복종하는 프라이데이에게 만족하지 못한다.

　프라이데이의 복종에는 기분을 섬뜩하게 하는 너무나도 완전하고 기계적인 무엇이 있음을 로빈슨은 느낀다. 로빈슨에게 프라이데이는 마귀가 들어 있는 것처럼 보였다. 어느 날 로빈슨이 프라이데이에게 손찌검을 하려 하자 그는 팔로 얼굴을 방어한다. 거울에 프라이데이의 일그러진 모습이 보이듯이 로빈슨의 얼굴 또한 괴물처럼 변해 있었다.

□ 생각거리 ● ● ●
1. 디포의 『로빈슨 크루소』와 투르니에의 『방드르디』를 비교해보자.
2. 로빈슨과 프라이데이의 관계가 어떻게 변화되는지를 생각해보자.

20세기판 『로빈슨 크루소』인 미셸 투르니에의 소설 『방드르디, 태평양의 끝』에서는 고독과 대면하고, 영화 「레옹」과 함께 고독을 드러내며, 영화 「캐스트 어웨이」로부터 고독 이기기를, 두스토예프스키의 소설 『지하 생활자의 수기』를 통해서는 고독의 힘을 '철학'한다. 독자들은 이 책의 집필자들과 함께 인간은 왜 고독을 느끼는지, 고독의 실체는 무엇이며 어떻게 등장해 작동하는지 등에 대한 다면적이고 다층적인 질문을 찾고, 던지고, 대답하게 된다.

Michel Tournier
Vendredi
ou les limbes du Pacifique

고독에 대한 고금의 철학적 사유의 성과들은 이 여정 중에 우리가 활용할 수 있는 도구일 뿐이다. 철학으로 현실을 읽지 않고 현실 속에서 철학을 찾기 위한 원칙이다.

책은 실용의 형식으로 인문학적 교양과 지식을, 대중적인 문장으로 철학적 사유의 정밀한 진동을 담아낸다. 유 소장은 머리말에서 "철학이 학문의 왕으로 군림할 수 있었던 것은 인간 생활의 가장 높은 곳이 아니라 가장 낮은 곳에서 활동했기 때문"이라고 적고 있다.

구름 위의 철학을 끌어내리는 대신, 땅 위의 철학을 찾아 나선 이들의 이 야심찬 오딧세이는 '고독'에 이어, 선원을 바꿔가며 '성장', '죽음' 등으로 이어질 것이라 한다. …… [『한국일보』(2006/10/20)]

존 쿠시(Jim. M. Coetzee)

존 쿠시는 수전 바턴이라는 여성의 눈을 통해 로빈슨 크루소를 솔직한 시선으로 들여다보면서 디포의 『로빈슨 크루소』를 다시 재구성하고 재해석한다. 쿠시는 로빈슨이 난파된 섬에 한 여자를 표류하게 한다. 그리고 지금까지 우리가 알고 있는 로빈슨에 대한 모든 신화를 다시 쓰기 시작한다. 이 소설은 빚에 쫓겨 피신해 있는 작가 디포에게 수전 바턴이 자신의 무인도의 생활을 표류기로 출판하기 위해 편지를 쓰는 형식으로 진행된다.

쿠시의 『포』는 수전 바턴이 로빈슨이 혼자 살고 있는 섬으로 난파되는 것에서 이야기가 시작된다. 표류의 장면은 수전 바턴이 더 이상 노를 저을 수가 없는 상태에서 맥없이 해류에 휩쓸려 해변에 닿는다. 수전 바턴이 뜨거운 모래 위에 누워 있다. 그녀의 머리 위로 검은 그림자 하나가 생겼다. 헝클어진 고수머리와 낡은 속바지 차림의 남자는 그녀의 곁에 쪼그려 앉아 그녀에게 말을 걸었다. 영어를 못하는 그는 그녀에게 따라오라는 손짓을 하고는 그녀를 섬으로 안내했다.

수전 바턴은 독자를 의식하면서 그녀의 경험을 이야기한다. 우리가 알고 있는 무인도는 부드러운 백사장이 펼쳐지고 조난을 당한 사람의 갈증을 풀어주는 실개천이 흐르고 잘 익은 과일이 떨어지는 그늘진 숲이다. 하지만 그녀가 표류한 섬은 전혀 달랐다. 꼭대기만 평평한 거대한 바위산은 한 면만 빼고는 사방이 바다에서 불쑥 솟아 있고, 꽃도 피지도 않고 잎도 지지 않는 칙칙한 수풀더미가 여기저기 박혀 있을 뿐이다. 섬 외곽에는 갈색의 해조류가 무성하게 자라 파도가 칠 때마다 해변으로 쓸려왔고, 악취를 풍기며 옅은 색의 커다란 벼룩 떼들을 먹여 살리고 있었다.

흑인에게 이끌려 수전 바턴은 산등성이 끝에 도착한다. 그곳 입구에 검은 피부에 수염이 덥수룩해보이는 한 남자가 서 있었다. 한눈에 그는 유럽인처럼 보였고 나이는 예순 정도로, 짧은 가죽 조끼와 무릎 아래까지 내려오는 속바지와 생가죽으로 만든 큰 모자와 모피로 된 겉옷에 샌들을 신고 있었다. 수전 바턴은 자신을 선원들이 바다에 버렸다는 사실과 선원들이 선장을 죽이고 배 위에서 모욕을 당하다 결국 선장의 시체와 함께 버려져 이 섬으로 표류하게 되었다고 말한다.

로빈슨의 모습

수전 바턴은 로빈슨 크루소를 만난 것이다. 그는 평평한 구릉의 한 중앙에 바윗덩어리로 오두막을 짓고 살았다. 벽은 갈대와 잎을 엮어 만들었다. 로빈슨이 자신의 성이라고 부르는 곳에는 로빈슨의 유일한 가구인 좁은 침대가 있었고 바닥은 맨 땅이었다.

프라이데이의 침대는 처마 아래 깔린 거적이 전부였다. 수전 바턴은 자신이 외톨이가 된 사정을 말한다. 그녀의 아버지는 플랑드르에서 신교의 탄압을 받자 영국으로 탈출한 프랑스인이었고 어머니는 영국 여자였다. 그리고 2년 전 수전 바턴의 딸이 운송업을 하는 영국인 중계업자에게 납치되어 신세계로 보내졌으며, 자신은 잃어버린 딸을 찾아나섰다가 그녀가 탄 배에 선상 반란이 일어나는 바람에 이렇게 선장의 시신과 함께 표류되었다고 설명한다.

수전 바턴은 로빈슨 크루소가 자신의 섬을 장악하고 있을 때 자신이 그의 두 번째 하인이 되었다고 소개한다. 그리고 작가인 디포에게 로빈슨이 살아온 이야기를 있는 그대로 전하겠다고 말한다. 그녀는 로빈슨이 오랫동안 고립된 생활을 하였기 때문에 그의 기억력에 심각한 영향을 주었고, 더 이상 무엇이 진실이고 무엇이 환상인지 확실히 구분하지 못한다는 결론을 내린다.

단지 로빈슨이 어느 날 자신의 아버지가 부유한 상인이었고 자신은 모험을 찾아 아버지의 회계 업무를 저버리고 항해를 나섰다가 무어인에게 잡혀 있다 탈출하여 신세계로 왔다는 말을 했다고 전한다. 난파 당시 로빈슨과 프라이데이는 함께 섬으로 왔고 15년 동안 이 섬에서 살았다고 한다. 로빈슨의 이야기에는 프라이데이가 식인종이었으며 동족에게 잡아먹힐 상황에서 그를 구출한 내용이었다. 수전 바턴의 이야기처럼 로빈슨의 이야기는 무엇이 진실인지 거짓인지 알 수가 없었다. 그는 그저 두서 없이 이야기를 할 뿐이있다.

수전 바턴의 이야기는 계속된다. 그녀가 로빈슨에게 배를 만들어 탈출을 시도한 적이 있냐고 묻자 로빈슨은 꼭 어디로 탈출해야 할 이유가 없다면서 웃음을 머금고 있을 뿐이다. 수전 바턴은 섬을 탈출하고자 그를 설득하는 것이 헛수고임을 일찌감치 깨닫게 된다. 로빈슨은 자신의 왕국에서 늙어가면서 시야가 좁아지고 탈출에 대한 욕망의 내면에서 사라져버린 것이다.

그는 죽는 날까지 그의 조그만 왕국에 남아 있겠다는 생각을 한다. 다음날 잠에서 깬 수전 바턴은 이들의 섬 생활에 대한 이야기를 세밀하게 설명한다. 이들의 생활 방식은 태초 이래 하루하루 살아가는 방식을 그대로 보여주고 있다. 수잔 바턴이 섬을 탈출하고 싶었던 것은 고독이나 야만적인 삶 그리고 단조로운 음식 때문이 아니었다. 그것은 매일매일 그녀의 귀에 불어대고 머리카락을 잡아당기고 눈에 모래를 불어대는 바람소리 때문이었다.

섬의 모든 도구는 칼을 제외하면 모두 나무와 돌로 만든 것뿐이다. 수전 바턴은 로빈슨의 배가 난파될 때 칼 한 자루 외에 다른 것을 가지고 나오지 못한 것을 안타까워한다. 그녀는 간단한 대못과 빗장이라도 있으면 좋은 연장을 만들어 편하게 생활하거나 배를 만들어 문명으로 탈출할 수 있다고 생각한다.

오두막 안에 있는 가구라고는 침대 하나뿐이었다. 그것은 가죽끈으로 묶은 막대기로 만들어졌고 솜씨는 미숙하였지만 튼튼했다. 그리고 한쪽 구석에는 말린 원숭이 가죽이 한 더미 있었는데, 오두막에서는 가죽 냄새가 나고 있었다. 그곳은 마지막 불씨를 살리려고 불을 늘 새로 지펴야 하는 지루한 작업이 반복될 뿐이었다.

수전 바턴은 로빈슨의 생활에서 가장 중요한 것을 찾고자 한다. 그것은 로빈슨이 쓴 일기였는데 그곳에는 일기가 없었다. 종이와 잉크가 없었기 때문이었다. 하지만 로빈슨은 일기를 쓸 의욕 자체가 없었고 그러한 의지가 있었어도 이미 그런 의지를 상실한 것이 분명했다. 그렇게 섬에 살면서 세 사람은 친밀감이 생겼고, 수전 바턴은 로빈슨의 생활에 대한 기억과 전혀 다른 섬의 상황에 놀란다.

수전 바턴은 로빈슨에게 언젠가 자신들이 구출되면 로빈슨이 겪은 기억이 사라지지 않게 표류를 기록하라고 충고한다. 아니면 자신들이 구출되지 않아도 한 사람씩 죽어간다면 어떤 기록물이라도 남겨, 누가 되었든 여기에 표류해올 다음 항해자들이 자신들에 대해 읽고 울을 수 있게 하자고 이야기한다.

이들의 기억은 섬에서 생활할수록 섬에 대한 기억이 점점 더 희미해질 수밖에 없다. 그들에게는 운명의 폭풍우, 동료의 기도, 파도가 덮쳤을 때의 공포감, 뭍으로 떠밀려왔을 때의 감사한 마음, 처음으로 섬을 돌아봤던 일, 맹수에 대한 두려움 그리고 첫날밤의 고통에 대한 기억이 섬 생활을 통해 남아 있지 않았다. 수전 바턴은 종이와 잉크를 만들어 이러한 기억의 남은 흔적이 오래 남을 수 있기를 원한다.

그러나 수전 바턴의 이야기에 로빈슨은 전혀 감동을 받지 않았다. 로빈슨은 자신이 잊은 것은 기억할 가치조차 없다고 말한다. 하지만 수전 바턴의 생각을 달랐다. 그녀는 사람이 늙고 죽는다는 것이 자연스러운 것이듯 잊어버리는 것도 자연스러운 것이라고 말한다. 그녀는 로빈슨의 이야기를 오직 로빈슨의 것으로 만드는 것을 거부한다. 그녀는, 누군가는 대양의 한가운데 섬이 있었는데 피리 소리가 들리더니 절벽에서 갈매기가 날아오르면서 로빈슨이라는 남자가 원숭이 가죽 복장을 하고 오가며 지나가는 배를 찾아 수평선을 응시하는 것을 남기고자 한다.

그러나 로빈슨은 경멸의 표정으로 수전 바턴을 바라본다. 로빈슨은 자신의 밭과 돌담을 남기겠다고 말한다. 그것으로 충분하다고 생각한 그는 침묵으로 일관한다. 세 사람은 오두막에서 함께 생활한다. 그녀의 관찰에 의하면 로빈슨은 이가 너무 깊숙이 썩어 들어가 통증을 잠재우기 위해 습관적으로 남은 이를 갈고 있다. 로빈슨은 더러운 손으로 음식을 잡아 덜 아픈 왼편으로 갈아먹는다. 로빈슨은 섬을 경작하기를 거부한다.

반대로 수잔 바턴은 로빈슨의 섬이 표류되기에 그렇게 나쁘지 않다고 생각한다. 그녀는 의도적으로 섬에 온 것이 아니라 운이 나빠서 온 것이다. 그렇기 때문에 그녀는 로빈슨의 포로가 아니라 표류자로서 섬에 온 것일 뿐이다.

프라이데이의 언어는 로빈슨에 의해서만 소통된다. 수잔 바턴이 불을 지피기 위해 '나무'라고 말하자 그는 알아듣지 못한다. 로빈슨이 '땔감, 프라이데이'라고 말하면 그는 로빈슨의 말이 끝나자 밖으로 나가 나무를 가지고 온다. 수잔 바턴은 프라이데이가 주인에게만 복종하는 개와 같다고 느낀다. 땔감이란 단어는 로빈슨이 프라이데이에게 가르친 단어다. 프라이데이는 나무라는 단어를 아직도 모르고 있다.

수잔 바턴이 로빈슨에게 프라이데이가 영어 단어를 몇 개나

아느냐고 묻자 필요한 만큼은 알고 있다고 말한다. 로빈슨의 섬은 영국이 아니기 때문에 단어가 많이 필요하지 않다. 그러나 그것은 언어가 생활에 해를 끼치는 것처럼 들린다. 그녀가 프라이데이가 영어를 터득했다면 로빈슨의 고독이 덜할 것이고 오랜 세월 동안 대화의 기쁨을 나눌 수 있고 문명의 축복을 느낄 것이라고 말하자 로빈슨은 침묵으로 일관한다.

로빈슨의 명령은 단순하다. '노래해, 프라이데이'라는 말에 프라이데이는 하늘을 향해 얼굴을 치켜들고 눈을 감으면서 주인의 명령대로 낮은 목소리로 웅얼거리기 시작한다. 수잔 바턴은 의미를 알 수 없지만 로빈슨은 그것이 바로 인간의 목소리라고 말한다. 로빈슨이 프라이데이에게 가까이 오라고 하더니 자신의 입을 벌린다. 그러자 프라이데이도 입을 벌린다. 그러자 프라이데이의 혀가 없다는 사실을 알게 된다. 프라이데이는 혀가 없었던 것이다.

그것이 프라이데이가 말을 못하는 이유다. 노예 상인들이 그의 혀를 잘랐던 것이다. 노예 상인들은 프라이데이가 자신의 이야기를 하지 못하도록 만들었던 것이다. 프라이데이에게 남은 것은 침묵이고 정의는 사라진 것이다. 로빈슨의 말처럼 프라이데이는 하급 동물이 되고 관대한 주인과 함께 살아야 하는 신의 섭리에 따른 것뿐이다. 신체가 절단된 프라이데이의 어쩔 수 없는 공포감과 그의 절단된 부위는 비밀을 지키기 위한 신체가 된 것이다.

수잔 바턴이 섬에 표류한 것은 여자의 침범과 같은 것이었다. 그녀 역시 어떤 말도 하지 않는다. 그녀는 허리춤에 칼을 차고 노예를 곁에 대동하고 이방인 모험가로 섬 생활에 적응하기로 마음먹는다. 그러자 그녀는 자신이 섬사람이 되어 가는 느낌을 갖는다. 수잔 바턴은 로빈슨에게 이 섬이 포르투갈 왕도, 프라이데이나 아프리카 식인종의 소유도, 로빈슨의 것도 아니라고 항변한다. 그녀는 로빈슨이 지금까지 섬에서 살아오면서 어떤 생활을 하며 지냈는지를 물어본다. 로빈슨은 그의 섬에서 어떤 변화도 허용하지 않았다는 사실을 알고 있다.

섬에 표류한지 한 달 정도가 지나자 로빈슨이 심하게 아팠다. 그녀는 로빈슨을 자신의 팔로 안아 따뜻하게 해주었다. 로빈슨의 병세가 약간 좋아졌지만 그는 자신의 상황을 말하지 못하고 있다. 마치 정신병동에 와 있는 것과 같은 느낌뿐이었다. 그녀는 로빈슨을 몸으로 덮어주려고 그에게 가까이 가서 잠을 잔다.

로빈슨의 손이 그녀의 몸을 더듬고 있다. 그러자 그녀는 자신이 로빈슨이라는 이름의 남자와 한 섬에 표류하고 있다는 사실을 깨닫는다. 그녀는 15년 동안이나 여자를 모르는 사람의 욕망을 생각한다. 그녀는 더 이상 저항하지 않고 그가 원하는 대로 가만히 있기로 했다.

그 일이 있은 후 수잔 바턴은 로빈슨과 자신에게 있었던 일에 대해 생각한다. 그녀는 남매로, 주인과 손님으로 그리고 주인과 하인으로의 관계가 필요한 것 같았다. 사실 그녀가 그의 섬에 온 것은 우연이었고 그의 품에 안긴 것도 우연이다. 그러나 두 사람 간의 관계에 경계가 허물어지고 있었다.

문제는 프라이데이였다. 그때까지 수잔 바턴은 개나 다른 짐승의 삶에 관심을 보이지 않은 것만큼 그의 삶을 한 번도 생각해 본 적이 없었다. 그리고 그녀가 프라이데이의 신체 일부가 절단된 것을 알았고 그녀는 그것에 대한 공포로 그에게 접근하지 못하였다.

수잔 바턴은 배의 잔해에서 쓸모 있는 연장을 찾자고 제안한다. 그러나 로빈슨은 문명을 거부한다. 그는 머리 위에 있는 지붕만으로 만족한다. 그에게는 연장이 더 이상 필요 없다. 그는 마치 연장이 이교도의 발명품인 것처럼 말한다. 그의 삶은 제3자의 눈으로 서술되기에 충분하다. 섬은 조야한 땅이 되어 있다.

로빈슨이 이루어놓은 문명은 엄청난 것이지만 여전히 할 일이 남아 있었다. 하지만 로빈슨은 그것을 불행으로 생각한다. 그래서 시간이 더 지겹게 흘러가고 있었다. 로빈슨의 밭, 만들지 않은 배, 쓰지 않을 일기, 난파선에서 건져올리지 않을 연장, 프라이데이의 혀 그리고 로빈슨에게 할 수 있는 질문의 부재는 더 이상 섬에 대한 이야깃거리를 만들지 못했다.

로빈슨의 이야기는 그가 섬에 도착하는 순간 시작되었다. 하지만 수잔 바턴은 그녀의 이야기가 이 섬에서 끝나는 것을 원하지 않는다. 로빈슨이 구출되는 이야기는 더 이상 없는 것 같았다.

그러나 수잔 바턴은 세상 사람들이 모험가의 이야기를 기대하듯이 그들의 이야기를 분명히 어딘가에 옮겨놓아야 할 것만 같았다. 그녀는 구출된 로빈슨이 세상 사람들에게 실망거리에 지나지 않을 것을 알고 있다. 그녀는 로빈슨이 낯선 영국 땅에서 굳게 입을 다문 채 침울하게 있을 것을 알고 있다. 그녀는 로빈슨이 섬에 있는 것이 더 좋겠다는 생각을 한다.

로빈슨의 노동, 벙어리 프라이데이 그리고 귀머거리 수잔 바턴은 그곳을 침묵의 섬으로 만든다. 더 이상 로빈슨은 수잔 바턴의 몸을 만지지 않는다. 그녀는 남은 일생을 이 섬에서 보내야 한다. 그녀의 확신은 로빈슨에게 그녀의 몸을 주거나 그를 유혹하여 아이를 갖기 위해 무슨 짓이든 해야 했다. 그녀는 여생을 프라이데이와 함께 보내는 것을 원치 않았다. 반대로 구출되어야 한다는 수잔 바턴의 욕망에 대해 로빈슨은 전혀 관심을 가지지 않는다.

프라이데이가 주인과의 노예 생활에 종지부를 찍기 위해 주인의 머리를 돌로 칠 이유를 로빈슨은 인정하지 않는다. 로빈슨은 프라이데이를 벌줄 필요도 없다. 두 사람은 오랜 세월 함께 살아왔고 프라이데이는 다른 주인은 모른 채 오직 복종만 할 뿐이다. 수잔 바턴은 오직 그들의 삶을 응시하는 것으로 일관한다.

수잔 바턴의 이야기는 여기서 로빈슨의 죽음과 자신과 프라이데이가 구조됐을 때의 이야기로 이어진다. 수잔 바턴이 섬사람이 된 지 1년이 조금 넘던 어느 날 아침, 프라이데이가 힘이 빠지고 쓰러져 가는 주인을 밭에서 데리고 왔다. 로빈슨은 헛소리도 내뱉지 않았고, 고함을 치거나 버둥거리지도 않았다. 그는 마치 유령처럼 창백하게 누워 있었다. 그는 죽어가고 있었다. 바로 그날 상선 오버트호가 브리스톨로 가는 도중에 로빈슨의 섬에 닻을 내리고 선원들을 상륙시켰던 것이다.

로빈슨은 그의 왕국에 낯선 이들이 도착한 것을 알게 된다. 프라이데이가 황급히 오두막으로 들어와 낚시 창을 들고 바위산으로 올라간다. 로빈슨은 침대에 누워 있었다. 로빈슨은 이 모든 것이 꿈이라고 생각했다. 수잔 바턴은 섬에 한 사람이 더 있다고 말하고 선원들을 한 번 더 섬으로 가도록 부탁한다. 오버트호의 선장 스미스는 수잔 바턴을 최초의 여자 표류자로 생각한다. 그는 그녀의 이야기를 글로 써서 출판사에 보내자고 제안한다. 스미스 선장은 여자의 표류에 대해 특별한 관심을 가진다. 그녀의 이야기는 시간을 보내기에 적당할 만큼 재미가 있을 것 같았다.

수전 바턴은 자신이 이야기의 주인공이 되고 싶다는 말을 한다. 그녀는 작가로서 자신의 이야기에 대한 진실성을 선언할 수 없다면 그것은 가치가 없다고 주장한다. 이윽고 프라이데이가 잡혀오고 섬에 살던 사람들이 모두 배로 옮겨진다. 수잔 바턴은 프라이데이에게 그들이 영국으로 돌아갈 것이라고 말해준다. 프라이데이는 그녀의 말을 이해하지 못한다. 배의 의사는 로빈슨이 더 이상 살 수 있을 가망성이 없다고 말해준다.

그들은 모두 로빈슨을 수잔 바턴의 남편으로 생각한다. 선장의 말대로 그녀는 로빈슨 부인으로 알려졌다. 침대에 누워 있는 로빈슨은 극도의 근심으로 죽어가고 있었다. 로빈슨은 시간이 가면서 자신이 그리워하는 섬의 왕국에서 점점 더 멀어져가고 있다는 사실과 그곳에 다시 갈 수 없다는 사실을 알고 있다.

수잔 바턴은 누워 있는 로빈슨에게 디포의 『로빈슨 크루소』에 나오는 내용 중에서 모순되는 부분을 계속 말로 비아냥거린다. 섬에는 이상한 것이 전혀 없었다는 것이다. 그곳에는 낯선 과일도, 뱀도, 사자도 없었다. 식인종들은 더더욱 오지 않았다.

그녀는 독자에게 브라질에 있는 누군가를 생각하게 만든다. 그녀는 누워 있는 로빈슨에게 기대어 혀끝으로 그의 귓속을 따라간다. 그녀의 뺨에 거친 수염을 비비고 그를 감싸면서 그의 몸을 허벅지로 어루만진다. 마지막으로 수잔 바턴은 로빈슨에게 다시 표류하면 섬에서 함께 살자고 한다.

그러나 항해를 시작한 지 사흘 만에 로빈슨은 숨을 거둔다. 로빈슨이 죽었다고 프라이데이에게 알린 후 다음날 로빈슨의 장례가 치러졌다. 로빈슨은 커다란 사슬에 감겨 바다 속에 수장된다. 수잔 바턴이 디포에게 질문한다. 자신이 정말 로빈슨의 부인인지 아니면 당찬 여성 모험가인지를. 작가가 뭐라고 하든지 그녀는 자신이 로빈슨과 동침하고 그의 눈을 감긴 사람이라고 주장한다. 그녀는 로빈슨이 남기고 간 모든 것 그리고 섬의 이야기에 대한 모든 권리를 가지고 있는 것이 바로 자신이라고 디포에게 주장한다.

육지로 돌아온 수잔 바턴은 로빈슨 부인으로 통한다. 그녀는 자신의 일기 속에 작가 디포 선생이 자신의 비밀을 아주 잘 지켜줄 사람이라는 것과 프라이데이에게 일자리를 구해줄 것이라는 사실을 기록한다. 디포는 수잔 바턴에게 얼마간의 돈을 준다. 그리고 그녀가 보내준 원고를 통해 디포는 섬에 대한 로빈슨의 이야기를 써내려 간다.

디포의 이야기에는 런던의 거지 수에 대한 조사, 대홍수 이래의 사망률 조사표, 변경 지대 여행기, 불가사의한 일에 대한 보고서, 양모 무역에 대한 기록, 신세계를 여행한 사람들의 여행기, 무어인에게 잡혔던 기억, 북해 연안 저지대의 전쟁 연보, 악명 높은 변호사의 고백, 그리고 대부분 거짓으로 점철된 수많은 표류자의 이야기가 원고 내용으로 첨가된다.

이미 세상 사람이 아닌 로빈슨의 이야기에 대한 진실을 이야기할 사람은 없다. 수잔 바턴은 로빈슨에 대한 이야기를 덜하고 오히려 자신의 이야기에 대해 더 말해야 할 입장이다. 그녀는 처음에 로빈슨의 섬에 표류되기 전에 했던 자신의 딸이 행방 불명되었다는 이야기를 한다. 그리고 어떻게 그녀가 2년이란 긴 세월 동안 낯선 사람들 속에서 살아날 수 있었는지도 이야기한다. 그녀는 실체 없는 존재를 디포가 글로 다시 쓰듯이 그녀의 실체를 돌려달라고 요구한다.

이제 수잔 바턴은 디포의 글쓰기에 대한 충고자며 감시자가 된다. 디포의『로빈슨 크루소』에 대한 글쓰기는 수잔 바턴의 증언을 통해 다시 재구성된다. 그녀는 로빈슨이 난파선에서 총 한 자루도 섬에 가져오지 않았다고 말한다. 그녀는 로빈슨이 간신히 목숨만 구할 수 있는 상황에서 총을 구하려고 노력했는지에 대해 의문을 제기한다. 그녀는 상어가 깊은 바다 속을 다니듯이 식인종은 밤에만 돌아다닌다는 사실을 디포에게 말한다.

사실 로빈슨이 만든 밭에는 옥수수가 심어져 있지 않았다. 그리고 로빈슨은 총과 탄약뿐만 아니라 목수의 연장통을 섬으로 가져왔다고 디포가 언급했다. 하지만 사실은 그들이 살았던 섬은 너무나 바람이 심해 뒤틀리거나 휘어지지 않은 나무가 없었다. 그래서 뗏목조차 만들 수 없었다.

사람들은 프라이데이를 식인종이라고 놀려댔다. 아직도 그는 두 마디 말밖에 하지 못한다. 로빈슨이 프라이데이에게 말을 가르치지 않은 것은 프라이데이는 말이 필요 없었기 때문이었다. 로빈슨은 자신의 방식으로 프라이데이에게 말을 건네고 프라이데이도 자신의 방식으로 대답하면서 무료한 시간을 때울 수 있었다. 그래서 수잔 바턴은 프라이데이에게 실질적으로 생활에 필요한 말을 가르친다.

수잔 바턴은 프라이데이에게 디포가 쓴 이야기에 자신의 이야기가 들어 있다는 사실을 말해준다. 디포는 프라이데이를 만난 적이 없었다. 하지만 수잔 바턴이 소개해주었기 때문에 디포는 그런 것 중에서 로빈슨과 프라이데이가 섬에서 보낸 시간을 상상해서 썼다. 그리고 디포는 모든 세세한 것들을 묘사했기 때문에 유명한 사람이 되었다.

수잔 바턴은 프라이데이를 어둠과 침묵에서 구해내기 위해 그를 교육시킨다. 그녀는 디포에게 프라이데이가 속히 아프리카로 돌아가고 자신은 단조로운 삶에서 벗어날 수 있도록 글을 좀더 빨리 써달라고 졸라댄다. 디포의 이야기가 문제되는 것은 수잔 바턴의 이야기를 디포가 다시 쓰는 것이다. 그리고 섬에서의 세 사람에 대한 이야기를 통해 독자를 즐겁게 해준다는 것이다.

이제 남은 것은 수잔 바턴과 프라이데이가 자유로워질 책이 완성되는 것이다. 여류 표류자인 수전 바턴은 무인도에서 1년을 보냈던 사실적인 기록과 지금까지 이야기된 적이 없는 기이한 경험, 선상 반란, 로빈슨의 성, 로빈슨이 만든 가죽옷, 벙어리 노예 프라이데이, 로빈슨과 프라이데이가 만든 밭, 오두막 지붕을 날려버린 무서운 폭풍은 다시 디포에 의해 꾸며지고 글로 써지고 있다.

이제 로빈슨의 이야기는 새롭고 기이한 경험들로 꾸며지게 된다. 로빈슨은 난파선에서 연장과 총을 섬으로 옮기고, 조그만 배를 만들어 탈출을 시도하고, 섬에는 식인종이 찾아와 전투가 벌어지고, 유혈이 낭자한 상태에서 식인종이 죽고, 섬을 경작하는 로빈슨의 노동 이야기가 탄생된다.

결국 수전 바턴이 하고 싶은 이야기는 섬에서의 이야기다. 하지만 디포는 로빈슨의 이야기로 유명해지기를 원한다. 사실 이 소설의 이야기는 수전 바턴이 로빈슨의 섬에 표류하는 것으로 시작해서 로빈슨의 죽음과 프라이데이와 수전 바턴이 희망에 가득 차 영국에 도착하는 것으로 끝나야 한다.

그러나 그들의 이야기는 작은 이야기일 뿐이다. 『로빈슨 크루소』는 수전 바턴이 섬에 어떻게 표류하게 되었는지, 로빈슨의 난파와 초기 섬 생활, 그리고 전체적인 흐름에서 프라이데이의 이야기가 모든 것을 차지해야 한다.

그런데 이런 시작과 끝 사이에 로빈슨이 섬을 가꾸면서 재미있는 여담이 들어가는 중간의 이야기를 디포가 만들어낸다. 하지만 그것은 사실이 아니었다. 결국 수전 바턴의 이야기는 디포에 의해 자신이 잃어버린 딸을 찾아다니는 여자의 기구한 운명의 사건으로 축소될 수 있다.

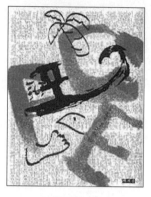

존 쿠시의 『포』

작가 디포는 수전의 침묵과 프라이데이의 침묵이 있다는 것을 구별하지 못한다. 프라이데이는 말을 할 수 없다. 그래서 다른 사람이 자신을 재구성하는 것에 대해 방어할 힘이 없다.

프라이데이는 수전 바턴이 식인종이라고 하면 식인종이 되고 세탁부라고 하면 세탁부가 되는 신세다. 과연 프라이데이는 누구인가? 이것이 수전 바턴의 질문이다. 결국 프라이데이는 명칭에 지나지 않고 작가 디포는 그의 정수를 건드리지 못한다.

□ 생각거리 ● ● ●
1. 쿠시의 『포』는 디포의 『로빈슨 크루소』를 어떻게 변형시키는가?
2. 수전 바턴과 로빈슨의 관계는 무엇인가?
3. 남성만 살고 있는 섬에 여성이 등장하는 것은 무엇인가?

열 번째 마당 | 파에르 마슈레

1. 말하는 것과 말하지 않는 것

이 글은 디포의 『로빈슨 크루소』에 대한 다시 쓰기 작품을 이해하기 위한 기본 전제가 되고 있다. 이미 앞마당에서 본 두 편의 소설 『방드르디』와 『포』는 원작 『로빈슨 크루소』에 대한 비판의 책이 아니라 소설에 감추어진 침묵과 부재의 문제를 다른 소설로 재해석하고 있는 작품이다.

피에르 마슈레(Pierre Macherey)의 책

책의 언어는 어떤 침묵에서 비롯된다. 책의 출현은 침묵의 함의를 가진다. 책은 자체로 만족할 수 없다. 책에는 어떤 부재를 수반한다. 이러한 부재가 없다면 책에는 어떤 것도 존재하지 않는다. 우리는 책을 이해함으로써 부재를 생각하고 그것의 의미를 알아야 한다.

책이 말하지 않는 것을 문학적 상상력과 관련하여 생각하면 유용하게 재해석할 수 있다. 문학적 상상력은 함축적인 의미를 필요로 한다. 디포의 『로빈슨 크루소』처럼 소설에는 어떤 것을 말하기 위해 말해서는 안 되는 다른 것도 있다. 『방드르디』와 『포』는 『로빈슨 크루소』에 나오는 로빈슨의 이야기가 어떤 말의 부재와 침묵을 보이기 때문에 다시 세상에 출현한 소설이다. 그 것은 어떤 말의 부재와 침묵을 역설적으로 말하고 변형하고 새 로운 장소와 인물을 에피소드로 엮어 가는 작가의 의식이다.

피에르 마슈레는 이것을 말하는 것과 말하지 않는 것으로 구 분한다. 모든 말은 말해지기 위해 말해지지 않는 것에 둘러싸여 있다. 문제는 모든 말이 금지된 사항을 말로 하지 않는 데 있다. 우리는 금지된 것을 인정하기 전에 무엇인가를 인정할 수 있어 야 한다. 어떤 말은 말하지 않는 것과 말할 수 없는 부재를 표현 하지 않는다. 우리는 진정한 거부가 금지된 말을 배격한 행위까 지 확대된다는 것을 알아야 한다.

그러나 우리는 이러한 부재를 불러일으키는 순간부터 작품이 된다고 주장한다. 모든 말에는 본질적인 침묵이 있다. 침묵은 모 든 말에 형태를 부여한다. 그러나 우리는 이러한 침묵이 숨겨진 다고 말할 수 없다. 마슈레는 침묵에 대한 질문을 한다. 그는 침 묵이 존재 조건, 방법적인 시작이나 출발점, 본질적인 근거, 이상 적인 결말에 어떻게 관계되는지를 생각한다.

문제는 침묵을 말하게 해야 한다는 것이다. 우리는 말해지지 않는 것이 무엇을 의미하는 것인지를 생각해야 한다. 아니면 그것 차제가 무엇을 의미하는지도 알아야 한다. 작가가 숨기는 것은 어느 정도 가능하다. 작가의 의도 자체가 숨겨진다면 현존으로 되돌아오는 것이 무엇인지도 생각해야 한다.

표현의 근원인 침묵과 등장 인물이 말하는 것은 내가 말하지 않는 것과 어떤 관계가 있는지도 생각해야 한다. 모든 것을 말하는 사람의 위험도 생각해야 한다. 그러나 작품은 말하지 않는 것을 숨기지 않는다. 다만 침묵이 작품에 부족하거나 결핍되어 있을 뿐이다. 그래서 작품의 다시 쓰기와 재해석이 가능한 것이다.

말의 부재에는 많은 방법이 존재한다. 부재는 언어에 영역을 넘겨주고 영역이 지정되면 언어에 의해 정확한 상황이 부여된다. 언어는 침묵이 표현하는 중심이며 응시의 지점이다. 그러나 언어는 우리에게 아무것도 말하지 않는다. 그래서 우리는 침묵을 탐구하고 조사한다. 말하고 있다는 것은 언어를 수단으로 하는 침묵이다.

언어가 침묵을 드러내지 않으면 침묵은 언어로 나타난다. 그래서 우리는 잠재적인 것이나 숨겨진 것에 의지하면 일관성을 상실한다. 잠재적인 것에 최소의 가치를 허용하지 않아야 한다. 부재하는 언어를 통해 언어의 부재를 밝히는 것만으로 충분한 현존을 밝힐 수 있다.

우리는 언어가 존재하는 반대의 형태나 내용을 언어에 결부시킬 필요성을 느낀다. 그런데 이런 상황에서 형태나 내용을 해결하려면 균형이 거부되어야 한다. 여기서 우리는 기원과 창조의 개념에 모호성을 경험한다. 보이는 것과 숨겨진 것이 공존한다면 보이는 것의 숨겨진 것에 관한 공존도 있을 것이다. 보이는 것은 다른 형태 속에 숨겨진 것에 지나지 않는다. 문제는 하나의 형태에서 다른 형태로 옮겨간다는 것이다.

『로빈슨 크루소』의 경우 로빈슨의 이미지는 이행의 기술적인 문제의 틀 속에 갇혀 있지 않다. 다만 다른 이야기로 진화할 뿐이다. 우리는 이런 진화를 통해 두 번째의 이미지를 가지게 된다. 그런 이미지를 갖는 것은 가능하다. 그러나 그러한 이미지는 첫 번째 이미지보다 더 심오하다.

『로빈슨 크루소』의 경우처럼 본질적으로 작가의 의도가 표현의 수단이 되기 위해 소설 속에는 침묵의 내용이 의미심장해야 한다. 그것은 유일한 의미가 아니다. 하지만 그것은 의미에 의미를 부여하는 역할을 한다. 침묵은 아무것도 말하지 않기 위해 존재한다. 그러나 그것은 아무것도 말하지 않고 말의 출현 조건과 한계를 정확히 구분하려 한다.

우리는 사실에 대해 의미를 부여한다. 그렇게 되면 소설의 내용이 다시 쓰기나 재해석에 의해 변형되고 새로운 인물의 침묵이 또다시 나타나게 된다. 그래서 잠재적은 것은 하나의 중개 수단이 될 수 있다. 중개 수단은 자체로 이차적인 위치를 차지하지 못한다. 잠재적은 것은 최초의 의미를 사라지게 하는 또 다른 의미가 아니다.

에피소드의 경우 지속적으로 이야기가 전개되면서 또 다른 에피소드를 만든다. 그러면 이야기에 이야기를 잉태하는 동기를 유발한다. 우리는 의미의 장벽을 통해 명백한 것과 함축적인 관계에 무엇이 존재하는지를 알아야 한다. 여기서 선택의 문제가 발생한다. 소설의 주인공이 침묵을 지키고 있다면 그것은 에피소드에 불과한 것이 아니다. 우리는 그것이 지속적으로 발전 혹은 진화할 수 있는 선택의 문제로 연결시킨다. 아니면 우리는 표현을 재현하거나 주석을 달아야 한다.

결론적으로 작품 속에서 중요한 것은 작품이 말하지 않는 부분이다. 그것은 작가가 급하게 글쓰기를 해서 만들어진 것이 아니다. 그것은 작품이 말하기를 거부하는 것이다. 그러면 독자는 침묵 자체에 관심과 흥미를 가지게 된다. 우리는 침묵을 헤아려 보는 작업을 생각해야 한다. 그런 작업의 방식에 의해 새로운 작품과 비평이 탄생된다. 그러나 근본적으로는 작품 자체가 가지고 있는 말할 수 없는 부분이 있다. 그러면 언젠가 시대의 변화나 새로운 비전을 가지고 침묵으로 일관된 침묵이 말로 완성될 것이다.

2. 『로빈슨 크루소』: 피에르 마슈레

1719년, 천재적 저널리스트인 디포는 역동적 유희적 그리고 선전적인 말의 모든 의미를 섬에 살게 된 한 인간의 주제로부터 창안한다. 그는 섬을 없어서는 안 될 배경으로 만든다. 그리고 섬은 인간이 존재하기 시작함으로써 섬에 관한 명상을 이데올로기적 동기의 기호나 흔적으로 만든다. 시대가 흐르면서 디포에 의해 만들어진 이데올로기적 형태는 이 소설의 작가 디포가 처음에 예언했던 형태가 되지 못했다. 그래서 『로빈슨 크루소』읽기에 관한 별도의 역사적 연구와 디포가 인식하지 못했던 부분을 완전하게 드러내기 위해 기원의 이데올로기를 밝히는 것이 필요하다.

디포가 최초로 이데올로기를 명백하게 비판하기에 앞서 그는 그것에 완전히 빠져들지 않았어야 했다. 작가 디포가 만든 로빈슨의 섬은 하나의 대상이 시대의 변화에 부합하는 역사 이전의

한 형태다. 그리고 로빈슨의 섬은 과거와 현재에 예견된 실제적인 문제가 된다. 돌이켜보면 이러한 형태는 부정확한 독서에 의해 소설 『로빈슨 크루소』가 왜곡될 가능성이 있다.

우리는 왜곡될 가능성 때문에 이 소설이 기계적인 복사의 대상이 될 수 있다는 점을 파악하고 있다. 따라서 이전의 다른 사람이 들었다고 생각한 것과 디포가 실제로 말하지 않은 것을 알아내는 것은 중요한 일이다. 이제 디포가 후대의 소설가나 비평가에게 이미지를 제공할 수 있는 한 그는 유일한 대리 작가가 될 운명에 처해 있다.

『로빈슨 크루소』는 왜곡된 독서에 의해 뿌리 깊은 전설이 되었다. 그럼에도 불구하고 이 소설은 모험의 이야기일 뿐만 아니라 탐구의 수단이 되었다. 이 소설은 이데올로기에 의해 소설의 내용과 형식 그리고 환경을 구성하는 주제를 생산해낸다. 그런데 그러한 주제는 또 다른 중요한 주제를 포함하고 있다. 이 소설에 나온 이야기는 기원의 개념을 매우 빨리 구체화하고 사전에 일반화되었다.

마르크스는 그것을 경제적 이데올로기의 전형적인 예로서 여러 번 인용하였다. 그들이 인용한 주제는 체계화된다. 그리고 사전과 문법에서 정리될 수 있을 기원의 이미지가 18세기 철학의 중요한 체계로 완성된다. 사회, 예술, 산업, 사상 그리고 풍속의 기원을 관찰하는 기적적인 새로운 시선으로 섬에 난파된 인간 로빈슨은 개념적 분석의 가시적 이미지인 형이상학적 수단의 저장소가 되었다. 로빈슨은 아이와 미개인과 맹인과 조상 곁에서 자기의 자리를 차지한다.

이 소설은 그러한 사실을 받아들이는 의미 외에 다른 의미를 갖고 있다. 그것은 소설 자체에 부재하는 객관적 현존이 들어 있다는 것이다. 객관적인 현존은 소설의 특성상 로빈슨의 이야기를 순수하게 묘사하지 않는다. 오히려 소설의 이야기가 어떤 순서를 체계적으로 분명히 드러내기 때문에 가치를 지닌다.

이렇게 소설을 응시하면 소설 구성의 필연적인 연속과 생성의 요소가 순서적으로 소설 속에서 체계화된다. 소설의 주제는 디포에게도 같은 가치를 지닌다. 그런데 이러한 가치는 다른 소설이나 비평가의 입장에 형식적 모델을 제공한다. 반내로 소설가 디포에게 이야기의 순서는 자체가 비판적 가치를 갖게 한다.

누구나 이 소설의 이야기가 이상적인 것이라고 생각할 수 있다. 섬에 난파된 후 로빈슨은 자신의 섬을 만들기 위해 많은 노동을 했고 그러는 과정에서 『성경』을 읽고 신을 새롭게 섬기고 프라이데이라는 타자를 나타나게 하는 즐거움을 독자에게 부여한다. 그리고 로빈슨의 이야기는 일화적인 경계를 넘어서 어떤 교훈적인 의미도 지닌다. 로빈슨의 이야기는 하나의 완전한 재현과 이론으로 제시될 수 있는 가시적 자료다.

로빈슨에게 빚진 모든 작가와 비평가는 이 소설의 기원을 재현으로 비판하고 그것을 자기만의 방법으로 완성했다. 소설 기원의 개념을 비판하는 것은 로빈슨 자신과 그의 이야기가 대상이었다. 사실 로빈슨은 자신의 이야기를 단순하고 설득력 있게 독자와 비평가에게 들려주었다. 그런데 독자와 비평가가 실천하는 비판의 원리는 기원의 순환에 의지한다. 이 소설의 기원은 자체가 생산한 것을 스스로에게 부여하고 있다. 로빈슨의 난파와 표류가 바로 그러한 자료다.

디포의 작품을 주의 깊게 독서하면 이러한 비판이 저절로 나타나고 있는 것을 알 수 있다. 디포 소설의 기원은 왜곡된 점이 명백히 나타난다. 재미있는 것은 소설의 기능이 하나의 과정을 설명하는 것보다는 오히려 왜곡된 기원을 증명한다는 것이다.

주의할 것은 개별적인 주제를 소설의 이데올로기적 환경과 성급하게 동일시해서는 안 된다는 것이다. 독서는 로빈슨의 이야기를 하나의 대상처럼 읽는 사람의 영역으로 끌어들이거나 변형시킨다. 그러면 주제는 이데올로기적 영역으로 다시 위치되어야 한다. 로빈슨의 이야기가 확장되면 이렇게 변형되고 재해석되는 모든 주제는 분야나 입장에 따라 특수성이 상실된다. 하지만 심각한 문제를 남겨놓지는 않는다.

기원의 이데올로기는 기원의 재현에 따라 반드시 같은 가치를 지니지 않는다. 각각의 재현은 고유한 윤곽 속에서 문제를 제기한다. 그러나 적어도 문제를 설명하는 다른 방식을 갖는다. 따라서 우리는 다양한 방법으로 『로빈슨 크루소』에서 일탈된 주위 환경의 이데올로기로 나아가야 한다.

『로빈슨 크루소』에서 최초로 제기되는 문제는 로빈슨이 사물 쪽으로 돌리는 시선에 있다. 우리는 그의 순진한 시선보다 오히려 온갖 종류의 수단을 상실한 시선에 집중한다. 로빈슨의 시선은 결핍된 시선이다. 무인도는 멍한 시선으로 머물러 있다. 이러한 특징은 매우 중요하다. 왜냐하면 그것은 우리를 어떤 경제적 체계의 한계로 끌어들이기 때문이다.

로빈슨의 시선은 고전 정치경제학에 관계된다. 독자의 시선은 문명 세계에서 퇴보한 장소에 집중되는데, 로빈슨의 이야기는 이러한 세계를 위해 창조되었다. 로빈슨의 이야기는 이국적인 취향을 가진다. 하지만 그의 이야기를 통해 무미건조한 사물이 어떻게 자연의 무성함으로 대체되는지를 보는 것은 놀라운 일이다. 로빈슨이 난파된 섬의 자연은 어떤 결핍이나 재산의 부재로 나타난다.

로빈슨이 섬에 난파되어 독자에게 불러일으킨 최초의 명백한 주제는 신이었다. 소설의 경우 신의 주제는 어떤 고정 관념에 의해 기계적 특성으로 되풀이된다. 로빈슨이 신의 섭리를 이야기할 때 그것은 하나의 주제이지만 피상적이며 장막 같은 역할을 한다. 로빈슨의 이야기에서 신의 주제는 아버지와 중산층의 이야기가 나오는 서론과 바다 여행의 이야기를 통해 시작되는 에피소드를 계속적으로 연결시켜준다. 로빈슨이 경험하는 에피소드는 환상적 주제의 희미한 형태며 모호한 예감으로 연결된다.

그러나 이야기 전체가 확산되면서 자연과 신의 관계는 견고해진다. 로빈슨이 섬에서 경험하는 신과의 가장된 주제는 깊이 파묻혀 있는 기원의 개념으로부터 우리를 멀어지게 한다. 반대로 로빈슨이 경험하는 이야기의 줄거리는 일련의 '기적'으로 풍부해진다. 로빈슨의 섬 생활은 경이의 연속이다. 중요한 것은 디포가 로빈슨의 이야기에서 무엇을 변명하고 어떤 가장을 통해 이런 에피소드를 어떻게 연결하는가의 문제다.

디포의 소설이 출판되면서 제기되었던 기원의 문제는 신의 섭리가 전개되는 환상적 주제를 외면하는 순간 실체가 드러난다. 로빈슨이 고립되고 죽음의 공포를 느끼면서 마귀를 쫓기 위해 올리는 기도는 해석의 단계를 거치지 않는다. 로빈슨의 항해 일지나 이야기 자체에는 악마를 물리치는 것으로 나타난다. 로빈슨의 머릿속에 항상 죽음의 그림자로 나타났던 것은 신이 아니라 식인종이었다. 식인종에 대한 이야기가 나오자 순간 로빈슨이 생각하고 기도하던 신은 빨리 잊혀진다.

로빈슨의 기도에는 로빈슨의 변명과 해석적 비판이 담겨 있다. 죽음의 공포인 식인종의 출현이 환상적인 이야기가 되는 것 이면에는 자연과 자연이 행하는 술책이 들어 있다. 로빈슨이 식

인 풍습과 충돌하는 순간 악의 패배와 이데올로기적인 결과를
가져온다.

로빈슨은 섬에 고립되어 있다. 그러나 문명의 동등한 형태로
서 식인 풍습에 주어야 할 관용이 있어야 한다. 로빈슨은 자연과
식인종이라는 근본적인 발견에 근거를 두어야 한다. 이제 신과
의 만남은 식인종의 출현으로 선과 악에 대한 로빈슨의 충실한
물음으로 대치된다.

로빈슨에게는 결핍된 응시가 있다. 로빈슨은 섬에서 인간의
삶과 고립에서 나오는 새로운 특성을 발견하지 못한다. 오히려
그는 자신의 일정표에 따라 섬의 개척과 노동의 순서를 탐구하
고 조사한다. 그렇기 때문에 그의 노동과 탐색은 자연을 증명하
는 하나의 수단이 된다.

로빈슨의 인식은 중요한 필요성의 순서가 명백히 드러난다.
섬에 등장하는 대상은 로빈슨의 결핍된 시선의 욕구에 따라 시
간으로 배열된다. 로빈슨이 개척하고 길들일 대상은 그것의 위
치와 요구되는 순간에 따라 가치를 지닌다. 이제 신은 더 이상
최초의 위치에 있지 않다. 소설 속에서 우리가 알 수 있듯이 신은
앵무새가 로빈슨의 이름을 부를 때 존재한다. 로빈슨이 섬에 난
파된 것은 하나의 탄생이다.

자연의 상태와 탄생의 순간은 로빈슨이 섬에 도착해서 일어나
며 오로지 순서의 단계를 정하는 기능을 한다. 로빈슨이 결핍된
시선으로 섬을 관찰하고 개척해나가면서 무인도를 자신의 섬으
로 만들기까지 모든 생성은 획득의 단계로 나타난다. 이것은 로
빈슨이 섬에 난파된 것은 인간의 탄생처럼 아무것도 가지고 있
지 않다는 것을 의미한다.

로빈슨에게는 아무것도 주어진 것이 없다. 그는 이미 만들어

진 문명의 물건을 배에서 섬으로 옮긴다. 그는 인간이 이미 만들어놓은 문명을 섬으로 이동시킬 뿐이다. 그러나 인간이 만들은 도구와 지식을 이용해 로빈슨은 인간 최초의 완전한 결핍에서 그의 섬을 로빈슨의 왕국으로 만들고 그는 섬의 왕이 된다. 시간의 흐름이 인식되지 않은 상태에서 이제 그는 자신의 재산에 대해 말하게 되었다.

로빈슨의 모험은 경제적 발전의 이야기다. 섬은 하나의 경제적 자립의 자연스런 장소가 된다. 처음에는 필요 이상으로 밀이 자라는 것을 허용하지 않았던 로빈슨의 섬이었다. 기원으로서의 섬은 문명의 발전을 보여주는 발견인 동시에 인간의 절도를 보여주어야 하는 섬으로 변형된다.

그렇게 변형된 섬은 로빈슨의 아버지가 찬양하는 그런 경제적 섬의 모습을 하고 있으며 신의 섭리를 조정하는 이상과 현실의 중간 장소로 변한다. 로빈슨은 신이 형벌로서 그를 보냈다고 믿었던 바로 그곳에서 자신이 찾고 있었던 유토피아를 발견한다. 그리고 무인도를 인간에게 되돌려놓는 균형을 발견한다.

여기서 우리는 온갖 형태의 편견을 비판할 수 있는 동기를 발견한다. 로빈슨은 절도에 대항하여 모험을 선택했고 모험은 그에게 절도를 부여했다. 로빈슨이 모험을 통해 발견하려 했던 경제적 정복의 계획도 요약될 수 있을 것이다. 로빈슨은 인간의 도덕과 경제적 원리인 절도의 고정 관념을 끊임없이 발견한다. 그러나 자연은 우리가 소비하는 것 이상으로 씨를 뿌리는 것은 쓸데없는 일이라고 말한다.

로빈슨이 생성한 이미지는 섬의 지배 과정에서 순환되는 피할 수 없는 결과다. 이것은 결코 감추어지지 않는다. 디포는 로빈슨이 생산한 그의 재산을 사회가 제공하는 나의 재산으로 만들어버린다. 결국 로빈슨이 만든 기적은 비판받는다.

세상의 모든 생성의 원동력은 노동이다. 『로빈슨 크루소』는 노동에 관한 소설이며, 최초의 노동 소설이기도 하다. 이 소설에는 한 인간의 노동으로부터 모든 기본적인 기술의 재발명이 묘사되고 있다. 그리고 기술을 부흥시키려는 노력은 다음에 나오는 네 개의 인용으로 충분히 보여준다.

손도끼

"그래서 나는 일하기 시작했다. 여기서 나는 이성이란 수학의 본질이자 근원이기 때문에 이성에 의해 모든 것을 말하고 가능한 가장 합리적으로 사물들을 판단함으로써 사람은 조만간에 기술의 거장이 될 수 있다는 사실을 관찰할 것이다. 나는 지금까지 살아오면서 하나의 연장도 다룬 적이 없었다. 그러나 마침내 노동과 응용과 발명의 재간에 의해 나는 내게 부족한 것이 아무것도 없다는 것과 내게 연장들이 있었다면 내가 그것을 만들 수 있었다는 것을 알게 되었다. 그러나 그것이 무엇이든 간에 연장도 없이 나는 많은 것을 만들었다. 그리고 도끼와 손도끼만을 가지고 나는 확실히 지금까지 결코 이렇게 만들어진 적이 없는 것들을 끝내 만들고야 말았다. 그러나 그것은 무한한 고통과 함께 이루어졌다."

"당시 나는 단지 슬픈 노동자였다. 그러나 곧 시간과 필요성은 그것들이 다른 것에 대해 그렇게 했듯이 나를 완벽한 장인으로 만들어 놓았다."

"그러나 나는 연장들을 잃었다. 나는 세 개의 큰 도끼들과 많은 손도끼를 갖고 있었지만 (왜냐하면 우리는 인디언들과 함께 거래하기 위해 손도끼들을 가져왔기 때문이다) 마디가 많은 거친 나무들을 베고 잘랐기 때문에 그것들은 날이 무뎌지고 이가 빠졌다. 나는 숫돌을 한 개 가지고 있었다. 그러나 나는 그것을 회전시키면서 연장들을 갈 수 없었다. 정치가의 중요한 정치 문제와 재판관이 삶과 죽음의 문제에 관해 쏟는 생각만큼 이러한 어려움은 나를 생각하게 만들었다. 마침내 나는 나의 두 손을 자유롭게 유지하면서 내 발로 그것을 돌게 하는 끈 달린 회전 숫돌을 생각해내었다. 나는 영국에서 이 기계 방식을 결코 보지 못했다. 아니 적어도 그것에 주목하지 않았다. 나는 그것이 일반적인 사실이라는 것을 알았다. 게다가 이 회전 숫돌은 매우 크고 매우 무거웠다. 나는 이 기계를 완성하는 데 온전히 일주일을 보냈다."

인간의 문명과 기술에 본질적인 것은 재현되거나 대체될 수 있다. 위의 인용문에서 볼 수 있듯이, 로빈슨이 경험하는 문명과 기술의 과정은 기술의 합리적 기원과 원시인의 다재다능함을 생각하게 한다. 섬에 고립된 인간의 노동 이야기는 고립에 의한 어려움을 극복하는 가장 효과적인 방법이다. 그러나 그러한 과정에는 아주 오랜 시간이 필연적으로 기술되어야 한다. 하지만 로빈슨은 늘 느긋하다.

"그것이 내게 얼마나 고된 일인지 아는 사람은 아무도 없다. 그러나 노동과 인내는 다른 일과 마찬가지로 내가 그것을 끝내게 했다. 나는 내 시간의 상당한 부분이 어째서 그렇게 보잘것없는 일을 하는데 흘러갔는지를 증명해야 한다. 연장을 가지고 있다면 아무것도 아닐 수 있는 것이 엄청난 일이 된다. 또 그것을 손으로 직접 만드는 것은 굉장한 시간을 필요로 한다. 나는 이것을 증명하기 위하여 이러한 세부적인 것을 언급할 뿐이다."

"연장들의 부족했기 때문에 나는 모든 일을 느리고 힘들게 진행했다. 하지만 그것을 해결할 방법은 아무것도 없었다. 게다가 내 시간을 분할함으로써 나는 그것에만 매달릴 수가 없었다."

로빈슨은 세상의 모든 시간을 갖고 있다. 그는 섬에 부재하는 연장은 시간으로 대체할 수 있다. 시간과 지연은 연장에 의해 조정된다. 그렇게 때문에 『로빈슨 크루소』는 노동의 이야기인 동시에 지속의 이야기다.

로빈슨은 섬에서 원시적으로 생활하지만 문명 사회를 만들기 때문에 인류의 역사를 축약한 시간의 이야기를 가능하게 한다. 다시 말해 『로빈슨 크루소』는 소설의 형식적인 틀의 역할을 하는 끊임없는 연대기의 연속 속에서 로빈슨이 날마다 고생하며 그의 섬에서 보내는 20여 년간의 이야기라고 할 수 있다.

이 소설은 생업에 관한 로빈슨의 경험과 의견보다는 오히려 그의 노력에 대한 평가다. 독자는 로빈슨이 섬에서 실천한 노동 시간이 신을 망각하게 하는 것이라는 사실에 유의해야 한다.

"나는 마음 편해지기 시작했다. 신의 판단이 내 입장을 곤란하게 하거나 신의 팔이 나를 짓누른다고 생각하지 않았다. 나는 나의 보존과 존속을 위해 일을 시작했다. 그러나 이런 생각은 습관적으로 내 머리에 떠오르지 않았다."

우리는 로빈슨의 이러한 에피소드를 로빈슨의 전술로 이해해야 한다. 로빈슨은 섬에 체류하는 동안 위장술에 능통하였고 능수능란하게 섬의 위기를 극복해나간다. 로빈슨은 자신의 행동과 입장이 결핍된 시선으로 보이는 것을 두려워한다. 따라서 로빈슨의 행동과 입장에 숨겨진 것은 중요한 관심사가 되어야 한다.

로빈슨의 성공적인 위장술은 소설의 이야기나 작가 디포의 의도가 드러나지 않는 구체적인 부분이다. 로빈슨에게 그것은 자신을 있는 그대로 드리내지 않으려는 욕망이다. 로빈슨의 욕망은 자신을 로빈슨이나 인간으로서 나타나지 않으려는 욕망과 일치한다. 그것은 소설이 나오면서 이미 제기되고 현재까지 끊임없이 전개되는 문제다.

로빈슨은 타인으로 섬에 들어갔다. 로빈슨은 섬을 섬 자체로 인정하지 않는다. 섬은 자연 그대로의 모든 것이다. 그러나 로빈슨은 자연에서 벗어나기를 욕망한다. 로빈슨의 욕망은 섬에 자연의 상태가 존재하지 않는다는 것을 말할 뿐이다. 자연의 상태는 인간에 의해 계속적으로 폭로되는 신화와 같은 수준을 말한다. 그렇기 때문에 로빈슨은 오직 경제적 발전과 자신의 왕국을 완성하기 위해 섬에 존재한다. 로빈슨의 욕망에는 순수함의 근본적인 부재 그리고 그에 대한 두려움과 의혹이 존재할 뿐이다.

이야기의 구조상 로빈슨이 섬에 표류한 것은 그의 일시적인 계획처럼 보인다. 섬에서의 경험과 에피소드가 어떻든 간에 로빈슨의 최대 목적은 섬을 탈출하는 것이다. 로빈슨이 가야 할 곳은 인류가 살고 있는 문명 사회다. 로빈슨이 섬에서 탈출하자 그는 자신이 남겨둔 재산이 그의 부재 기간 동안 증가한 것을 발견한다. 로빈슨에게는 브라질에 있는 대농장의 소유권을 요구할 권리가 있다.

그러나 로빈슨이 개척한 섬의 왕국은 자연적이면서 동시에 허구적인 유토피아의 생활이었다. 그가 영국으로 귀환하자 섬에서의 생활에 근거한 고통이나 변화는 아무것도 일어나지 않았다. 그렇다면 로빈슨의 섬 생활은 기원이 없었던 것처럼 보인다.

로빈슨이 만든 왕국은 인류 최초의 생활과 무관하게 세워졌던 것이다. 로빈슨이 섬에 체류한 30년의 기간은 자연의 상태와 마찬가지로 하나의 환상에 지나지 않는다. 섬에서 로빈슨이 경험한 모든 모험은 기원으로서 생성되지만 동시에 섬의 신화를 세상에 폭로하는 모순을 보여준다.

『로빈슨 크루소』는 디포가 당시의 사회에서 일어나는 특수한 상황을 소설에 부여해서 로빈슨의 모험을 통해 그것을 탐구하는 데 집중하는 것처럼 보인다. 그의 소설 『몰 플랜더스』의 경우 18세기 영국의 상업 사회와 관련된다. 몰 플랜더스는 뉴 게이트에서 태어났다. 그녀는 런던에서 아메리카 식민지로 옮겨가고 상류 사회와 하류 사회에 익숙해지면서 사회의 문제를 폭로하는 역할을 맡는다.

그녀가 경험하는 인생의 행로를 통해 사회 관계, 계급 갈등 그리고 자본의 형성이 노골적인 양상으로 나타난다. 이러한 이유로 이 소설은 초기의 사실주의 소설로 불렸다. 로빈슨과 반대로 몰 플랜더스는 가난하고 경제적으로 궁핍하다. 그녀는 가난하게 태어났으며, 일시적으로 구제된 도둑의 딸이다. 그녀의 운명은 '신의 섭리'에 의해 세상에 도구적으로 쓰인다.

그녀는 당시 사회에 대한 설명이나 고발의 절대적인 힘을 지니고 있다. 그녀는 매춘부, 부르주아 부인, 소매치기, 지배자 그리고 소유주의 명칭을 가진다. 그녀는 끊임없이 분류 정리된 목록과 상품을 가지고 다닌다. 그리고 사회의 중요한 범주인 사랑, 상업 그리고 결혼을 간단 명료하게 비난한다.

그녀에게 사회적 관계는 사건 혹은 사태로 나타난다. 그녀는 사람이 일반적으로 하는 것처럼 행동하지 않고 직접적으로 자신에게 다가오는 상황을 처리하기 때문이다. 이제 우리는 로빈슨이 그가 경험하는 사건을 통해 어떻게 변형되고 폭로되고 결과적으로 진보하는지 알아보아야 한다.

□ 생각거리 ● ● ●
1. 소설의 주제적 선조란 무엇인가?
2. 마슈레가 생각하는 불안전한 이야기는 무엇인가?
3. 텍스트와 등장인물과의 관계는 무엇인가?

열한 번째 마당 | 『로빈슨 크루소』: 레비-스트로스

레비-스트로스는 과학, 주술 그리고 신화를 바라보는 개념의
차이를 신석기 시대의 역설이라는 이론을 가지고 설명한다.『로
빈슨 크루소』의 로빈슨이 섬에서 인류의 문명을 만들었다면, 레
비-스트로스의 구체의 과학은 로빈슨의 원시적 삶을 설명하고
밝히는 데 적절한 비교 대상이 될 수 있다. 로빈슨은, 레비-스트
로스의 용어를 빌리면 다재다능한 신석기 시대의 인간 혹은 브
리콜뢰르다.

과학자는 불확실성이나 좌절을 참고 견딘다. 하지만 과학자는
무질서를 참고 견디지 못한다. 이 무질서를 없애려는 노력은 생
명의 기원과 함께 저차원에서 무의식적으로 시작되었다. 그러나
이론과 과학의 목적은 수준 높은 고차원의 의식적인 영역에서
무질서를 없애려는 것이다.

과학자는 이렇게 완성된 질서가 현상이 가지는 객관적 속성인
지 아니면 조립된 하나의 허구인지를 질문한다. 이러한 의문은

동물 분류학에서 반복되어 왔다. 그러나 과학의 기본 가정은 자연 자체에 질서가 있다. 과학의 모든 이론은 질서를 부여한다. 그리고 분류학이 이론에 질서를 부여하는 것이라면 그것은 과학도 마찬가지다.

레비-스트로스(Claude Levi-Strauss)

우리가 원시적이라고 생각하는 것은 이러한 질서에 기초를 세우려는 욕망에 있다. 모든 사고가 그렇듯이 우리가 생각하는 사고 형태를 쉽게 이해하게 되는 것은 모든 사고 속에 이러한 공통성이 있기 때문이다. 모든 성스러운 것은 제자리에 있어야 한다. 성스러운 것이 제자리에 있으면 우리는 그것을 성스럽게 생각한다. 우리는 성스러운 것이 제자리를 일탈하면 우주 전체의 질서가 무너질 것이라고 생각한다. 그렇다면 성스러운 것은 자체에 부여된 자리를 지킴으로써 우주의 질서 유지에 공헌한다. 외부에서 보았을 때 정교한 의식의 과정은 의미가 없다. 그러나 모든 존재, 사물 혹은 특징을 세밀한 재배치의 관점에서 보면 우리는 그것을 이해할 수 있다.

우리가 철저한 관찰과 관계 혹은 연관성 있는 것끼리 조직적으로 분류하는 데 열의가 있다면 과학적으로 값진 결과를 가져온다. 한 예로서, 블랙풋 인디언은 사냥한 암소의 배를 갈라 자궁에서 꺼낸 새끼의 발육 상태를 보고 봄이 오는 것을 예견한다. 이렇게 연관성 있는 것끼리 관계짓는 일은 다른 사례에서도 많이 발견된다.

하지만 과학에서는 이를 오류로 여긴다. 식인종이나 인디언의 주술적 행위나 사고는 원인과 결과에 따라 주제가 변화를 일으킨다. 주술은 과학과 다른 점이 있다. 과학적 사고는 주술에 대한 무지나 경시에서 나오면 안 된다. 주술적 사고의 결정론은 추구하는 것이 강렬할 수 있다. 그래서 과학적 관점이 반대로 지나치게 성급할 수 있다.

마술은 자연철학처럼 인과론을 드러낸다. 마술은 자연의 힘과 협조하는 관계다. 들소가 사람을 들이받거나 곡창을 지지하는 대들보의 뿌리가 썩어 한 남자 머리에 내려앉거나 누군가 뇌수막염에 걸리면 아잔데 부족은 들소, 곡창 그리고 병이 그 사람을 죽이려는 마술과 결탁해서 그 사람을 죽였다고 생각한다.

마술은 들소나 곡창이나 병을 만들어내지는 못한다. 마술은 원래 그러한 현상 혹은 사건과 무관한 것이다. 그러나 마술은 들소, 곡창 그리고 질병을 사람과 운명적인 관계로 엮어 특정한 상황이나 사건과 관계를 가지게 한다. 곡창의 대들보는 어떤 경우에서든 내려앉을 수 있다. 그러나 마술이 개입함으로써 대들보는 어떤 사람이 곡창 밑에서 쉬고 있는 바로 그 순간에 내려앉은 것이다.

여러 가지 원인 중에서 간섭의 여지가 있는 것은 마술뿐이다. 왜냐하면 마술은 인간이 일으키는 것이기 때문이다. 들소나 곡창이 일으키는 원인에는 간섭의 여지가 없다. 그러므로 그것은 원인으로 인식되지만 사회적으로 의미가 있는 것으로 여겨지지 않는다.

이러한 관점에서 보면 우리는 주술과 과학의 차이점을 구별할 수 있다. 즉, 주술은 총체적이고 포괄적인 결정론을 전제로 한다. 반대로 과학은 여러 개의 차원을 구분하고 그 중의 일부에만 결정론적 형식을 부여한다. 그리고 다른 차원에다 똑같은 결정론적 형식을 적용하지 않는다. 구체적으로 말해 주술적 사고나 의례는 엄격하고 치밀할 수 있다. 그것은 과학적 존재 양식으로서의 결정론적 진리가 무의식적으로 파악되고 있기 때문이다.

주술적 사고나 의례는 결정론적 작용의 인식과 응용에 앞서 결정론적 작용을 포괄적이고 전체적인 양식으로 추측하고 활용하는 단계다. 그리므로 주술적 의례나 신앙은 앞으로 태어날 새로운 과학에 대한 믿음의 표현으로 볼 수 있다.

이러한 기대는 실현될 가능성이 있다. 그것은 과학 자체 혹은 과학의 방법과 결과에 대한 기대다. 그러나 그것은 과학이 성숙한 단계에 이르기 전까지는 얻을 수 없다. 인간은 감각에 직접 수용되는 것을 체계화하는 것에 도전해왔다. 과학이 이를 오랫동안 무시해온 것도 사실이다.

과학사에서 볼 수 있듯이 이러한 기대 효과는 언제나 반복해서 나타났다. 심프슨이 19세기 생물학의 예를 보여주듯이 과학적 설명은 늘 어떤 배열의 발견이었다. 그러한 모든 시도는 비과학적 원리에 입각한 것일 수 있다. 그러나 언젠가는 올바른 배열에 부딪힐 가능성이 있다.

구조의 수는 유한하다. 그래서 우리는 이 점을 인정하고 이러한 기대 가능성을 점칠 수 있다. 구조화는 어떠한 원칙과 방법론을 제시하는 것이다. 그렇기 때문에 구조화는 자체의 본질적인 효용성을 가지고 있다.

현대 화학은 다양한 맛과 향을 탄소, 수소, 산소, 유황, 질소의 다섯 원소가 다양하게 결합하는 것으로 설명한다. 과거에는 다섯 원소의 존재와 최소의 함유량 그리고 비율의 측정은 이차적이라는 이유로 화학의 영역 밖으로 추방되었다.

이제 차이와 균형이라는 요소가 과학에 도입되었다. 우리의 미적 감각은 이러한 관련성이나 변별성에 놀라지 않는다. 오히려 이러한 관련성에 근거가 제시된다. 결국 미적 감각의 범위가 확장되고 이해의 범위를 풍부하게 해주었다. 더 나아가 우리는 직관의 체계적 활용을 통해 서로의 관련성을 발견하는 배경을 알 수 있다.

인간의 감각적 논리는 두 가지의 교차점을 가진다. 한쪽은 질소를 함유한 구운 고기와 빵 껍질의 부류이고, 다른 한쪽은 치즈, 맥주, 꿀처럼 디아세틸을 함유한 부류다. 야생버찌, 계피, 바닐라와 셰리주는 단순히 향기에 의해 하나의 부류로 여겨지는 것이 아니다. 그것은 과학적으로 각각의 요소가 가지고 있는 공통점으로 설명할 수 있다. 그것은 모두 알데히드를 포함하고 있다.

반대로 위터그린, 라벤더와 바나나는 비슷한 향을 갖고 있다. 하지만 그것은 에스테르의 존재에 의해 설명된다. 양파, 마늘, 양배추, 무, 겨자는 하나의 묶음이 되지만 식물학에서는 백합과의 십자화과로 나누어진다.

화학은 이러한 감각이 옳다는 것을 증명한다. 화학은 서로 다른 두 개의 종이 다른 면에서 연관을 맺고 있다는 사실을 보여준다. 소설가, 시인 혹은 미개인 부족의 학자는 화학이나 다른 과학과 관계없는 사고를 토대로 사물을 그렇게 효과적으로 집대성할 수 있었다.

이와 같이 경험적이고 미적인 가치를 보여주는 많은 예가 민족의 역사 사료 편집과 문헌에서 발견된다. 이것은 연관성을 찾는 데 노력한 결과이지 우연히 맞아떨어진 것은 아니다. 그러므로 인간의 조직화에 대한 욕망은 예술과 과학의 공통적 욕구다. 따라서 질서를 부여하는 분류학은 탁월한 미적 가치를 갖는다.

미적 감각은 분류학으로의 길을 열어주며 그것에 대한 결과를 가져온다.

우리는 주술이 소심하고 엉성한 과학이라고 단정짓는 속설로 되돌아가면 안 된다. 주술을 기술과 과학 발달의 시점이나 단계로 단정하면 안 된다. 그렇게 한다면 주술적 사고를 이해하는 모든 수단을 포기해야 한다. 항상 실물에 앞서가는 그림자처럼 주술은 어떤 의미에서 자체로서 완벽한 것이다. 실물온 뒤에 올 실체와 마찬가지로 완성되고 논리 정연한 것이다.

주술적 사고를 하나의 발단이나 기초, 초안 혹은 아직 구체화되지 않은 전체의 한 부분으로 인식해서는 안 된다. 그것은 잘 구축된 하나의 체계를 이루고 있다. 이러한 점에서 과학 체계와 주술적 사고는 별개의 것이다. 그런데 양자를 한데 묶는 것은 형식의 유사성이다. 형식의 유사성으로 인해 주술은 과학의 은유적 표현이 된다.

따라서 형식과 내용에는 주술과 과학을 대립시키지 말아야 한다. 우리는 양자를 지식 습득을 위해 서로 병행하는 양식으로 받아들이는 것이 바람직하다. 양자의 이론과 실제적 성과는 같을 수 없다. 주술도 때로는 성과를 발휘함으로써 과학을 앞지르기도 한다. 하지만 대체로 과학이 주술보다 더 성공적인 것이 사실이다.

그러나 과학과 주술은 같은 성질의 지적 작업을 요구한다. 다른 것이 있다면 지적 작업의 성격이 아니라 적용되는 현상의 유형일 뿐이다. 이러한 관계는 주술적 인식과 과학적 인식이 출현한 객관적 조건에서 생겨난 것이다. 과학적 인식의 역사는 짧지만 우리는 여기에 관해 충분히 알고 있다. 그러나 근대 과학의 기원이 몇 세기밖에 안 된다는 것 자체를 인류학자가 충분히 고려하지 못한 것이 한 가지 문제점이다. 그 문제를 가리켜 신석기 시대의 역설이라고 이름을 붙이자.

신석기시대에 인간은 토기를 만들고 직물을 짜며 농사를 짓고 가축을 기르면서 문명을 이루는 위대한 기술을 습득했다. 이 거대한 업적을 우연한 발견의 축적이라거나 자연 현상을 수동적으로 관찰해서 만들어낸 것이라고 믿는 사람은 아무도 없다. 이러한 기술은 몇 세기에 걸친 능동적이고 조직적인 관찰을 요구한다. 인간은 오랜 세월 동안 대담한 가설을 세워 반복해서 실험하고 검증하는 수많은 과정을 거쳤다.

인간은 하나의 잡초를 재배 식물로 가꾼다. 맹수를 가축으로 키우기 위해 맹수를 가축의 우리에 가둔다. 동식물의 자양분을 기술적으로 유용하게 추출하고 생산해야 효용 가치가 나타난다. 점토가 단단하고 물이 새지 않는 토기가 되기 위해 무기물, 유기물 중에서 가장 적절한 재료를 구해야 한다. 그리고 적합한 연료, 굽는 시간의 길이와 온도 그리고 효과적인 산화의 과정을 지켜야 한다. 흙이 없거나 물이 없는 곳에서 식물을 재배하는 기술을 터득하기 위해 유독 성분의 열매나 뿌리를 식용 가능하게 해야 한다.

식물의 독을 사냥이나 전쟁이나 의례에 사용을 위해 과학적인 정신 자세, 관찰하려는 호기심 그리고 배우려는 순수한 지식욕이 필요했다. 그러나 무수한 관찰과 실험으로부터 실제 응용되고 효과적으로 쓰게 된 것은 일부에 불과했다. 청동, 철과 귀금속을 정련하고 동광을 망치질하는 단순한 작업은 야금술이 생겨나기 수천 년 전에 이미 이루어졌다. 그리고 그때마다 수준 높은 기술적 능력이 요구되었다.

따라서 신석기시대나 초기의 인류는 긴 과학적 전통의 계승자였다. 그러나 신석기 사람이나 이전의 조상은 현대인과 다름없는 정신을 소유했을 것이다. 그런데 왜 인류의 발전은 그 후 정지되어 신석기시대의 혁명과 근대 과학의 경계선에는 수평선처럼 수천 년간에 걸친 침체 기간이 있는 것인가? 이 수수께끼에 대해 한 가지 해답이 있다.

과학적 사고는 두 가지 양식으로 구별된다. 이것은 인간 정신의 발달 단계의 차이가 아니라 과학적 인식이 자연에 접근할 때 일어나는 두 전략적 자원의 차이에서 온다. 그것 중 하나는 지각이나 상상력에 시선을 집중시킨다. 나머지 다른 하나는 그것으로부터 벗어나는 데 목적을 둔다. 신석기 시대든 근대 과학이든 모든 과학의 목표였던 필연적 연관성은 상이한 경로로 도달될 수 있다. 그것 중 하나는 감각적 직관에 가까운 길이고 나머지 다른 하나는 아주 먼길인 것이다.

그러나 어떠한 분류도 혼돈보다는 발전을 이루었다. 감각적 특성의 분류도 합리적 질서를 향해 한 발짝씩 나아간다. 과일을 비교적 무거운 것과 가벼운 것으로 분류할 경우 색깔, 모양 그리고 맛은 무게나 부피와 아무 관련이 없다. 하지만 이 경우 사과와 배를 우선 분리하는 것이 옳은 방법이다. 사과가 다른 모양의 과일과 섞여 있지 않으면 큰 사과와 작은 사과를 구별하는 것이 쉽다.

그럼에도 불구하고 감각의 특성과 내재적 특성에는 아무런 필연적 연관이 없다. 그러나 그런 경우 그것 사이에는 적어도 경험적 연관성이 존재한다. 이러한 관계를 일반화할 합리적 근거가 없다. 그러나 이론과 실제적 관점에서 보면 효과적일 수 있다. 모든 유독 성분의 즙이 쏘는 맛이나 쓴맛을 내지는 않는다. 그러나 맛이 쓰다고 해서 모두 유독 성분을 함유한 것은 아니다. 그럼에도 불구하고 미적 판단 결과는 객관적 현실에 해당된다.

자연도 마찬가지다. 어떤 종은 독특한 모양이나 색, 향기의 특징을 가지고 있다. 그러나 관찰자는 우선적으로 그 사물의 특징과 독특하면서도 부재되어 있는 어떤 속성의 표현을 생각할 수 있다. 양자 사이의 관계를 감지하는 것은 하나의 가정에 불과하다. 하지만 양자 사이의 연관성에 무관심한 것보다는 낫다. 분류는 기묘하고 임의적으로 이루어진다. 그러나 수집된 사항의 풍부함과 다양성을 보존하고 있다. 그것은 모든 것이 고려되는 원칙에서 기억의 구성을 용이하게 한다.

이러한 방법론은 인간으로 하여금 다른 방식으로 자연을 공략하는 필수불가결한 결과를 가져온다. 인간은 신화에 나오는 의례가 신화의 기능을 조작하면서 생긴 산물로 생각할 수 있다. 그렇다고 신화가 현실에 등을 돌리고 있는 것은 결코 아니다.

중요한 것은 신화의 가치와 신화의 유형을 발견하려는 관찰과 사고의 양식이 오늘날까지 남아 있다는 것이다. 그러므로 발견이란 자연이 허락해준 발견이다. 우리는 감각과 감성적 표현으로 이론을 조직화하면서 그것을 바탕으로 발견한다. 이러한 발견은 이미 인류의 역사가 시작되기 오래 전에 확고해졌고 문명의 기조를 이루고 있다.

인간의 사고의 측면에서 원시 과학 혹은 이전의 과학이라고 명명할 수 있는 기술적인 면이 오늘날에도 남아 있다. 이것을 프랑스어로 브리콜라주(bricolage)라고 한다. 브리콜레(bricoler)라는 동사는 고어로는 공놀이, 구슬놀이, 사냥 그리고 승마술에 쓰였다. 이 단어는 공을 튕겨 돌아오게 하거나 개가 길을 잃는다거나 말이 장애물을 피하기 위해 직선의 주행에서 벗어나는 우발적인 움직임을 가리켰다. 오늘날 브리콜뢰르(bricoleur)는 주어진 도구를 써서 아무것이나 자기 손으로 무엇이든지 만드는 사람을 비유해서 말한다. 즉, 브리콜뢰르는 장인을 가리키는 말이다.

신화적 사고의 특성은 구성이 잡다하고 광범위하다. 그렇기 때문에 한정된 재료로 스스로를 표현한다. 어떤 과제가 주어지든 신화적 사고는 주어진 재료를 활용한다. 인간은 달리 이용할 수 있는 어떤 것도 가지고 있지 않다. 그러므로 신화적 사고는 일종의 지적인 손재주(브리콜라주)인 셈이다. 이것으로 기술적 측면과 지적 측면의 양자의 관계가 설명된다.

신화적 사고가 기술적 면에서 손재주라는 의미만 있는 것은 아니다. 신화적 사고는 지적인 면에서 뜻밖에 놀라운 성과를 낼 수 있다. 우리는 가공되지 않은 예술의 손재주의 신화에 시선이 집중되어야 한다. 디포의 『로빈슨 크루소』가 바로 그러한 인물이다.

소설에 나오는 등장 인물 로빈슨이 신화적 사고와 비유되는 것은 문화적, 문학적, 사회적, 경제적 그리고 과학적 지식의 형태와 실제 관계를 잘 보여주기 때문이다. 손재주꾼은 여러 가지 일을 할 수가 있다. 그러나 그는 오늘날의 엔지니어와 다르다. 그는 일의 목적에 맞게 모든 상황과 사물을 고안하고 준비된 연장이나 재료의 유무에 크게 좌우되지 않는다.

손재주꾼이 사용하는 재료는 한정되어 있다. 그는 원래 가지고 있거나 손쉽게 얻을 수 있는 것으로 모든 승부를 거는 것이 원칙이다. 그가 갖고 있는 도구와 재료는 항상 얼마 안 되고 그나마 잡다한 것이다. 그에게 주어진 상황과 사건의 내용은 현재의 계획이나 또 어떤 특정한 계획과 관련되어 구성된 것이 아니다. 그것은 단지 우연의 산물이다.

그는 언제나 이전의 파손된 부품이나 만들다 남은 찌꺼기를 가지고 본래 모습을 재생시킨다. 그가 만들은 것은 이상적인 것이며 완전한 새것을 만들어내기도 한다. 손재주꾼이 사용하는 것은 계획에 따라 정해지는 것은 아니다. 그에게는 많은 연장과 재료 혹은 일의 계획에 따른 도구가 주어져 있지 않다.

손재주꾼의 도구와 재료는 잠정적 용도로 정의할 수 있다. 손재주꾼의 의미로 본다면 그는 언제나 여러 가지 부품을 수집하여 갖고 다닌다. 그것은 언제든지 쓸모 있기 마련이다. 이러한 부품은 세분된다. 손재주꾼은 모든 업종에 대한 지식과 장비를 가지고 있지 않다.

더구나 그가 가지고 있는 부품은 순간에 정확히 쓰이기에는 미흡한 점이 있다. 각 부품은 실제적이면서도 가능한 관계의 집합을 나타낸다. 그가 가지고 있는 부품은 조작 매체다. 그러나 동일한 유형에 속하는 것이라면 그것은 어떠한 조작에도 쓸 수 있는 매체다.

신화적 사고의 여러 가지 요소는 지각과 개념의 중간 지점에 위치한다. 지각 내용을 일어난 구체적 상황과 분리시키는 것은 불가능하다. 개념에 의지하려면 신화적 사고의 계획을 괄호에 넣는 작업이 필요하다. 그런데 이미지와 개념 사이에 매개체가 하나 존재하는데 그것이 바로 기호다. 기호란 이미지와 개념을 연결시켜준다. 이러한 결합을 통해서 이미지와 개념은 기표와 기의의 역할을 한다.

기호는 이미지와 같이 구체적인 존재다. 하지만 지시 능력을 가진다는 점에서 개념과 비슷하다. 개념과 기호는 자체에 한정된 것은 아니다. 그렇기 때문에 다른 것으로 대체할 수가 있다. 그러나 개념은 무한한 능력을 갖는다. 반대로 기호는 그렇지 못하다. 그 차이와 유사성은 손재주꾼의 예에서 나타난다.

원시인이 작업을 한다고 가정할 경우 그는 작업에 대해 흥겨워한다. 하지만 그가 첫 번째로 취하는 실제적 조치는 돌이켜 생각해보는 일이다. 그는 우선 자신이 가진 도구나 재료의 집합이 무엇인가를 검토한다. 그가 당면한 문제는 재료의 집합이 해결해줄 가능성에 있다. 그는 일일이 일종의 대화를 재료와 나눈다. 그런 다음 최종적으로 무엇을 할 것인지 선택한다.

그는 자신이 가지고 있는 보물 속에 든 잡다한 물건이 각각 어떤 기호로 쓰일지 검토한다. 이 과정은 새로 구성될 집합을 정의내리는 데 도움이 된다. 그러나 구성된 집합과 재료의 집합은 부분의 내적 배열 면에서만 다른 것이다.

참나무 조각을 하나의 예로 들어보자. 그것은 길이가 모자라는 소나무 판자를 메우기 위해 쓰이거나 받침대로 쓰일 수 있다. 받침대로 쓰일 경우 오래된 나뭇결과 광택이 한결 돋보이는 역할을 한다. 이러한 경우에는 연장의 한 부분이 되고, 다른 경우는 재료가 된 것이다. 그러나 이러한 가능성은 각 재료의 특성과 본래의 쓰임새에 기인한다. 아니면 다른 목적을 위해 가해진 변형을 통해 이미 예정되어 있는 것으로 제한된다.

신화의 구성 단위도 언어에서 빌려온 것이다. 그래서 미리 정해진 의미에 따라 구속을 받는다. 이와 마찬가지로 손재주꾼이 수집해서 쓰는 부품도 미리 구속을 받는다. 한편, 어떤 재료의 사용에 대한 결정은 다른 부품을 대신할 수 있는 가능성에 의해 좌우된다. 그러므로 하나의 선택이 이루어질 때마다 구조는 재구성되며 막연히 상상했던 것과 동일하지도 최초의 것보다 좋다고 여겨지지 않는다.

오늘날 엔지니어도 작업에 앞서 자신의 자원을 검토한다. 그의 경우 수단과 능력과 지식은 필연적으로 관련된다. 그에게는 타협할 수밖에 없는 이야기 상대가 생긴 것이다. 엔지니어는 우주를 향해 질문을 한다. 반면에 손재주꾼은 인간이 만든 작품의 나머지인 잡동사니를 향해 질문을 한다. 그는 문화의 하위 집합과 대화를 하는 것이다.

물리학자의 연구 과정을 자연과의 대화로 보는 견해가 가능하다. 그러나 그런 견해에는 모호함과 차이점을 가지게 된다. 즉, 과학자가 자연과 나누는 대화는 단순하고 순수한 관계에서 이루어질 수 없다. 그는 자신이 살고 있는 시기, 문명, 사용하는 물질적 수단에 의해서 규정되는 자연과 문화 사이의 특정한 관계 속에서 대화를 한다.

어떤 과제가 주어졌을 때 과학자도 무엇이든 할 수는 없다. 이 경우 과학자는 손재주꾼보다 나을 것도 없다. 과학자도 미리 정해져 있는 이론적, 실제적 지식과 기술적 수단의 목록을 먼저 검토하기 때문에 가능한 해답의 범위에 제한을 받는다.

그렇다면 엔지니어와 손재주꾼의 차이는 대단한 것이 아니다. 하지만 문명의 특정한 상황에 의한 구속과 한계를 생각해보자. 엔지니어는 항상 통로를 뚫어 건너편에 도달하려고 애쓸 것이다. 하지만 손재주꾼은 그것이 좋아서든 할 수 없어서든 건너편에 머물러 있다. 엔지니어는 개념을 갖고 작업한다. 반대로 손재주꾼은 기호를 사용하여 작업한다.

그들이 사용하는 두 집합의 개념과 기호는 자연과 문화라는 대립의 축을 이루면서 양끝에 위치되어 있다. 기호와 개념이 서로 대립되는 경우 한쪽은 현실을 존중하여 현실을 전적으로 반영한다. 반대로 기호는 현실 속에 문화적 요소가 개입되는 것을 허용하거나 그것을 요구하기까지 한다. 기호는 누군가에게 말을 붙이고 있는 것이다.

과학자나 손재주꾼은 항상 메시지를 찾고 있다. 그러나 손재주꾼의 경우 비법 전수처럼 옛날부터 전해내려온 내용과 그가 수집한 메시지가 관건이다. 상업용 부호의 경우처럼 이미 부호에는 과거의 상업 경험이 압축되어 있다. 그러므로 과거와 같은 조건이면 경제적으로 잘 대처한다.

반대로 과학자는 이야기 상대자로부터 나올 만한 다른 메시지를 열심히 찾고 있다. 그러면 개념은 관련된 집합을 여는 조작 매체가 된다. 그리고 기호 작업은 집합을 재구성하는 조작 매체가 된다. 이것이 재구성되면 집합은 변화, 변형 그리고 다른 모습을 가지게 된다.

이미지는 관념이 아니다. 그러나 기호의 역할은 할 수 있다. 관념은 기호에 포함되어 서로 공존할 수 있다. 그리고 관념이 존재하지 않으면 미래를 위해 자리를 비워둘 수 있다. 아니면 사진의 음영처럼 윤곽만 드러나게 할 수 있다. 이미지는 고정되어 있다. 다만 거기에 수반되는 정신 활동과 포괄적으로 연결된다. 기호와 이미지는 의미를 지닌다. 하지만 함축성이 결여되어 있다. 그래서 개념처럼 기호와 이미지는 같은 유형의 다른 요소와 이론상 무한한 관계를 맺지 못한다.

기호와 이미지는 다른 것으로 대체할 수 있다. 그러나 제한적으로 다른 요소와 연속적 관계를 가진다. 이 경우 하나의 요소가 변화되면 자동적으로 다른 요소에 영향을 미치는 체계를 형성한다. 이런 측면에서 이 글의 논리적 외연과 내포는 서로 구별되고 상호 보완적인 동일한 존재로 볼 수 있다.

신화적 사고는 아직 이미지 속에 묶여 있다. 하지만 그것은 일반화의 능력을 갖고 있기 때문에 과학적인 분석과 판단을 내릴 수 있다. 신화적 사고는 유추와 비교를 통한 작업이다. 그리고 소설과 같은 신화적 창작은 손재주꾼의 작업과 마찬가지로 늘 새로운 요소의 배열로 이어진다. 이것이 에피소드다. 에피소드의 성질은 도구의 집합이나 최종적인 배치에 의해 변형된다.

신화적 창작은 내적 구성에 상관없이 항상 동일한 대상을 형성한다. 신화의 세계는 한 번 이루어진 후에 다시 해체된다. 그리고 해체된 단편이 다시 모여 새로운 세계를 이루는 것이다. 이것은 깊은 관찰이 필요하다. 하지만 같은 재료에서 계속적인 재구성이 이루어질 때 수단의 역할을 하게 되는 것은 항상 이전에 목적이라는 점이다. 그러면서 기의가 기표로 변화고 기표가 다시 기의로 변하게 된다.

손재주의 정의나 공식은 신화적 사고가 이루어지기 위해 이용 가능한 수단의 총체가 암묵적인 목록으로 다시 구성되어야 한다. 결과적으로 재료의 집합과 계획의 구조 사이에 절충이 생긴다. 계획의 구조가 만들어지면 당초의 의도로부터 어쩔 수 없이 유리된다. 초현실주의자는 이것을 객관적 우연성으로 본다.

손재주꾼은 자신이 세운 계획을 완성하고 실천하는 데 만족하지 않고 거기에서 새로운 시를 써낸다. 손재주꾼은 사물로 이야기한다. 그는 사물을 매개로 이야기한다. 그는 제한된 가능성을 선택함으로써 그의 개성과 인생을 다시 이야기한다. 그는 자신의 무언가를 작품 속에 반드시 남긴다.

이런 의미에서 신화적 사고는 손재주꾼이 가진 지적인 형태로 대체될 수 있다. 과학은 우연과 필연의 구분에 기초한다. 그것은 사건과 구조를 요구한다. 우연과 필연의 단계에서 과학성을 주장하면 과학은 모든 사건과 연관을 갖지 못한 채 바깥 세계에 머물게 된다. 반대로 신화적 사고가 구조로 집합을 이루면 다른 구조의 집합 위에 직접 쌓이는 것이 아니라 여러 사건의 잔재를 활용한다.

여기서 잔재는 개인이나 사회의 역사가 화석화된 증거다. 이러한 증거에 의해 통시적인 것과 공시적인 것의 관계가 서로 뒤바뀐다. 신화적 사고는 사건이나 사건의 잔재가 들어 있는 구조를 만든다. 반대로 과학은 창조된 것이다. 그렇기 때문에 사건의 형태는 과학적 가설과 이론의 구조가 작동하여 만들어지는 수단이 된다.

그러나 이것을 인식의 발달 과정으로 생각하면 오류를 범한다. 물리학이나 화학은 질적인 회귀를 욕망한다. 이러한 학문은 이차적 성질을 고려한다. 그리고 성질이 설명되면 설명의 수단도 만들어진다. 그러나 신화적 사고는 사건과 경험의 포로가 된다. 사건과 경험의 의미를 발견하기 위해 지속적인 관계를 맺게 된다. 그러므로 신화적 사고는 사건과 경험의 포로가 되면서 해방자의 역할을 한다. 과학은 무의미하면 포기하지만 신화적 사고는 그것에 대해 이의를 제기한다.

예술의 문제도 마찬가지다. 예술은 과학적 인식과 신화적 관점에 위치하고 있다. 예술가와 과학자는 손재주꾼의 양면을 가지고 있다. 존재주꾼은 장인 또는 주술적 사고의 중간 지점에 물체를 만들어놓는다. 하지만 물체는 인식의 대상이 된다. 우리는 사건의 구조로 과학자와 손재주꾼을 구별한다. 결론적으로 과학자는 구조를 이용해서 사건을 만든다. 반대로 손재주꾼은 일어난 사건을 이용해서 구조를 만드는 것이다.

□ 생각거리 ● ● ●
1. 손재주꾼은 로빈슨과 어떤 관계인가?
2. 로빈슨은 원시인인가?

열두 번째 마당 『로빈슨 크루소』: 들뢰즈

들뢰즈는 디포의 『로빈슨 크루소』와 투르니에의 『방드르디』를 다양한 관점에서 비교하고 있다. 여기에 실린 글은 들뢰즈가 두 작품을 비교하면서 새로운 방법과 용어로 두 작품을 재해석한 부분이다.

"염소는 갑자기 씹는 것을 멈추더니 순식간에 그라미네를 입에 문다. 이윽고 웃듯이 입을 벌리면서 뒷발로 몸을 세웠다. 놈은 방드르디(디포의 『로빈슨 크루소』에 나오는 프라이데이) 쪽으로 몇 발자국 다가와 앞발을 허공에 휘젓더니 커다란 뿔을 흔들어댔다. 그것은 마치 걸어가면서 군중에게 인사하는 것과도 흡사했다. 이 위협적인 몸짓은 방드르디를 섬뜩하게 만들었다. 염소는 방드르디 앞으로 다가와 마치 화살처럼 빠르게 방드르디를 덮쳤다. 놈은 머리를 두 앞발 사이에 파묻고 뿔을 쇠스랑처럼 내밀면서 새털이 달린 화살처럼 방드르디의 어깨로 덤벼들었다. 방드르디는 옆으로 피했으나 이미 늦

었다. 사향 냄새가 그를
엄습했다."

이 인상 깊은 장면은
방드르디와 염소의 싸움
이다. 방드르디는 상처를
입고 염소는 죽는다. 방
드르디는 커다란 염소를
죽였다. 그리고 방드르디
는 기묘한 계획을 실행한
다. 죽은 염소는 날아오
르고 노래를 부를 것이다.
첫 번째 계획을 실행하

질 들뢰즈(Gilles Deleuze)

기 위해 방드르디는 염소의 가죽을 벗긴다. 그는 털을 뽑고 물에
씻겨 그것을 나뭇가지에 말렸다. 낚싯대에 묶인 염소 가죽은 낚
싯줄의 작은 움직임에도 크게 움직인다.

그런 다음 방드르디는 염소의 머리와 창자 그리고 마른 나뭇
가지를 사용해서 악기를 만든다. 바람이 악기에서 아름다운 소
리를 내었다. 대지에서 발생한 소리는 하늘로 올라간다. 그것은
잘 조직된 하늘의 소리로 원초적인 음악이 되었다. 이 과정을 통
해 죽은 거대한 염소는 원소(물, 불, 공기, 흙)를 방출했다. 여기
에서 흙과 공기는 특수한 원소의 역할보다 네 원소를 결합시키
는 두 개의 합성물이 된다.

흙이 원소를 물질의 심층에 가두면서 하늘은 태양 빛으로 그
것을 자유롭고 순수한 상태로 인도한다. 그러면서 원소는 한계
를 벗어나고 각 원소에 들어 있는 표면의 우주적 에너지를 만들

어낸다. 그래서 대지에는 물, 불, 공기, 흙이 있다. 그리고 하늘에도 물, 불, 공기, 흙이 있다. 대지와 하늘이 투쟁한다.

방드르디와 염소의 싸움은 모든 원소의 감금과 해방을 가져온다. 섬은 싸움의 경계선이며 싸우는 장소가 된다. 섬은 어느 쪽으로 기울어진다. 섬이 하늘을 향해 물, 불, 공기, 흙을 방출한다. 각각의 원소는 태양의 일부가 된다.

소설의 주인공은 로뱅송(디포의 『로빈슨 크루소』에 나오는 로빈슨)과 방드르디만 있는 것이 아니다. 섬도 주인공이다. 로뱅송은 형태 변이를 거쳐 변화되지 못한다. 섬도 일련의 분할을 거쳐 형태를 바꾼다.

최종적인 결론은 원소로 변한 섬에서 스스로 원소가 되는 것이다. 태양이 된 섬은 태양이 되고 천왕성의 섬에서는 로뱅송이 천왕성이 된다. 여기서 문제는 기원이 아니라 모든 형태의 변화를 거쳐 발견된 성의 문제와 그것의 최종적인 목적이다. 이것이 디포가 묘사한 로빈슨과 일차적인 차이점이다.

디포의 『로빈슨 크루소』에 나오는 로빈슨의 주제는 하나의 이야기에 그치지 않는다. 그것은 탐구의 도구다. 그것은 무인도에 고립된 로빈슨이 노동을 통해 자연을 정복해가는 이야기다. 그것을 통해 우리는 노동과 자연의 정복을 탐구해야 한다.

그러나 이러한 탐구가 두 번이나 빗나간다. 첫째, 기원의 이미지는 생산을 전제로 하기 때문이다. 로빈슨은 난파된 배에서 물건을 건져낸다. 둘째, 이러한 기원에서 출발되어 재생산된 세계는 경제적인 세계다. 그리고 섬에 남성과 여성이 존재하지 않기 때문에 결정되어야 할 세상의 의미가 있다. 로빈슨은 모든 성이 박탈되어 있다.

성은 세상의 시작이다. 그런데 경제적 질서는 성에서 벗어나는 유일한 환상으로 작용된다. 디포의 의도는 나름대로 분명하다. 로빈슨은 고립된 섬에 타자 없이 존재하는 남성이다. 그러나 이것은 문제의 여지가 있다. 무성의 로빈슨은 경제적인 세상을 만든다. 그는 인간의 원형으로 세상을 재생산하는 기원과 연관된다. 우리는 그것과 전혀 다른 목적에 로빈슨을 연관시켜야 한다.

투르니에는 『방드르디』의 로뱅송을 기원이 아니라 목적의 개념으로 문제로 제기한다. 그는 소실의 마지막에서 로뱅송이 섬을 떠나지 못하게 한다. 로뱅송의 궁극적인 목적은 탈인간화다. 그에게는 리비도, 자유로운 원소와의 만남 그리고 우주적 에너지 혹은 원초적인 건강함이 있다.

그런데 이것은 섬이 공기와 태양이 되어야 나타난다. 헨리 밀러는 '헬륨과 산소, 규토, 철 같은 기본 원소의 울음소리'에 대해 말했다. 물론 헬륨과 산소로 만들어진 로뱅송에게는 밀러와 로렌스가 존재한다. 죽은 염소는 기본 원소의 울음소리를 만들었다.

그러나 독자는 로뱅송의 건강함이 밀러와 로렌스의 것과 다른 무엇을 숨기고 있다는 것을 알고 있다. 그것은 로뱅송의 건강함이다. 우리는 황량한 성과 분리할 수 없는 본질적인 일탈을 생각해야 한다.

투르니에의 로뱅송이 디포의 로빈슨과 연관되는 세 가지의 특징이 있다. 그는 기원보다 목적, 목표와 관련된다. 그는 무성이 아니다. 이러한 목적을 위해 로빈슨은 계속 노동을 하면서 문명 세계의 경제를 재생산한다. 반대로 로뱅송은 변형된 성을 통해 문명 세계로부터 환상적인 일탈을 한다.

로뱅송의 행동은 일탈적인 것이지만 그는 아무것도 만들지 않는다. 프로이트의 정의처럼 로뱅송은 목적에서 멀어져간다. 로뱅송이 스스로 일탈하는 것은 놀라운 일이다. 디포의 로빈슨이 기원과 관련되면 이러한 세계와 부합하는 세상을 만들어야 한다.

투르니에는 로뱅송을 그러한 목적에 관여시킨다. 그리고 그 목적으로부터 로뱅송을 일탈하게 만들고 자신의 에너지를 발산하게 만든다. 기원과 관련된 로뱅송은 반드시 이 세계를 재생산해야 한다. 하지만 목적과 관련되면 그는 필연적으로 일탈한다.

로뱅송의 일탈은 태양적이다. 그러나 섬의 원소를 일탈의 대상으로 삼는다는 점에서 프로이트가 말하는 일탈에 속하지 않는다. 이것이 천왕성의 의미다.

"이 태양과의 교접을 부득이 인간적인 용어로 번역해야 한다. 그런데 그것은 여성의 아래에 깔려 내가 정의하기에 부적합한 하늘의 신부로서의 용어다. 그러나 인간 중심주의는 무의미하다. 사실 우리가 도달한 극한 수준에서 보면, 방드르디와 나의 관계에서 일어나는 성의 차이는 초월된다. 그리고 인간의 언어로 방드르디는 내가 북극성의 임신으로 세상에 다시 태어날 수 있다고 하듯이 이것은 아프로디테와 동일시될 수 있다."

로뱅송의 신경증이 일탈의 반대라면 일탈은 신경증의 원소로 보아야 한다. 일탈의 개념은 사생아며 법률과 의학의 반대 개념이다. 의학도 법학도 여기서는 유효하지 않다. 새로운 개념에 관심을 보여야 우리는 일탈의 구조, 일탈의 정의 그리고 의학의 관계를 찾을 수 있다.

일탈은 충동 체계에 나타난 욕구의 힘으로 정의되지 않는다. 일탈자는 욕망하는 자가 아니다. 그는 다른 체계 속으로 욕구를 불러들인다. 그는 체계 안에서 내적인 극한, 잠재적인 핵 혹은 영점의 역할을 하는 사람이다. 일탈자는 더 이상 욕구하는 자아가 아니다. 타자는 더 이상 실존하는 욕구의 대상이 아니다.

투르니에의 소설은 일탈을 주제로 다루지 않는다. 그의 소설은 하나의 주제나 소설의 등장 인물을 다루지 않는다. 로뱅송의 섬에는 타자가 존재하지 않는다. 그렇다고 내적인 분석에 집중하는 소설도 아니다. 로뱅송은 내면성을 가지고 있지 않다.

『방드르디』는 놀랍고 재미있는 모험 소설이다. 이 소설은 많은 영고성쇠를 포함하는 우주직 소설이다. 그것은 일달의 주제가 아니다. 대신 타자가 없는 섬 속에 버려진 인간의 주제를 펼치고 있는 로뱅송을 이야기하는 소설이다.

소설의 주제는 하나의 가정된 기원을 끌어들이지 않는다. 반대로 모험을 통해 타자 없는 섬에서 어떤 일이 벌어질 것인가를 탐색하고 있다. 우리는 타자의 효과가 의미하는 것이 무엇인지를 찾으려 한다. 그리고 우리는 섬에 타자가 부재하면 일어날 수 있는 효과가 무엇인지를 찾으려 한다. 그리고 일상 세계에서 타자의 현존이 만드는 효과를 추론한다.

결국 우리는 타자가 무엇인지 그리고 타자의 부재는 무엇을 의미하는지에 대해 결론을 내릴 것이다. 그렇다면 타자의 부재가 가져오는 효과는 인간의 심리를 보여주는 진짜 모험이다. 이런 관점에서 『방드르디』는 추론적인 실험 소설이다. 그리고 철학적인 토대는 이 소설을 생생하고 강력하게 보여주는 역할을 한다.

로뱅송은 지각하는 대상과 생각하는 개념에서 타자를 생각한다. 타자의 첫 번째 효과는 나머지의 세계, 연결 장치 그리고 바탕을 조직한다. 이러한 조직과 일정한 이행 원리에 따라 다른 관념과 대상이 나온다. 로뱅송은 하나의 대상을 보고 대상의 관점에서 응시한다.

그러면 그 대상은 다시 바탕으로 되돌아간다. 그 순간 바탕으로부터 눈을 사로잡는 새로운 대상이 나타난다. 이 새로운 대상은 해치거나 난폭하게 부딪혀오지 않을 것이다. 그것은 최초의 대상일 뿐이다.

그것은 로뱅송이 존재를 감지했던 하나의 여백이다. 로뱅송이 그것을 현실화할 수 있었던 것은 잠재성과 잠재력의 공간을 사용했기 때문이다. 그런데 여분의 존재를 인식하거나 감지하는 것은 오직 타자에 의해서만 가능하다. '우리에게 타자는 흐트러짐을 유발시킨다. 타자는 우리를 끊임없이 뒤흔든다. 타자는 우리의 지적인 사고를 근절시킨다. 오직 타자의 예기치 않은 등장만이 대상의 세계에 희미한 빛을 던진다.'

우리가 인식하지 못하는 대상을 로뱅송은 타자가 볼 수 있는 부분으로 만든다. 그는 대상의 숨겨진 쪽을 보고자 한다. 그러면 그는 대상 뒤에서 타자를 만난다. 타자가 서로 응시함으로써 대상의 총체적 시선이 완성된다. 그리고 타자는 우리가 볼 수 없는 등뒤의 대상을 본다. 그것으로 하나의 세계를 만든다. 우리는 그것을 감지한다. 우리는 깊이를 응시함으로써 타자를 위한 가능한 여백의 대상을 본다. 거기서 배열되고 정돈되는 깊이를 본다. 결국 타자는 세상의 여백과 전이를 확보해준다.

타자는 근접성과 유사성의 달콤함을 가진다. 타자는 형태와 배경을 변화시키며 깊이의 변형을 규제한다. 타자는 배후의 공격을 막아준다. 타자는 풍문의 세계에 위치한다. 타자는 사물이 서로 기대게 만들고 자연스러운 대체물을 찾게 해준다. 우리는 타자의 심술을 불평한다. 타자가 없으면 우리는 사물이 드러낼 심술을 망각한다. 타자는 알려지지 않은 것과 지각되지 않은 것을 비교한다. 타자는 지각한 것 안에 지각되지 않은 기호를 도입해준다. 타자는 내가 지각하지 못한 것을 그를 통해 지각하게 한다.

결국 타자는 욕망을 움직이게 만들고 욕망하는 대상을 수용하게 해준다. 우리는 타자가 보고 생각하고 소유하지 못한 것은 요구하지 않는다. 이것이 로뱅송이 보여주는 욕망의 토대다. 로뱅송의 욕망이 대상으로 향하게 하는 것은 타자다.

들뢰즈는 타자 없는 세상이 무엇인지를 질문한다. 타자가 없다면 하늘과 땅 그리고 빛과 칠흑 같은 심연외 거친 대립만 있다. 전부 아니면 없다는 법칙만 있다. 인식된 것과 인식되지 않은 것 그리고 지각된 것과 지각되지 않은 것이 전투를 한다. '섬의 응시와 섬의 시각은 자체로 환원된다. 밤을 지배할 수 없는 곳에 내가 있을 때마다 보는 것은 절대적 비인식이다.'

황량하고 어두운 세계와 잠재력과 잠재성이 없는 세상은 가능성이 없는 범주다. 그곳은 날카로운 칼의 추상적인 선과 반항적이고 끈끈하고 바닥 없는 존재가 남아 있다. 오직 원소만이 존재한다. 바닥 없는 존재와 추상적인 선이 모형을 이루고 토대로 대체된다. 모든 것이 자리를 박탈당한다. 대상은 구부러지고 펼쳐지기를 그만두고 위협하며 몸을 세운다.

우리는 인간이 낼 수 없는 심술을 섬에서 발견한다. 각각의 사물이 자신의 사본을 제시한다. 사물이 딱딱한 선으로 환원되어 뒤에서 후려친다고 말한다. 타자의 부재는 우리가 멈칫거릴 때 나타난다. '벌거벗음은 인간만이 두려움 없이 보이는 사치다. 로뱅송은 타자의 영향을 받지 못한다. 그의 벌거벗음은 그것에 대한 무모함의 증거였다. 해지고 채색되어 껍데기만 남은 문명의 때와 인간의 옷마저 빼앗긴다. 그의 살은 원소의 방출에 노출되었다.'

더 이상의 전이는 없다. 로뱅송에게는 우리를 편안하게 세상

사르트르

에서 살게 한 인접과 유사함이 사라졌다. 이제 넘을 수 없는 깊이, 절대적인 거리와 차이 그리고 버티기 힘든 반복만이 정확히 포개져 함께 남아 있다.

들뢰즈는 타자의 현존과 부재가 가져온 효과를 비교한다. 들뢰즈는 타자가 무엇인지 말할 수 있게 하기를 원한다. 들뢰즈는 철학 이론이 타자를 특수한 대상으로 환원하거나 다른 주체로 환원한다고 본다. 『존재와 무』의 사르트르는 나를 타자의 응시 대상으로 간주한다. 사르트르는 대상과 주체를 결합하는 데 만족한다. 그러나 타자는 지각에 놓여 있는 대상도 나를 지각하는 주체도 아니다. 타자는 무엇보다도 구조를 가진 지각의 장이다.

타자가 부재하면 이러한 지각의 장은 전체로 기능하지 못한다. 구조는 실제 인물과 가변적인 주체에 의해서만 현실화되는 것이 사실이다. 조직화의 일반 조건처럼 조직된 지각의 장은 구조를 실현하는 인물과 주체보다 앞선다. 절대적 구조인 아프리오리한 타자는 각각의 장에 들어 있는 구조를 현실화하기 때문에 타자의 상대성을 정의한다.

이러한 구조는 가능하다. 겁먹은 얼굴은 내가 보지 못한 공포의 세계다. 거기서 공포는 어떤 것에 대한 표현이다. 가능은 실존하지 않는 어떤 것을 가리키는 추상적 범주가 아니다. 오직 표현된 가능 세계만 존재한다. 그것은 표현될 바깥 세상에서 존재하지 못한다. 공포에 질린 얼굴과 무서운 것은 다르다.

공포에 질린 얼굴은 공포를 만드는 그것과 다르다. 그것은 표현하는 것에다 표현된 것을 집어넣는 뒤틀림이다. 공포를 만드는 존재는 타자의 의미를 함축한다. 타자가 표현하는 실재를 포착하면 나도 타자를 펼칠 뿐이다.

타자는 상응하는 가능 세계를 현실화시킨다. 타자는 그가 내포하고 있는 기능에 어떤 실재성을 부여한다. 타자란 내포된 가능의 실존이다. 언어는 가능의 실재다. 자아는 가능의 펼쳐짐과 현실적인 것의 실현 과정이다. 다시 말해 구조로서의 타자는 가능 세계의 표현이다. 타자를 표현하는 것은 외부에서 존재하지 않는 것을 파악하려는 표현이다.

"사람들 각자는 가치를 밀고 당기는 중심과 무게 중심을 갖춘 가능 세계에 있다. 그들은 서로 상이하다. 하지만 이 가능 세계는 결국 섬이라는 작은 이미지를 가진다. 얼마나 서투르고 피상적인가! 이미지를 둘러싼 가능 세계가 만들어진다. 이미지의 구석에서 난파자 로뱅송과 혼혈아인 시종 방드르디가 있다. 여기서 이미지는 핵심적인 것이다. 하지만 그것은 가능 세계의 일시적인 기호에 의해 표시된다. 화이트 버드호의 우연한 진로 변경이 이미지를 짧은 순간에 무의 세계로 되돌아가게 한다. 이러한 가능 세계는 타자의 실재성을 소박하게 주장한다. 그것은 실재로 이행하려 몸부림치는 가능이며 타자다."

여기서 우리는 타자의 출현이 일으키는 효과를 이해할 수 있다. 현대 심리학은 지각의 장에서 기능하고 작용하는 대상의 변이를 설명해주는 범주를 제공한다. 그것은 형태와 배경, 깊이와 길이, 주제와 잠재력, 대상의 윤곽과 통일성, 술의 장식과 중심,

텍스트와 컨텍스트, 명제적인 것과 비명제적인 것, 상태와 실체의 부분이다.

그러나 이에 상응하는 철학적 문제는 제대로 제기되지 못했다. 우리는 이러한 지각의 장에 포함된다. 따라서 우리는 지각의 장에 내재하는지 아니면 지각이 주관적인 종합인지를 묻는다. 지각은 판단하는 지적 종합이 아니다. 그렇다고 이원론적인 해석을 거부하면 안 된다. 우리는 질료에 적용되는 다른 유형의 수동적 종합을 생각한다.

그러나 지각의 장에 들어 있는 질료와 자아 이전의 종합에 수립된 이원론은 의심해야 한다. 참된 이원론은 이런 것이 아니다. 이원론은 지각의 장에서 타자의 구조와 타자의 부재가 가져오는 효과에 의해 성립한다. 지각의 장에 있는 타자가 구조는 아니다.

타자는 제시된 범주를 구성하고 그것에 적용할 수 있다. 타자는 자아 전체를 기능하도록 작용하고 전체의 장을 조건짓는 구조다. 지각 작용은 자아가 아니라 타자의 구조에 의해 가능하다. 이원론을 잘못 해석하면 지각의 장 속에 들어 있는 특수한 대상을 타자로 보거나 다른 주체로 보는 선택의 잘못을 저지른다.

투르니에는 타자를 가능 세계의 표현으로 정의한다. 우리는 타자의 범주를 지각의 장을 조직하게 만드는 아프리오리의 원리로 생각한다. 그리고 지각의 장을 범주화하도록 기능하고 작용하는 구조로 본다. 진짜 이원론은 타자의 부재와 지각의 장에서 어떤 일이 벌어질 것인지를 질문하면서 나타난다.

들뢰즈는 이러한 지각의 장이 다른 범주에 의해 구조화되는지를 질문한다. 그리고 독자의 문제도 생각한다. 그리고 들뢰즈는 이것을 로뱅송의 모험과 관련시킨다. 로뱅송의 이러한 가설과 주제는 이점이 있다. 여기서 타자의 구조가 사라지는 것은 섬의 상황에서 기인한다.

이러한 구조는 섬에서 로뱅송을 일깨울 사물이나 인물이 없어도 여전히 등장하고 기능한다. 그러나 마지막 순간이 오고야 만다. '등대가 시야에서 사라졌다. 빛은 환상이 되어 줄곧 나를 따라다녔다. 그러나 이제는 끝이다. 어두움만이 나를 감싼다.' 로뱅송의 섬에 방드르디가 출현한 것이다.

로뱅송이 방드르디를 만난다. 우리는 로뱅송이 그를 타자로서 받아들이지 않음을 본다. 그들을 구출할 배가 해안에 도착했을 때 로뱅송은 사람을 더 이상 타자로 생각하지 않는다. 이제 더 이상 그러한 구조는 없다.

> "타자란 바로 그런 것이다. 그것은 실재가 되려고 갈망한다. 그러한 갈망을 거부하는 것은 잔인하고 이기적이고 비도덕적이다. 그것은 로뱅송이 받아온 교육이다. 그러나 그는 몇 년 동안의 고독으로 그것을 잊어버렸다. 교육이 잃어버린 주름을 다시 펼칠 것인지에 대해 회의감이 든다."

섬의 구조에 와해와 일탈이 생긴다. 로뱅송은 섬의 내부에서 벗어나 그곳에 도달해야 한다. 라캉의 방식대로 타자의 배제는 타자가 해야 한다. 섬에 온 사람들은 이러한 자리와 기능을 부여해줄 구조를 가지지 못한다. 우리는 더 이상 타자로서 그들을 이해하지 못한다. 결국 무너지는 것은 우리가 지각한 모든 세계다.

이것이 가능 세계의 표현으로서의 타자다. 다음은 타자의 현존이 가져온 효과다. 타자의 현존은 나의 의식과 대상을 구분하게 한다. 이러한 구분은 타자 구조에서 파생된다. 타자는 가능성, 토대, 술 장식, 전이의 세계에 존재한다. 타자는 내가 아직 겁먹지 않았을 때 겁먹게 하는 가능성의 세계를 보여준다. 아니면 내가 세상에 의해 겁먹었을 때 안심시키는 세상의 가능성을 보여준다.

타자는 다른 방식으로 존재하는 동일한 세계를 상이한 국면으로 감싼다. 타자는 가능한 세계에 포함된 거품을 구성한다. 이것이 바로 타자다. 타자는 나의 의식이 필연적으로 '나는 ~이다'에서 더 이상 대상과 일치하지 않는 과거와 혼동되게 만든다. 타자가 나타나기 전에는 안정된 세계가 있었다. 우리는 그것을 의식으로 구분하지 못한다.

타자는 위협적인 세계의 가능성을 표현하면서 등장한다. 이 세계는 타자 없이 펼쳐지지 못한다. 나는 나의 과거 대상이다. 나의 자아는 타자를 나타나게 만든 과거의 세계에 의해 형성되었다. 타자가 가능 세계이듯이 나는 과거의 세계다. 그리고 인식론의 근본적인 오류는 주체와 대상을 동시에 가정하는 데 있다. 결국 하나가 다른 하나를 없앰으로써 대상이 구성된다.

"갑자기 차단 장치가 나타났다. 주체는 대상의 색깔과 무게의 일부분을 박탈하여 대상과 분기된다. 세계의 무엇인가가 부서졌다. 사물의 모든 면이 나처럼 와해된다. 각각의 대상은 해당 주체를 위해 파기된다. 빛은 눈이 되고 더 이상 빛으로서 존재하지 않는다. 빛은 이제 망막의 자극일 뿐이다. 향기는 콧구멍이 된다. 그리고 세계는 냄새를 박탈당한다. 홍수는 바람의 음악을 거부한다. 고막의 진동이 있을 뿐이다. 주체는 자격이 박탈된 대상이 된다. 나의 눈은 빛과 색의 시체다. 코는 냄새의 비실재성을 드러내고 있다. 나의 손은 손 안에 잡힌 사물을 거부한다. 그래서 인식의 문제는 시간의 착오로부터 생겨난다. 그것은 주체와 대상이 가지는 동시성의 함축이다. 이들의 신비한 관계가 밝혀져야 한다. 그래서 주체와 대상은 공존할 수 없다. 그들은 실제 세계에 통합된다. 그리고 쓰레기와 같은 동일한 사물이 된다."

그래서 타자는 시간, 의식 그리고 대상을 구분하게 한다. 타자가 현존하는 첫 번째 효과는 공간과 지각의 분배다. 두 번째 효과는 시간과 차원의 분배다. 그리고 시간의 전후가 분배된다. 타자가 기능하지 않으면 이 경우 과거는 존재할 수 없다.

타자가 없다면 의식과 대상은 하나가 된다. 오류의 가능성도 없다. 타자는 내가 보고 있는 사실을 문제로 제기할 수 있다. 그것을 부정하거나 검증하기 위해 재판을 열어야 한다. 그러나 타자는 거기에 존재하지 않을 뿐만 아니라 구조 속에 들어 있지도 않다. 결국 의식은 현재의 영원한 대상과 일치한다.

"사람들은 나의 여행이 다시 시작되었다고 말할 것이다. 나의 여행은 더 이상 서로 연결되지 않는다. 그것은 서로 분리되어 있으며 각자의 고유한 가치를 지닌다. 그것은 지속적인 계획의 단계와 연결되지 않는다. 결국 내 기억의 한 점에서 중첩되고 똑같은 여행으로 회상된다."

의식은 대상에 빛을 던지는 것을 그만둔다. 그리고 사물의 순수한 인광이 된다. 로뱅송은 섬의 의식일 뿐이다. 하지만 섬의 의식은 섬이 스스로 가지는 의식이며 섬 자체다.

우리는 메마른 섬의 역설을 이해하게 된다. 로뱅송은 유일한 난파자다. 그는 타자의 구조를 잃어버린다. 그는 섬의 메마름을 파괴하지 않는다. 그는 그것을 인정해야 한다. 섬의 이름은 스페란자다. 로뱅송은 자신이 누구인지를 질문한다. 그리고 그는 '내가 섬이면 나는 스페란자다'라는 사실을 인정한다. 로뱅송은 깨달음에 가까이 간다. 그것은 타자의 상실이다.

로뱅송은 이것을 세상의 근본적인 문제로 경험한다. 이제 빛과 밤의 대립이 남는다. 모든 것이 서로에게 상처를 준다. 세계는 전이와 잠재성을 상실했다. 그는 세상에 문제를 일으키는 것이 타자라는 것을 발견한다. 타자는 곧 문제를 일으킨다. 타자가 사라지면 여행 계획을 세울 수 없다. 더 이상 타자에 의해 구부러지지 않는 사물이 있다. 타자에 의해 표현될 대상이나 가능 세계의 욕구가 다시 만들어진다. 다시 만들어지고 설립되는 메마른 섬에 로뱅송이 있다.

의식은 사물에 내재하는 인광이다. 의식은 머리의 불, 반짝이는 빛 그리고 '날아다니는 나'다. 빛 안에서 사물의 더듬이가 나타난다. '순간적으로 숨겨진 다른 섬을 본 듯하다. 또 다른 스페란자다. 나는 언젠가 그곳으로 옮겨갈 것이다. 때묻지 않은 그곳에 머물 것이다.' 소설은 탁월하게 이 부분을 묘사한다.

그리고 이중체의 기묘한 탄생이 일어난다. 타자가 현존할 때 사물이 나타나듯이 타자가 부재할 때 이중체가 나타난다. 타자는 대상으로 세계를 조직한다. 이러한 대상은 이전되는 관계다. 대상은 타자가 만들어주는 가능의 세상에 존재한다. 대상은 타자가 표현하는 가능 세계에 머물 수 있다. 그래야 다른 대상으로 길이 열린다.

원소를 물체와 대지에 담는 것은 타자다. 대지도 원소를 포함하는 거대한 물체다. 원소를 가지고 물체를 만들고 물체를 가지고 대상을 만드는 것이 타자다. 타자가 표현하는 세계는 그의 고유한 얼굴을 만드는 것이다.

타자가 와해될 때 해방된 이중체는 사물의 복제물이 아니다. 이중체는 원소가 해방되면 다시 선택된다. 모든 원소는 천체가 된다. 이들이 기묘한 형상을 만들면 이미지가 다시 만들어진다. 그때 인간이 아니라 태양을 닮은 로뱅송의 모습이 나타난다.

"태양, 너는 나에게 만족하는가? 나를 똑바로 보라. 내 형태의 변이는 너의 불꽃방향으로 나아가는가? 어린뿌리의 속성처럼 대지를 향해 뻗쳐 있는 수염 가닥은 사라졌다. 하늘을 향한 장작불 같은 내 머리털은 불꽃처럼 얽히면서 솟아오른다. 나는 열의 원천을 향해 날아가는 화살이다."

세상의 모든 일은 대지가 타자의 영향을 받아 부당하게 취급됐던 다른 원소를 복구시키는 것이 아니다. 오히려 타자를 천체로 만들어주는 것이다. 그래서 하늘의 다른 원소나 태양의 모습과 어울리게 해주는 고유한 하늘의 이중체를 스스로 만들어내는 것이다. 이것은 섬을 탈주하는 모습으로 나타난다.

타자는 가능 세계를 감싸안는다. 그리고 이중체가 다시 일어서는 것을 막는다. 결국 타자의 탈구조화는 세상과의 일탈이 아니다. 그것은 숨겨진 조직화와 대립되어 세워진 조직화다. 두께 없는 수직 이미지와 해방된 순수한 원소의 직립과 이끌어냄이다.

이러한 이중체와 원소의 생산은 급변을 만들어낸다. 죽은 큰 염소의 의식뿐만 아니라 엄청난 폭발이 발생된다. 이러한 급변을 통해 다시 생긴 욕구가 로뱅송의 진정한 대상인지를 이해해야 한다. 자연과 대지는 욕구의 대상인 물체와 사물이 아니다. 그것은 커다란 이미지일 뿐이다. 우리가 타자를 원하면 우리의 욕구는 작은 가능의 세계를 향한다.

타자는 가능 세계의 빛나는 이중체로서 발전한다. 그는 세계로 떠나지 않고 그것을 자신 안에 머물게 한다. 그리고 꽃을 돌아다니면서 수정시키고 꽃가루가 묻은 나비를 바라본다. 신체는 커다란 이미지에 도달하는 우회로에 불과하다. 성은 그의 목표를 빠르게 실현한다. 성은 이미지와 신체로부터 해방된 원소에 호소한다는 것을 알 수 있다. 리비도와 원소의 결합은 로뱅송의 일탈이다. 그러나 목적과 관련된 일탈의 이야기는 사물, 대지 그리고 욕망을 다시 일으켜 세운다.

지금까지는 로뱅송의 고통과 낭만적 모험을 설명했다. 로뱅송의 첫 번째 대응은 절망이었다. 타자 구조는 그를 채우고 현실화할 수 없었다. 그는 이 순간 신경증을 표현한다. 타자 구조는 실제 존재에 의해 점유되지 않는다. 그것은 일정한 방식으로 기능한다. 다른 것은 구조에 맞게 배열되지 않는다. 구조는 비어 있다. 그 상태에서 엄격하게 기능한다. 구조는 인식되지 않는 개인의 과거, 기억의 함정 그리고 환각의 고통 속에서 로뱅송을 끊임없이 억압한다.

이 신경증의 순간은 진창에서 펼쳐진다. 로뱅송은 멧돼지 가죽을 두르고 진창에서 뒹군다. '오직 그의 눈, 코, 입만이 개구리 밥과 두꺼비 알이 만들어낸 양탄자 위에 빠끔히 나와 있다. 대지의 집착에서 벗어나자 그는 꿈속에서 기억의 편린을 좇아간다. 그는 고정된 잎사귀가 만들어낸 무지개 속에서 춤을 추었다.'

다음 순간 타자 구조가 쇠퇴된다. 진창에서 나온 로뱅송은 타자가 사물에 부여했던 질서와 노동이 아닌 타자의 대체물을 찾는다. 물시계의 시간 조정, 과잉 생산, 법적 코드 및 관료의 명칭과 기능의 수립이 그것이다. 로뱅송이 몰두한 이것은 타자의 세계를 다시 살린다. 그리고 그러한 구조가 쇠퇴할 때 타자의 출현이 가지는 효과를 보여주기 위한 노력이 있을 뿐이다.

그러나 그것 또한 비정상이다. 디포의 로빈슨은 악이 과잉 생산에서 시작된다고 생각한다. 그는 과잉 생산되는 것을 금지한다. 반대로 투르니에의 로뱅송은 소비는 자신만을 위해 발생한다고 생각한다. 그는 소비가 유일한 악이라고 생각하고 광적으로 생산에 몰두한다. 로뱅송의 노동, 휴전 그리고 성에 대한 이상한 열정이 선개된다.

로뱅송이 물시계를 멈춘다. 그는 동굴의 밤에 익숙해진다. 온몸에 우유를 바르고 섬의 중심에 자신을 박아 넣는다. 벌집 같은 방을 발견하고 그 안에 웅크린다. 그것은 허물을 벗는 애벌레가 껍질 안에 싸여 있는 것 같다. 그것은 어머니인 대지와 원초적 어머니에게로 거슬러 올라가는 것이다. 그것은 신경증보다 더 환상적인 억압이었다. '그것은 견고한 돌멩이의 힘에 사로잡힌 말랑말랑한 다리였다. 스페란자의 육중하고 딱딱한 살 속에 잡힌 번데기였다.'

로뱅송이 행한 노동의 발자취가 남는다. 쇠퇴는 대지의 내부와 매장의 원칙에 의해 모든 대상이 파기된다. 이렇게 상이한 두 행위는 상보적이다. 양쪽에 이중의 광란이 존재한다. 이 광란은 신경증의 순간이다. 로뱅송은 대지로 회귀함과 동시에 분열자의 모습을 보인다. 이것은 로뱅송의 노동에서 일어난 깃이다. 집직과 축적은 소비 불가능한 분열증적 대상을 만들었다.

여기서 스스로 와해된 것은 타자 구조다. 인간의 질서가 수립되면 정신병자는 타자의 부재에 대처한다. 그리고 초인적으로 관련된 것을 조직하여 구조의 와해를 대비한다.

신경증과 정신병은 깊이의 모험이다. 타자의 구조는 깊이를 조직하고 안정시키고 살아남게 한다. 이러한 구조의 문제점은 피할 수 없는 공격을 받는다. 그리고 깊이의 규칙이 없어지고 로뱅송의 실성을 보여준다. 모든 것이 의미를 잃어버린다. 모든 것이 시뮬라크르와 발자국을 남길 뿐이다.

노동의 대상, 사랑 받는 존재, 세계의 자아도 마찬가지다. 로뱅송은 구제되지 못한다. 그는 타자의 추락으로 표현되는 새로운 차원이나 제3의 의미를 만들어야 한다. 타자의 부재와 구조의 와해는 세상의 조직에서 벗어날 뿐이다. 구제의 가능성은 없다.

로뱅송이 지상으로 다시 돌아오자 그는 또 다른 표면을 발견한다. 순수한 표면은 타자를 숨기고 있다. 알지 못하는 사물의 이미지는 수증기가 일고 있는 표면에 있다. 그것은 새롭고 활기찬 형태와 타자 없는 표면의 에너지를 분출하는 대지다. 하늘은 심층의 반대일 뿐 상층을 의미하지 않는다. 공기와 하늘은 심층적 대지와 대립한다. 공기와 하늘은 순수한 표면의 서술이며 표면이 상공 비행하는 장소다. 유아론적 하늘은 심층이 없다.

"표층을 희생시켜 심층의 높이를 평가한다. 심층적인 것은 약한 표층이 아니라 거대한 심층을 의미한다. 표면적인 것은 넓은 차원이 아닌 극소의 심층을 의미하는 이상한 부분이다. 사랑의 감정은 깊이의 정도에 맞선다. 표층의 중요성에 맞서면 표층도 가늠될 것이다."

표면에는 이중체와 공중의 이미지가 세워진다. 대지에서 상공을 비행하면 순수하고 해방된 원소가 세워진다. 일반적인 설립은 표면에 설립되는 것이기 때문에 교정되고 사라진 타자라고 할 수 있다. 그래서 시뮬라크르가 기어오른다. 섬의 표면과 하늘은 상공 비행의 환각이 된다. 각기 다른 이중체와 제약 없는 원소는 환각의 양면이다. 세상의 또 다른 구조화는 로뱅송의 위대한 건강함이다. 위대한 건강함을 정복하고 타자가 추락되는 것이 세 번째 의미다.

여기서 방드르디가 개입된다. 이 소설의 제목이 말해주듯이 주인공은 젊은 청년 방드르디다. 방드르디는 로뱅송이 시작한 형태 변이를 인도하고 완성한다. 그는 형태 변이의 의미와 목적을 보여준다. 이 모든 것이 순수하고 노골적으로 발생한다. 로뱅송이 섬에 세운 경제와 도덕의 질서를 파괴하는 섯은 방드르디다. 그는 로뱅송의 고유한 쾌락에 또 다른 만드라고라를 밀어 넣는다. 그는 로뱅송이 작은 골짜기를 싫어하게 만든다. 화약통 근처에서 금지된 담배를 피운다. 폭발로 섬 전체를 흔들리게 만든다. 물과 불 그리고 대지까지 하늘에 복구한 것이 그였다. 죽은 염소를 날게 하고 노래부르게 한 것도 그였다. 특히 로뱅송이 섬의 이미지에 맞는 필수적인 보완물이 되게 한다. 동반사의 이중적인 이미지를 만든 것도 바로 그였다.

"로뱅송은 이 물음을 스스로에게 던졌다. 처음으로 자신을 괴롭히는 조야하고 어리석은 혼혈아로부터 또 다른 방드르디의 가능한 실존을 본다. 동굴과 작은 골짜기를 발견하기 전에 그가 꿈꾸었던 섬 아래에 파묻혀 있는 다른 섬에 대한 꿈과 같았다."

로뱅송도 이미지와 이중체를 구성한다. 그러나 근본적으로 해방된 원소를 발견할 수 있도록 이끈 것은 방드르디였다. 방드르디는 표면에 나타난 장난꾸러기며 부랑아다. 로뱅송은 그를 죽이려고 했다가 오발로 인해 우연히 그를 구해주었다. 이것 또한 양가적인 느낌이 든다. 본질적인 것은 방드르디가 다시 찾은 타자로서 기능하지 않는다는 점이다. 구조가 상실되고 많은 시간이 흘러갔다.

방드르디는 일탈의 대상이다. 때로는 이상한 공모자로도 기능한다. 로뱅송은 그를 섬의 경제적 질서에 통합시켰다. 그는 노예라는 가엾은 시뮬라크르다. 그는 질서를 위협하는 새로운 비밀의 소유자다. 신비한 환각을 만든다. 대상이나 동물 또는 자신을 넘어선 존재다. 그는 자신을 이중체나 이미지로 취급한다. 때로는 타자 이하이고 때로는 이상이다.

본질적인 차이가 드러난다. 타자는 정상적으로 기능하면 가능 세계를 표현한다. 그러나 가능 세계는 우리의 세상에 실존한다. 그것은 우리 세계의 질을 변화시키지 않고서 펼쳐지거나 실현되지 않는다. 그렇기 때문에 일반의 질서와 시간의 계기를 구성하는 법칙에 따라야 한다.

방드르디는 전혀 다르게 기능한다. 그는 참된 것으로 가정된 다른 세계와 환원 불가능한 이중체를 가리킨다. 또 다른 세계는 타자의 이중체를 보여준다. 그는 타자가 아니다. 그는 타자와 전혀 다른 어떤 사람이다. 그는 로뱅송에게 응답하는 것이 아니라 이중체로 대상, 물체 그리고 대지를 융해하는 순수한 원소의 계시자다. '방드르디는 주인이 만들어낸 지상의 영역과 대립하는 다른 영역에 속한 것처럼 보였다. 그는 무엇인가가 조금이라도 억압되면 약탈자로 돌변했다.'

방드르디는 로뱅송에게 욕구의 대상이 아니다. 로뱅송이 그의 무릎을 잡고 그의 눈을 바라보아도 별 소용이 없다. 그것은 자신의 신체로부터 벗어난 원소를 간신히 붙잡고 있는 것이다. 결국 그는 방드르디의 빛나는 이중체를 이해한다.

"그래서 나의 성과 마찬가지로 나는 방드르디가 나의 남색의 욕구를 일깨운 적이 없다는 것을 고백한다. 그것은 그가 너무 늦게 나타났기 때문이다. 나의 성은 이미 원소가 되었다. 원소가 요구하는 것은 스페란자다. 내게 중요한 것은 인간적인 사랑으로 역행하는 것이 아니다. 다만 원소에서 벗어나지 않은 채 원소를 변환시키는 것이다."

타자는 되짚는다. 그는 원소를 대지로, 대지를 물체로 그리고 물체를 대상으로 되짚는다. 그러나 방드르디는 대상과 물체를 다시 일으켜 세운다. 그는 대지를 하늘로 가져가고 원소를 해방시킨다. 다시 세우고 교정하는 것은 다시 짧게 하는 것이다. 타자는 이상한 우회와 같다. 그는 대상에 대한 나의 욕망과 세계에 대한 나의 사랑을 감소시킨다.

성은 성적 차이로 타자와 결합하려면 우회를 통해서만 연결된다. 타자에게 성적 차이가 정초되고 수립되는 것은 타자에 의해서 가능하다. 타자 없는 세계를 세우는 것과 세계를 다시 세우는 것은 우회를 피하는 것이다. 그것은 욕구란 순수한 원인을 원소와 관련시키기 위해 신체를 통해 대상과 우회로에서 분리시키는 것이다.

"욕구는 이중적 의미에서 신체를 가지는 것이다. 그것은 일정한 형태를 가지며 여성의 신체 위에 자리잡도록 하는 제도와 신화가 사라진 발판에 위치한다."

로뱅송의 분화된 성의 관점에서는 방드르디를 이해할 수 없다. 우회의 소멸, 욕망의 원인과 대상의 분리 그리고 원소로의 회귀를 통해 죽음 본능의 기호를 본다. 우리는 정신분석학으로부터 해방되고 욕망은 태양이 된다.

모든 것이 소설적이다. 그러나 거기에 허구와 타자에 대한 이론이 들어 있다. 우리는 구조로서의 타자를 지각에 들어 있는 특수한 형태로 구분할 필요가 없다. 오히려 지각에서 전체적으로 기능하고 작용하는 조건의 체계를 개념화하는 것에 중요하다. 우리는 이러한 구조를 가리키는 아프리오리한 타자와 구조를 현실화하는 실제의 타자를 구분해야 한다.

이러한 타자는 너를 위한 나 그리고 나를 위한 네가 될 수 있다. 그렇다면 각각의 지각에는 다른 주체가 있을 것이다. 반대로 아프리오리한 타자는 구조가 그를 현실화하는 것을 초월한다. 타자의 구조는 표현이 가능한 범주에서 구성된다. 아프리오리한 타자는 일반적으로 가능한 실존이다. 이것은 가능을 표현한 것으로 타자를 닮지 않은 사람으로 존재한다.

우리는 타자가 어떻게 지각 전체에 적용되는지를 보여주어야 한다. 지각된 대상의 범주와 지각하는 주체의 차원도 적용해야 한다. 그리고 지각에 타자가 분배되는 조건도 보여주었다. 대상을 구성하는 형태와 배경 그리고 주체의 시간적 결정과 세계의 계기적 전개를 위한 지각의 법칙은 타자의 구조와 기능에 의존한다.

대상의 욕망과 타자의 욕망은 구조에 의존한다. 나는 가능의 측면에서 타자에 의해 표현된 대상을 욕망한다. 나는 타자가 표현하는 가능 세계를 욕망한다. 타자는 원소를 대지로, 대지를 물체로, 물체를 대상으로 조직한다. 그리고 그는 대상, 지각 작용 그리고 욕망을 규제하고 측정한다.

로뱅송이라는 허구의 인물과 그의 이야기가 타자 없는 세상이다. 투르니에는 로뱅송이 많은 고통을 경험하게 한다. 사물의 유사성 없는 이미지와 일상적으로 억압된 이중체를 해방시킨다.

이중체는 타자와 전혀 다른 방식으로 조직된다. 타자는 건강함을 발견하고 그것을 정복한다. 타자의 부재로 고통받는 것은 세상이 아니다.

타자의 출현으로 은폐되는 것은 세상을 구성하는 이중체다. 이것이 로뱅송의 발견이다. 그것은 표면의 발견, 원소 저편의 발견 그리고 타자에 대한 타자의 발견이다. 위대한 건강은 일탈적이다. 그런데 우리는 이러한 세계와 욕망을 일탈과 전복으로 생각한다. 로뱅송은 일탈적인 행위를 하지 않는다. 그는 일탈에 관한 연구와 일탈을 다룬 소설의 일탈적인 행동을 전개시키는 원리로서 일탈적 구조를 보여주고자 애쓴다.

이런 의미에서 일탈의 구조는 타자의 구조와 대립되고 대체된다. 구체적인 타자가 타자의 구조를 현실화하는 실질적이고 가변적인 부분이 있다. 언제나 타자의 부재를 전제하는 일탈자의 행동은 일탈적인 구조를 현실화하는 가변적인 부분이다.

투르니에의 소설은 이것을 설명하기보다 보여준다. 그는 모든 수단과 최근의 정신분석학적 연구를 결합한다. 최근의 연구는 일탈 개념의 위상을 새롭게 했다. 그리고 정신의학과 도덕의 불확실함을 새롭게 한다. 그리고 일탈에 대한 근본적인 오해는 일탈적 행동에 대한 성급한 현상학과 권리의 요구에서 기인된다.

일탈은 타자의 공격과 관련된다. 그리고 일탈은 타자의 현존 없이는 아무것도 아니라는 관음증이 생겨난다. 그러나 구조의 관점에서 우리는 반대로 말해야 한다. 실재하는 타자는 사라진 최초의 구조를 현실화하는 역할을 못한다. 단지 두 번째 구조에서 신체와 희생물의 역할과 공모자 혹은 이중체, 공모자 혹은 원소의 역할만 할 수 있다. 이것은 타자의 구조가 전혀 다른 구조로 채워짐으로써 결여된 것이다.

일탈자의 세계는 타자 없는 세계와 가능 없는 세계다. 타자는 가능하게 하는 어떤 것이다. 일탈적 세계는 필연적인 범주가 가능한 범주로 대체되는 그런 세계다. 그것은 기본적인 에너지와 희박한 공기처럼 산소가 결여된 스피노자의 세계다. 모든 일탈은 타자 살해, 애타 살해가 일어나는 곳이다. 그러나 애타 살해는 일탈적인 행동으로 이루어지지 않는다. 그것은 일탈의 구조가 전제된다. 일탈자는 구성이 아니라 신경증에 의해 통과된다. 정신 이상자의 모험은 일탈이 되는 것을 막지는 못한다. 이것이 투르니에가 이 소설에서 제안하는 것이다. 우리는 로뱅송의 일탈을 상상해야 한다. 로뱅송 이야기는 일탈 자체다.

□ 생각거리 ● ● ●
1. 로뱅송의 일탈은 어떤 의미인가?
2. 방드르디는 로뱅송과 어떤 관계인가?
3. 들뢰즈가 말하는 로뱅송의 건강함은 무엇인가?

찾아보기

□ 정 익 순 ─────────────────────────────

중앙대 외국어대학과 대학원을 졸업하고 대학원에서 영문학을 전공한 뒤, 석사(「Stanley Fish 의 독자 반응 비평 이론에 관한 연구」)와 박사(「*Robinson Crusoe*와 *Friday*의 비교 연구」) 학위 를 받았으며, 지금은 중앙대 교양학부 교수로 있다. 저서로는 『영작문 100선』, 『KMB 학생대 백과 사전』이 있고, 역서로는 『문학이론용어사전』(공역), 패트릭 화이트의 『클레이』 등이 있다. 주요 논문으로는 「질 들뢰즈에 나타난 성과 신체의 문제」, 「텍스트 속에 나타난 신체와 성의 문제」, 「18세기 영 소설의 효과와 아포리아」, 「영 소설에 나타난 침묵과 성의 문제」, 「『로빈슨 크루소』에 나타난 유비쿼터스」 등이 있다.

『로빈슨 크루소』: 문학적 상상력
─────────────────────────

초판 1쇄 인쇄 / 2006년 11월 10일
초판 1쇄 발행 / 2006년 11월 15일
■
지은이 / 정　익　순
펴낸이 / 전　춘　호
펴낸곳 / 철학과현실사
서울특별시 서초구 양재동 338의 10호
전화 579—5908~9
■
등록일자 / 1987년 12월 15일(등록번호 : 제1—583호)
■
ISBN 89-7775-608-1 03800
*잘못된 책은 바꾸어 드립니다.
*지은이와의 협의에 따라 인지를 생략합니다.
─────────────────────────

값 12,000원